KB074883

듀나 소설

브로콜리 평원의 혈투

듀나 소설

브로콜리 평원의 혈투

The Bloody Battle of Broccoli Plain

네오픽션

"나한테 뭐라고 그러지 마.
나도 뭐라고 그럴 테니까."
구하라, 〈청춘불패〉

차례

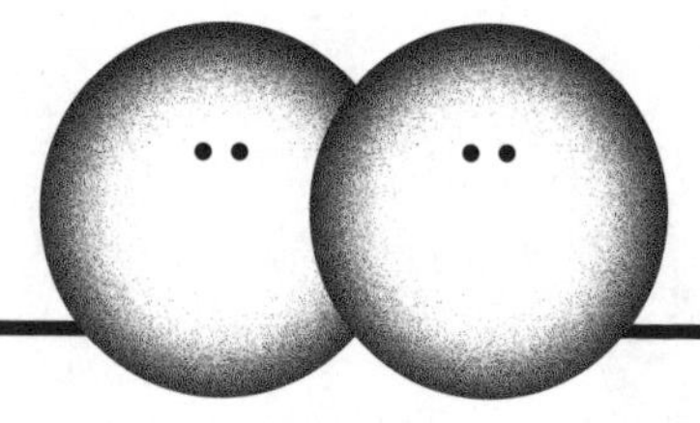

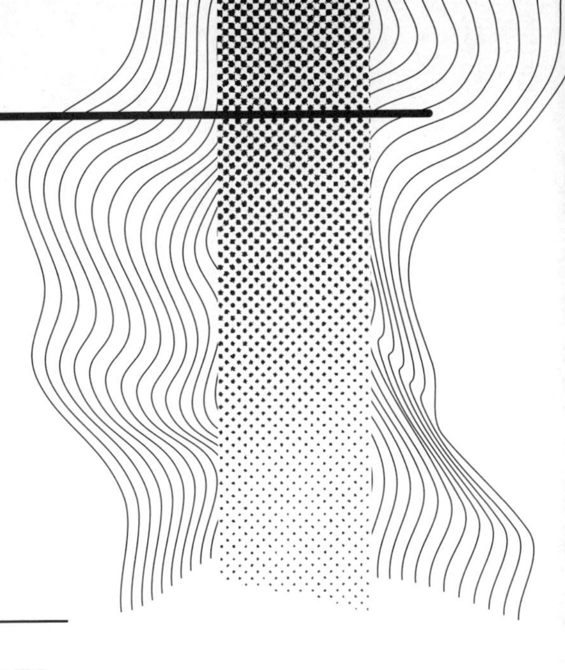

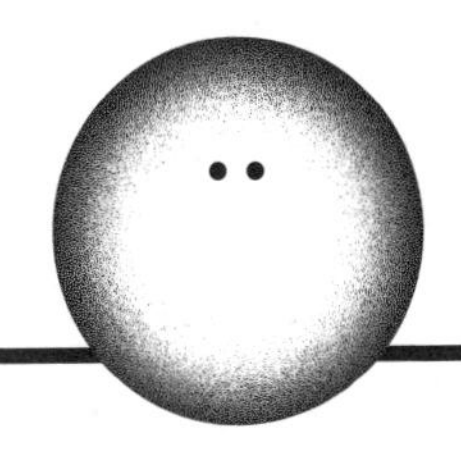

동전마술

1999년 12월 28일, 당시 스물여덟 살의 회사원이었던 이정기는 부모의 강요에 못 이겨 억지로 선을 보았다. 상대는 김민영이라는 대학원생이었는데, 그쪽 역시 주변 사람들의 압력 때문에 어쩔 수 없이 나오고 싶지도 않은 자리에 끌려나온 것이었다. 이런 상황에서는 양쪽 모두 적당히 예의를 차리다가 그날부터 연락을 끊는 것이 순서이고 이들 역시 그렇게 했다.

이 당연한 의식은 생각만큼 단순하게 진행되지 않았다. 이정기는 레스토랑에서 김민영을 처음 보는 순간부터 깊은 호감을 갖게 되었다. 단지 그 감정은 한심할 정도로 일방적이었다. 이정기는 독심술사가 아니었지만, 상대방이 그에게 어떤 관심도 없으며 함께 저녁을 먹고 있는 동안에도 빨리 집으로 돌아가고 싶을 뿐이라는 사실을 모를 정도로 눈치 없지는 않았다.

레스토랑에서 나온 그들은 을지로 지하도로 내려왔다. 을지로 입구역까지 천천히 걸어가고 있는데, 김민영이 갑자기 입을 열었다.

"재미있는 것 보여줄까요?"

이정기가 머뭇거리는 동안, 김민영은 핸드백에서 백 원짜리 동전을 하나 꺼내 들었다. 그녀는 손목시계를 잠시 노려보다 갑자기 그의 눈앞에서 동전을 흔들어대더니 위로 집어 던졌다. 동전은 반짝거리면서 날아올랐고…… 사라져버렸다.

"어떻게 한 겁니까?"

이정기는 놀라서 물었다.

"마법이에요."

"아니, 정말 어떻게 하는 건데요?"

"마법이라니까요. 여기선 저녁 9시 50분부터 10시 4분까지 다른 세계로 가는 틈새가 열려요."

이정기는 자기 시계를 봤다. 9시 52분이었다.

"한 번 더 해봐요."

김민영은 어깨를 으쓱하더니 이번엔 오십 원짜리 동전을 꺼내 집어 던졌다. 이정기는 눈을 부릅뜨고 동전을 노려보았다. 하지만 이번에도 동전은 중간에 사라져버렸다. 픽 하고 사라진 것도 아니고 천천히 투명해진 것도 아니고 그냥 어느 순간 시야에서 벗어난 것이나.

멍청이처럼 보이고 싶지는 않았지만, 이정기는 참을 수가 없었다. 그는 주머니에 굴러다니는 500원짜리 동전을 꺼내 김민영이 던진 그 자리를 향해 던졌다. 그의 동전은 기운차게 튕겨 올라갔다가 천장에 부딪혀 바닥에 떨어졌다.

"안 되잖아요."

부끄러움으로 얼굴이 빨게진 그가 중얼거렸다.

"틈새를 찾는 것도 기술이 필요하거든요."

김민영이 당연하지 않느냐는 듯, 가볍게 대답했다.

"그럼 저 동전들은 그냥 사라지는 겁니까?"

"아뇨, 가끔 틈새가 다시 열리면 떨어지기도 해요."

"매일 9시 50분에서 10시 4분 사이에요?"

"그럴 때도 있고…… 아닐 때도 있고요."

그들은 다시 걸었고 곧 을지로입구역에 도착했다. 김민영은 서초동의 집으로 돌아가기 위해 전철을 탔고, 이정기는 다시 지상으로 올라가 주차장까지 걸었다.

그 뒤로 그들은 만나지 못했다. 김민영은 영국으로 유학을 떠났고 그곳이 마음에 들었는지 다시는 돌아오지 않았다. 이정기는 직장을 옮겼고 초등학교 동창인 중학교 교사와 결혼했다. 1년 뒤 그들 사이에는 엄마를 닮은 딸이 태어났다. 그들은 평범한 부부였다. 특별히 잘생기지도 똑똑하지도 부유하지도 않으며 대단한 야심도 없는 사람들.

기복 없고 다소 지겨운 삶이 이어지는 동안, 이정기는 꾸준히 김민영에 대해 생각했다. 그는 익명으로 지오시티스에 비밀 홈페이지를 만들어 그가 직간접적으로 얻을 수 있었던 김민영의 모든 사진을 올려놓고 지치고 피곤할 때 그곳을 방문했다. 그는 이게 낫다고 생각했다. 어차피 그는 그 사람과 어울리지 않았다. 김민영은 높은 탑의 공주처럼 멀리 떨어져 있을 때 더 아름답고 값졌다.

직장과 집이 모두 안양에 있었기 때문에, 그는 이전처럼 자주 을지로 지하도를 찾지는 않았다. 그래도 가끔 서울을 찾을 때면 그는 일부러 밤이 될 때까지 기다렸다가 을지로 지하도로 내려왔다. 수많은 동전이 던져졌지만 그 동전들은 모두 천장에 부딪혀 바닥에 떨어졌다.

그는 마술에 대한 책을 읽었고 케이블에서 마술폭로에 대한 프로그램을 하면 모두 예약 녹화해서 보았다. 그러나 김민영이 그에게 보여준 마술에 대한 해답은 어디에도 없었다. 김민영은 그냥 동전을 던졌고 동전은 중간에 사라졌다. 동전 마술은 그렇게 단순할 수가 없는 것이었다.

그러던 어느 날이었다. 보다 정확히 말하면 2005년 11월 16일 오후 7시 32분이었다. 이정기는 학교 동창들과 만나기 위해 신세계 백화점 근처의 중국집을 향해 달려가는 중이었다. 을지로입구역에서 한 30미터 떨어진 지하도에서 그는 들고 있던 가방을 놓쳐버렸다. 허리를 숙여 가방을 집어 올리려는데, 갑자기 그의 머리에 무언가가 떨어졌다.

그건 100원짜리 동전이었다.

이정기는 고개를 들고 천장을 올려다보았다. 아무것도 없었다. 그는 주변을 둘러보았다. 몇몇 사람들이 역을 향해 걸어가고 있었지만 그를 향해 동전을 던질 수 있는 위치에 있는 사람은 한 명도 없었다.

이정기는 한 손으로는 동전을 들고 다른 한 손으로는 머리를 긁적거렸다. 9시 50분이 되려면 아직 두 시간 18분이 더 지나야 했다. 위치도 김민영이 동전 마술을 보여준 곳에서 몇십 미터나 떨어져 있었다.

한참 망설이던 그는 천장을 향해 동전을 던졌다. 동전은 당연히 천장에 부딪혀 바닥에 떨어졌다. 그는 떨어진 동전을 주머니에 넣고 다시 걷기 시작했다. 하지만 다섯 걸음을 넘기기도 전에 그는 다시 그 자리로 돌아왔다. 심호흡을 한 그는 다시 동전을 천장에 던졌다. 동전은 다시 떨어졌지만 이번엔 포기하지 않았다. 동전은 계속 천장을 향해 날아갔고 떨어졌다.

마흔두 번째로 동전을 던졌을 때 기적이 일어났다. 100원짜리 동전이 던져졌는데 떨어진 것은 50원짜리였다. 중간에 동전이 변형된 것일까? 아니면 원래 100원짜리는 틈새로 들어가고 그 충격으로 위에 쌓여 있던 50원짜리가 대신 떨어진 것일까? 이정기는 알 수 없었다. 그리고 그날의 기적은 그것으로 끝이었다.

그 이후로 이정기는 더 이상 을지로 지하도에서 동전을 던지는 일 따위는 하지 않았다. 그가 더 이상 마법을 믿지 않게 된 건 아니었다. 반대로 그의 믿음은 그 어느 때보다도 강했다. 하지만 그렇다고 그가 어떻게 할 것인가? 틈새의 법칙은 그가 생각했던 것보다 더 복잡한 것이 분명했다. 김민영은 분명 그에 대해 더 많은 것을 알았겠지만 이정기에게 그걸 다 알려주고 싶은 생각 따위는 없었을 것이다. 하긴 앞으로 만날 일도 없는 재미없는 남자에게 그런 걸 가르쳐줘야 할 이유가 있을까? 동전 마술을 보여준 것만 해도 대단한 친절이었다.

그 뒤로 며칠 동안 이정기는 심한 우울증을 앓았다. 술자리가 늘었고 음주운전으로 가벼운 접촉 사고도 한 번 냈다. 부부싸움도 한 번 날 뻔했지만 무신경한 아내의 성격 덕분에 시작도 하지 못하고 끝나버렸다.

2006년 1월 16일 오후 8시 50분, 그는 을지로 지하도를 다시 찾았다. 직장에서 퇴근한 뒤 안양역에서 지하철을 타고 시청까지 왔다가 거기서 다시 목적지까지 걸었다. 한동안 지하도 천장을 노려보던 그는 갑자기 채찍이라도 맞은 것처럼 시청역으로 달아났다. 집으로 돌아온 그는 당장 컴퓨터를 열어 김민영의 사진이 있는 홈페이지를 폐쇄하고 파일을 모두 지워버렸다.

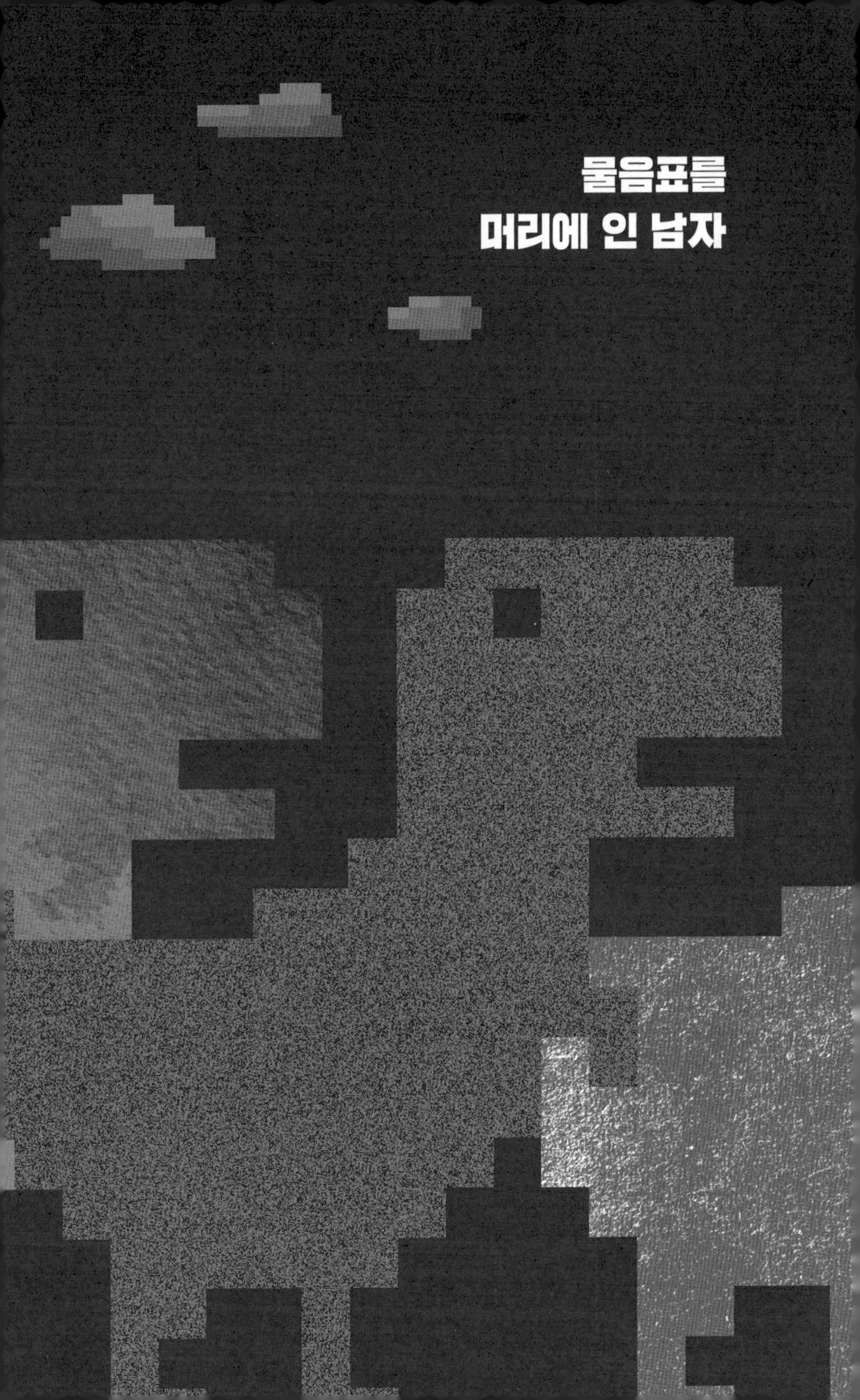
물음표를
머리에 인 남자

서인경과 한해성은 7년째 연애 중이었다. 대학교 때부터 본격적으로 사귀기 시작했지만 학원 다닐 때부터 알고 지낸 기간까지 포함하면 13년. 거의 인생의 반을 함께 보낸 셈이다. 보통 이런 사이라면 오래전에 결혼을 하거나 그냥 친구로 남거나 헤어지거나 하겠지만, 두 사람은 여전히 그 위치에 머물러 있었다. 서로의 존재에 너무 익숙해져서 이미 결혼한 것 같은데, 같이 살지도 않고 요새는 서로의 얼굴 보기도 쉽지 않은 그런 사이였다.

언제까지 이러고 살아야 하나, 인경은 고민했다. 사실 이렇게 사는 것도 나쁘지는 않았다. 지금 다니는 잡지사 일은 괜찮았고, 어렸을 때부터 인경을 유달리 예뻐했던 외할머니가 남겨준 아파트 덕택에 독립하기 전부터 집 걱정은 안 하고 살아온 터였다. 하지만 이 편안한 상태가 10년 뒤에도 계속될 수 있을까? 20년 뒤에도? 30년 뒤에도? 그녀는 곧 서른이었다. 슬슬 남은 미래를 걱정해야 했다.

인경은 정말로 알 수가 없었다. 해성은 데이트 상대로도 나쁘지 않았고 친구로도 그럭저럭 괜찮았다. 하지만 미래의 남편감으로는? 인경은 해성을 객관적으로 평가할 수 있는 잣대를 잃어버린 지 오래였다. 결혼이라는 필터를 대입하니, 그는 정말로 알 수 없는 존재가 되었다. 사과나 얼굴과 같은 익숙한 단어들이 갑자기 낯설게 느껴지는 것과 비슷했다. 한번 얼굴이라는 말을 백 번 반복해보라. 얼굴, 얼굴, 얼굴……. 무슨 뜻인지 짐작할 수 있을 거다.

인경은 이 모호한 상황을 타개하기 위해 해성과 진지한 대화를 나누려 시도했다. 하지만 이런 시도는 늘 엉뚱한 방향으로 흘러가다 흐지부지 넘어가기 일쑤였다. 해성은 그런 대화를 할 의지가 없었고 인경 역시 쪽팔림을 무릅쓰고 결혼과 장래라는 주제들을 고집하지 못했다. 하긴 이렇게 흐리멍덩한 두 사람이 흐리멍덩하게 사귀고 있었으니 7년이라는 세월을 어정쩡하게 보낸 것이리라.

그러던 어느 날, 아주 이상한 일이 벌어졌다.

2009년 11월 30일, 이재용 감독의 〈여배우들〉 언론시사회가 있던 날이었다. 두 사람은 그날 동대문 메가박스에서 같이 영화를 보고, 가능하다면 미실 새주님 사인도 받고, 쇼핑도 하고, 근처에 새로 생겼다는 평양냉면집에서 저녁도 먹을 생각이었다.

극장에 먼저 도착한 인경은 시사회 표 두 장을 받아 들고 로비의 의자에 앉아 새로 번역된 움베르토 에코의 책을 읽고 있었다. 10여 분 정도 지나자, 해성의 익숙한 목소리가 그녀의 이름을 불렀고, 그녀는 건성으로 고개를 들어 올렸다. 그리고 그 순간 그녀는 정말 말도 안 되는 것을 보고 말았다.

해성의 머리 위에 커다란 물음표가 떠 있었다.

비유가 아니다. 정말로 50센티미터 정도 높이에 2센티미터 정도 두께의 검은 물음표가 보이지 않는 실에 연결된 풍선처럼 해성의 머리 10센티미터 위에 떠 있었다. 처음엔 무슨 장난감인가 했다. 하지만 웃으면서 그의 머리 위로 손을 올리자 그녀의 손은 물음표를 통과하고 지나갔다. 해성은 어리둥절해했고, 그건 로비에서 만난 다른 사람들도 마찬가지였다. 그 물음표를 본 사람은 인경밖에 없었다.

시사회를 하는 동안 인경은 도저히 영화에 집중할 수 없었다. 그녀의 생각은 해성의 머리 위에 둥둥 떠 있는 물음표에 가 있었다. 반짝거리는 플라스틱 재질에 헬베티카 폰트의 검정 물음표. 왜 저게 해성의 머리 위에 있는가.

두 사람이 고현정의 사인을 받고, 계획했던 데이트 코스를 마치고, 근처 모텔에 들어가 잠자리를 같이 하고, 아침이 되어 다시 나올 때까지 해성은 여전히 그 물음표를 머리에 달고 있었다. 그것은 헬륨 풍선처럼 늘 지표면과 90도 각도를 유지했고 바람에 날리는 것처럼 가볍게 흔들렸으며 반들반들한 표면은 주변 사물을 반사했다. 그런데도 그녀는 그것을 만질 수가 없었다!

한 달 동안 이 상태가 지속되자 인경은 미칠 것만 같았다. 아니, 이미 미쳤는지도 모른다. 하지만 이걸 미쳤다고 할 수 있는 걸까? 그녀의 이성과 오감은 여전히 정상이었다. 문제가 있다면 7년 사귄 남자친구의 머리 위에 물음표가 보인다는 것이었다. 도대체 이게 어떻게 된 건가. 무슨 상징인가? 그녀는 정신분석과 관련된 책을 찾아 읽었지만 이런 증상에 대해 말해주는 것은 단 하나도 없었다. 하긴 정말로 그런 예가 있다고 해도 정신분석학이 무슨 해결책을 내주겠는가.

1월이 끝나갈 무렵, 그녀는 드디어 결정을 내렸다. 현대 문명인들의 고해소인 인터넷을 활용하기로 한 것이다. 그녀는 모 포털사이트의 지식 서비스에 질문을 올렸다. "남자친구 머리 위에 물음표가 떠 있어요. 이런 경험을 하신 분들 계신가요?"

다들 미쳤다고 할 것 같았다. 실제로 댓글들 대부분이 그랬다. 하지만 놀랍게도 이틀 뒤, 인경에게 장문의 메일 한 통이 도착했다. 그 메일을 보낸 사람은 오혜라라는 미술교사였고 보름 넘게 그녀와 비슷한 경험을 하고 있었다. 차이가 있다면 그 상대가 남자친구가 아닌 남편이었고 물음표의 폰트가 헬베티카보다는 궁서체에 가깝다는 정도였다.

둘은 용산 스타벅스에서 만나 서로의 경험에 대한 대화를 나누었다. 오혜라는 그 물음표가 아무리 실재하는 것처럼 보여도 사실은 두뇌가 만들어낸 산물이라고 했다. 그녀는 그 사실을 증명하는 실험도 해보았다. 등 뒤에서 카드 한 장을 임의로 뽑아 머리 위에 꽂고 물음표 표면에 반사시켜 본 것이다. 그녀는 스무 번 넘게 실험을 해보았지만 단 한 번도 카드를 맞힌 적이 없었다. 다시 말해 물음표의 반사는 물리적 현상이 아니라 주관적인 환영에 불과하다는 것이다. 그렇다면 물음표의 물리적 존재 자체도 당연히 의심되어야 한다.

그러는 동안 인경의 질문은 포털 메인에 인기 게시물로 떴고 댓글 수 역시 기하급수적으로 늘었다. 대부분 농담이거나 욕설, 대중심리학에 기반을 둔 촌스럽기 짝이 없는 분석이었지만 같은 경험을 했다는 사용자들도 몇 명 되었다. 그중 몇 명은 거짓말을 하고 있는 게 분명했지만 나머지는 사정이 달랐다.

2월 중순이 되자 인경은 모임을 소집했다. 머리에 물음표를 인 남자들을 본 열네 명의 여자들이 2월 11일 저녁, 신도림 테크노마트의 할리스에서 만났다. 이 약속 장소는 근처에 사는 사람이 많다는 이유로 인경이 고른 것이었다.

모인 사람들은 대부분 이삼십대의 여자들이었고 사십대도 두 명 있었다. 여덟 명은 직장에 다녔고 한 명은 학생이었고 나머지는 전업주부였다. 인경을 포함한 아홉 명은 이웃인 목동이나 고척동에 살았다. 전업주부인 두 명은 동네 친구 사이였다.

그들은 각각 단 한 명의 남자에게서만 그런 현상을 보았다. 남자들의 종류는 다양했다. 일곱 명은 남자친구였고 한 명은 남편이었다. 직장 동료, 상사, 다니는 대학의 교수, 심지어 이명박도 있었다. 목동에 산다는 그 사십대의 전업주부는 이명박이 신문이나 텔레비전에 나올 때마다 그 위에 물음표가 둥둥 떠 있는 걸 본다고 했다. 몇몇 사람들이 물음표가 이명박에겐 과분한 문장 기호가 아니냐는 질문을 던졌고 그 때문에 싸움이 날 뻔했다. 하지만 그것은 물음표의 존재가 남자의 객관적 가치가 아닌 목격자의 주관적 평가에 의해 발생한다는 것을 증명하는 중요한 단서였다.

대화를 나누는 동안 인경은 놀라운 사실을 하나 알아냈다. 같은 목동에 산다는 차수정이라는 여자를 전에 한 번 본 적이 있었던 것이다. 그것도 작년 11월 29일, 물음표를 보기 바로 전날이었다. 목동 교보에서 그들은 신작 진열대에 쌓여 있는 움베르토 에코 마니아 컬렉션 더미에 동시에 손을 뻗었다. 두 사람의 손이 닿았고 시선이 마주쳤다. 그들은 문명인답게 손을 빼고 가벼운 사과의 인사를 나누었다. 차수정은 『일반 기호학 이론』을, 인경은 『예술과 광고』를 들고 거의 동시에 계산을 하러 갔다. 인경이 그 사실을 지적하자 차수정 역시 기억해냈다. 그리고 그때 그녀는 이미 물음표를 보고 있었다고 했다.

순식간에 연결선들이 드러났다. 열네 명 중 열 명이 전에 이 모임의 누군가를 본 적이 있었다. 안혜선이라는 이름의 대학생은 세 사람에게 목격되었는데, 그건 그 사람이 황우슬혜를 닮은 미인이라는 점을 고려하면 이해할 만했다. 구로구와 양천구에 물음표를 보는 사람들이 그렇게 몰려 있는 이유도 이제 이해가

갔다. 물음표 현상은 사람들 사이에서 전염되고 있었던 것이다. 병원균에 의한 전염은 아닌 것 같았다. 오히려 마주 보는 시선이나 찰칵하는 공감과 같은 것들이 매개체인 듯했다. 이들은 모두 그 순간적으로 통하는 느낌을 기억하고 있었다.

그들이 첫 모임을 가진 뒤에도 물음표 목격자들은 점점 늘어났다. 3월 2일, 여의도 공원에서 세 번째 모임을 가질 때 그들은 이미 쉰한 명으로 늘어 있었다. 감염 경로는 거의 완벽하게 파악되었다. 감염이 일어난 건 모두 11월 중순에서 1월 말 사이였다.

도표가 완성되자 최초의 감염자로 추정되는 임주연이라는 전업주부에게로 시선이 집중되었다. 모임이 처음이었던 그녀는 계속 핸드백을 만지작거리고 있었다. 마침내 이야기할 기회가 주어지자, 그녀는 핸드백에서 손수건으로 싼 작은 물건을 꺼냈다.

그것은 옛날 사람들이 쓰던 청동거울의 파편처럼 보였다. 한쪽은 매끄러웠고 반대편에는 육식동물의 발처럼 보이는 것이 조각되어 있었다. 임주연의 말에 따르면, 그녀는 11월 14일 아침, 아파트 베란다에서 그것을 발견했다고 한다. 무심코 그것을 손에 쥐자, 강한 전기와 같은 것이 그녀의 몸을 치고 올라왔다. 그때 그녀는 남편이 바람피우고 있다고 의심하고 있었는데, 그 일을 경험한 뒤로 남편의 머리 위에 물음표가 떠 있는 게 보였다는 것이다.

모두들 그 파편을 만져보았다. 처음 보는 물건이었지만 왠지 모르게 익숙했다. 무언가가 그들의 기억을 자극했지만 그게 무엇인지 알 수 없었다. 하여간 그 물건이 물음표 현상의 1차 원인임은 분명했다.

네 번째 모임을 마칠 무렵, 그들은 조사를 국제화할 때가 되었다는 것에 동의했다. 영국에서 6년 동안 살아서 영어가 되는 차수정과 컴퓨터를 조금 만질 줄 아는 인경이 주축이 되어 물음표 현상에 대한 영어 사이트를 만들었다. 그들은 쉰한 명에게 생긴 현상들을 꼼꼼하게 기술했고 임주연이 발견한 파편의 앞뒷면을 스캔해서 올렸다.

일주일도 지나기 전에 연락이 왔다. 연락을 보내온 사람은 뉴질랜드 크라이스트처치의 가톨릭 신부인 찰스 맥기라는 사람이었다. 그의 말에 따르면 교구 신자들 사이에서 이상한 현상이 일어나고 있는데, 그것은 그리스어 대문자로 ΙΧΘΥΣ(익투스)라고 새겨진 물고기 모양의 청동판이 신부나 수녀들의 머리 위에 떠 있는 것을 보는 사람들이 늘어나고 있다는 것이었다. 인경과 차수정이 만든 웹사이트를 본 그는 신도들에게 그 사실을 전했고 곧 그들 중 한 명이 임주연이 가진 것과 비슷한 모양의 파편을 가지고 있다는 사실을 알려왔다. 맥기 신부는 그 파편의 스캔본을 메일로 보내왔다. 척 봐도 같은 물건에서 떨어져 나온 것임이 분명했다.

세계 곳곳에서 보고가 날아왔다. 브라질의 리우데자네이루 인근에서 한 무리의 갱단이 서로의 머리에서 갱단 표식이 떠다니는 걸 본다는 정보가 웹사이트를 본 신문기자에 의해 보고되었다.

원인이 되었을 파편 때문에 대규모의 총격전이 벌어지고 일곱 명이 사망한 직후였다. 런던에서는 주로 십대 초반의 여자아이들로 구성된 〈트와일라잇〉 시리즈 팬들이 영화 속 로버트 패틴슨의 머리 위에서 후광 모양의 검정색 고리를 보는 현상이 일어났다. 스웨덴과 아르헨티나, 러시아, 몽고에서도 비슷한 현상이 일어났고 그 중심에는 모두 파편이 있었다.

정보들을 하나씩 종합하던 인경은 새로운 사실을 발견했다. 현상이 일어난 지점들을 하나로 연결하면 지구를 한 바퀴 도는 거대한 원이 그려졌다. 무언가가 2009년 11월 중순에 지구를 한 바퀴 돌면서 세계 곳곳에 파편들을 뿌려놓은 것 같았다.

이제 이 현상은 더 이상 인터넷의 놀림감이 아니었다. 전 세계를 무대로 한 거대한 퍼즐게임이었다. 수많은 사례가 보고되면서 학계가 주목했고 본격적인 연구가 시작되었다. 파편들에 대한 정보가 수집되었고 심지어 그들 중 두 개는 짝이 맞았다. 지금까지 모인 파편들을 종합해보면 그건 용처럼 생긴 수십 마리의 동물들이 털실 공처럼 둥글게 얽힌 모양을 하고 있었다.

이제 사람들은 그 현상을 알 수 있을 것 같았다. 누군가의 머리 위에 있는 무언가를 보는 건 그 자체로는 아무런 의미가 없었다. 그것은 일종의 표시등과 같은 것이었다. 파편 주변에 이상한 현상들을 목격하는 사람들이 발생하고 그들이 정보를 교환하는 동안 부서진 파편들, 그 파편들이 담고 있는 정보들이 발견되는 것. 그것이 그 현상의 목적이었다. 파편을 뿌린 누군가가 그 물체의 조립을 간절히 원하고 있는 게 분명했다.

과연 그 물체가 완벽하게 조립될 수 있을까? 인경이 지도에 그린 라인을 따라가다 보면 새로운 파편들이 발견되긴 했다. 하지만 그 라인의 상당 부분은 대서양과 태평양을 통과하고 있었다. 그 존재는 육지에만 파편들을 뿌린 걸까? 아니면 라인을 따라 바닷속을 탐사해 들어가다 보면 심해어들이 파편 주변에 옹기종기 모여 잠수부들에게 신호를 보내고 있을까?

만약 그 물체가 완성된다면 어떤 일이 벌어질까? 아직 파편들은 세계 곳곳에 흩어져 있었고 어느 누구도 그것들을 한자리에 모을 생각을 하지 못했다. 그 파편들이 진짜로 모일 때 어떤 일이 일어날지 어떻게 알겠는가? 수많은 사람이 종말론적 예측을 내놓았고 많은 사람이 진짜로 그걸 진지하게 믿었다. 파편을 둘러싼 현상은 어떻게 봐도 초자연적이었다. 그것도 수천 명의 목격자와 수십 개의 연구대상이 존재하는 엄청난 사건이었다. 파편의 연구가 헛수고로 끝나도 이 현상 자체는 역사에 남을 수밖에 없었다.

그러는 동안 인경은 맨 처음에 이 현상을 발견한 인물로 유명해졌다. 전 세계 기자들이 그녀를 찾아왔고 인터뷰로 뽑은 돈만 해도 상당했다. 그녀와 차수정이 쓴 경험담은 영어로 번역되어 파편 사건을 다룬 논픽션 책에 수록되었는데, 그 책은 2012년 종말론과 관련된 특수 덕택에 베스트셀러가 되었다. 인경은 가외 수입으로 이렇게 돈을 많이 벌 수 있다고 상상도 한 적이 없었다.

참, 그러는 동안 해성은 어떻게 되었느냐고? 인경이 웹사이트를 만드느라 정신이 없었던 어느 봄날, 여전히 머리에 물음표를 인 해성이 인경을 찾아왔다. 그는 지난 8개월 동안 네 살 어린 스튜어디스와 바람피우고 있었다고 고백했고 이제 더 이상 인경을 만날 수가 없다고 선언했다. 그러는 동안 그는 징징 짰고 자기가 그동안 얼마나 죄의식에 시달렸는지 인경이 알아주기를 바랐다. 인경이 그럼 그냥 헤어지자고 하자 울음을 싹 거둔 그는 좋다고 뛰어나갔다. 그 뒤로 지금까지 인경은 해성의 코빼기도 본 적이 없다.

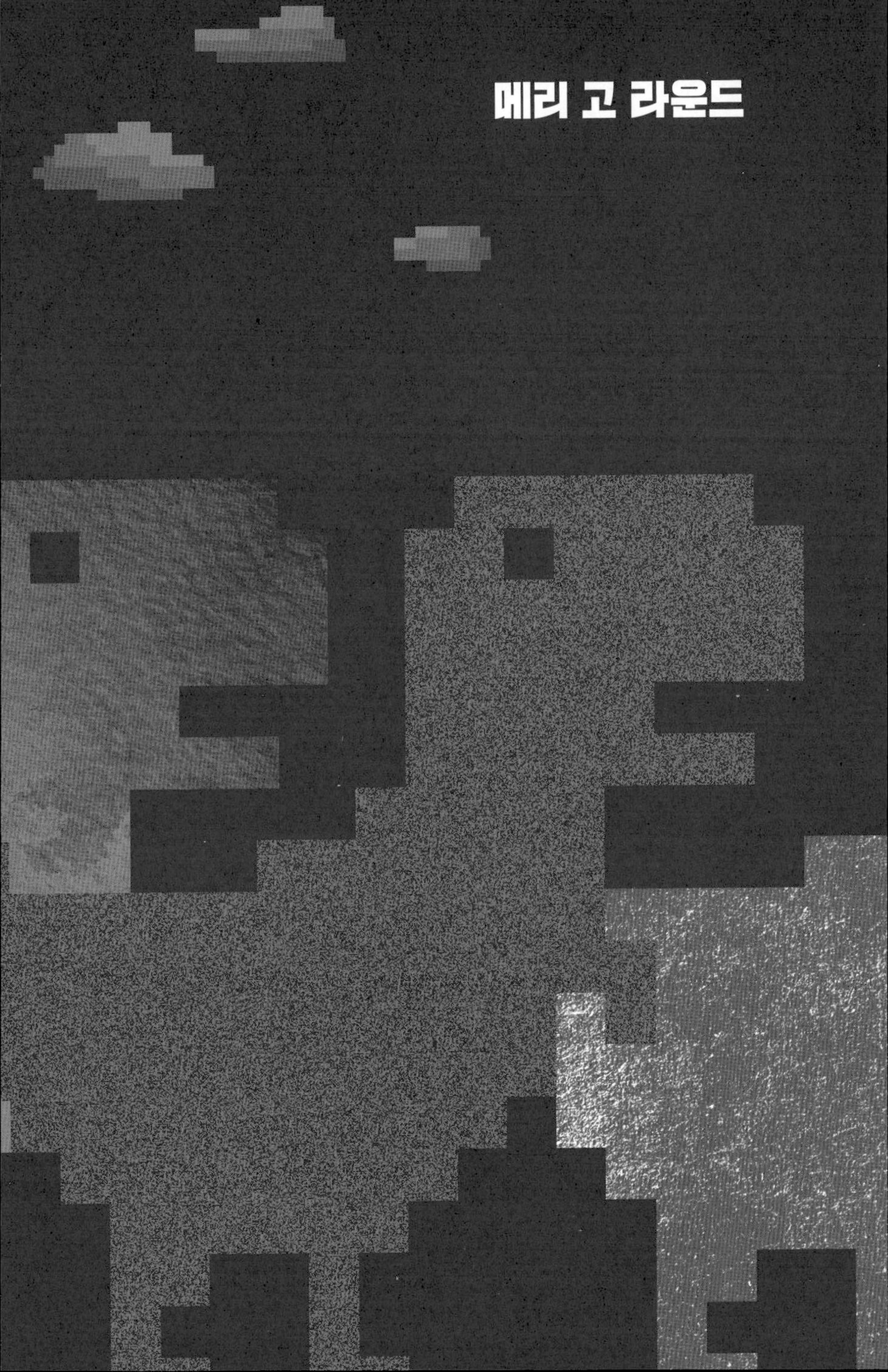
메리 고 라운드

1

정화가 402호 벨을 눌렀을 때 문을 열어준 사람은 현아가 아니었다. 정화는 그녀의 놀란 표정을 보며 가벼운 죄책감을 느꼈다. 얘 이름이 뭐였지? 윤주? 연주? 맞아, 은주야. 은주였던 것 같아.

안녕. 현아 집에 있니? 정화가 물었다.

은주는 말없이 뒤로 물러났다. 뭐라고 말을 하고 싶긴 한 모양인데 말이 떨어지지 않는 모양이었다. 정화는 대답을 기대하지 않았다. 은주가 원래 그렇게 말주변이 좋은 애는 아니었다. 적어도 정화는 그렇게 기억했다. 말 없고 숫기 없고 공부만 죽어라 하던 애.

정화는 구두를 벗고 안으로 들어갔다. 거실은 어수선했다. 테이블 주변에 작은 탑처럼 쌓여 있는 책들, 소파 위에 던져진 옷가지, 텅 빈 여행가방 둘, 사방에 흩어진 찢어진 종이 상자들.

보일러가 터졌어요. 은주가 더듬더듬 말했다. 제 집에. 있을 곳이 없어서. 현아 언니가. 있으라고 했는데. 잠시만.

정화는 짜증이 났다. 전에도 은주는 문장을 제대로 완성하지 못했다. 은주의 말은 레고 블록처럼 자잘한 의미 단위가 무작위로 연결된 어색한 구조물이었다. 원래부터 말주변 없는 애를 타박해서 뭐해. 정화는 은주에게 예의 바른 미소를 던지며 현아의 방을 향해 걸어갔다. 그러는 동안 정화는 〈장미의 기사〉 왈츠를 흥얼거리고 있었지만 언제나처럼 그걸 알아차리지는 못했다.

막 노크를 하려는데 문이 열리고 현아가 나왔다. 샤워한 지 얼마 되지 않았는지 머리가 아직 젖었고 하얀 양들이 그려진 유치한 하늘색 파자마를 입고 있었다. 그녀는 마치 바로 코앞에 있는 정화를 보지 못한 것처럼 은주에게 다가가며 뭐라고 말을 하려다가 움찔하더니 뒤로 물러났다. 그녀는 그제야 히죽거리고 있는 정화의 얼굴을 올려다봤고 미소인지 울음인지 알 수 없는 괴상한 표정을 지었다.

짜잔! 정화가 말했다.

언제 왔어? 현아가 물었다.

막 도착했어. 인천공항에서 여기까지 직접 온 거야.

리무진 버스 타고?

그게 중요해?

집에는 언제 갈 건데?

안 가. 네 말이 맞았어. 언제까지 아빠한테 잡혀 있을 수는 없잖아. 내 나이가 몇인데.

여기 있을 거야?

그러려고 하는데?

현아는 다시 은주 쪽으로 시선을 돌렸다. 은주는 소파 팔걸이에 엉덩이를 걸치고 어색하게 앉아 두 사람의 얼굴을 번갈아 바라보고 있었다.

난 서재에서 잘 거니까. 은주는 유치원생처럼 서툴고 뻣뻣한 동작으로 맞은편 문을 가리켰다. 언니들은 저 방을 쓰니까. 그러니까…… 방해는 안 되려고…….

난 괜찮아. 정화가 인심 쓰듯 말했다. 때가 좀 안 좋긴 했다. 하지만 보일러가 터져 갈 데가 없는 아이를 쫓아낼 필요는 없는 거잖아.

현아가 은주가 쓸 이부자리를 꺼내는 동안, 정화는 현아의 침대에 누워 눈을 감고 숨을 들이켰다. 낡은 책 냄새와 현아의 체취가 섞여 있는 무거운 향기. 밖에선 현아와 은주가 뭐라고 속닥이고 있었지만 정화는 상관하지 않았다. 그나마 그녀의 머릿속에 희미하게 남아 있던 은주의 존재감은 현아가 들어와 그녀 옆에 다가올 때부터 깡그리 사라져버렸다.

하지만 은주는 사라지지 않았다. 아무리 두 사람의 프라이버시를 존중한다며 그들의 시야 밖에 머물러 있어도 그녀가 옆에 있다는 사실은 바뀌지 않았다.

정화는 처음엔 불편하기만 했다. 현아의 아파트에 제삼자가 있다는 것 자체가 어색했다. 현아의 방에 단둘이 있을 때도 벽 너머에 있는 은주의 존재를 느낄 수 있었다. 그녀는 둘이 섹스를 하는 동안에도 은주가 그 모든 소음을 엿듣고 있을 거라고 생각했다.

내가 왜 이걸 어색해해야 하지? 정화는 어이가 없었다. 은주가 그들 주변에 있었던 건 이번이 처음이 아니었다. 그들은 학교 다닐 때 늘 은주를 알리바이로 이용했다. 여행은 누구랑 가니? 콘서트엔 누구랑 가? 현아하고 또 은주라는 애. 늘 여윳돈이 부족했고 숫기가 없었던 은주는 이상적인 공범자였다. 그때까지만 해도 그녀는 은주에 대해 생각이 거의 없었다. 은주는 그림자와 같았다. 늘 따라다니지만 공간을 차지하지 않는 흐릿한 존재.

왜 그렇게 생각했던 걸까? 은주는 그렇게 가볍게 볼 아이가 아니었다. 말주변은 없었지만 똑똑했고 정화와 현아의 관계에 대해서도 알 만큼은 알았다. 아니, 그냥 아는 정도가 아니었다. 숫기 없는 애인 건 맞았다. 하지만 그 앤 남자아이처럼 머리를 짧게 자르고 용케 구한 낡아빠진 나이아드 연애소설을 비밀 단체의 표식처럼 팔에 끼고 다니는 애이기도 했다. 한국에선 이런 애들을 뭐라고 부르지? 단어가 있긴 하던가?

처음으로 정화는 은주를 경쟁자로 보기 시작했다. 은주는 정화보다 현아의 세계에 훨씬 가까웠다. 정화와는 달리 생활력도 강해서 대학에 들어오기 전부터 스스로 벌어먹던 아이였다. 정화가 선물이나 용돈처럼 당연하게 받았던 모든 혜택을, 은주는 전쟁하듯 필사적으로 쟁취하며 살았다. 당연히 현아 맘에 들 만했다. 은주는 정화보다 훨씬 단단한 실체였으며 현실 세계에 더 가까웠다.

정화는 우울해졌다. 현아와 은주가 출근하고 나니 그녀는 도대체 할 게 없었다. 거실 소파에 누워 제목도 알지 못하는 연예 프로그램을 멍하니 바라보던 정화는 자신이 얼마나 공허한 존재인지 알아차리고는 오싹해졌다. 간신히 대학을 졸업하긴 했지만 직업도, 자격증도, 경력도 없었다. 돈을 펑펑 쓰며 한 해의 절반을 해외에서 보내긴 했지만 모두 용돈을 타서 쓰는 것일 뿐 자기 재산은 거의 없었다. 그렇다고 아빠 희망대로 결혼 시장에 뛰어들 생각이 있는 것도 아니었다. 겉만 번지르르할 뿐 형편없는 약자였다. 마음을 바로잡고 현아랑 살겠다고 무작정 아파트에 들어오긴 했지만 과연 현아가 그녀를 반가워하긴 할까? 만약 그녀가 현아랑 살겠다고 선언하면 아빠는 어떻게 반응할까? 갑자기 눈앞이 캄캄해지고 무서워졌다.

정화는 처음으로 다른 사람 눈치를 보기 시작했다. 그때부터 지금까지 보지 못했던 것들이 눈에 들어왔다. 현아가 힐끔힐끔 은주를 훔쳐보는 시선이나, 은주가 더듬거리는 문장 사이에 섞어 표출하는 죄책감이 더 이상 전처럼 가볍게 다가오지 않았다. 정화가 잠시 이 나라를 떠나 있는 동안 둘이 사귀기 시작한 게 분명했다. 지금쯤 둘 다 저 눈치 없는 바보에게 언제 말하나 고민하는 중인지도 모른다.

차라리 그냥 둘을 남겨놓고 떠나버릴까? 정화는 정말 그러려고도 해봤다. 그러는 게 스타일 구기지 않고 이 문제를 해결할 수 있는 유일한 길 같았다. 어차피 그녀는 현아에게 다른 사람을 사귀지 말라고 요구할 입장도 아니었다. 정화는 현아에게 충실하지도 않았고 그래야 한다고 생각한 적도 없었다. 현아는 늘 한자리에 머물러 기다리는 타입이었고 지금까지 정화는 그게 당연하다고 생각했다.

도대체 무얼 믿고 그렇게 나댔던 거지? 정화는 어이가 없었다. 지금으로서는 현아의 대안이 전혀 떠오르지 않았다. 사람들은 정화가 쉽게 사람을 사귄다고 생각했지만 사실은 아니었다. 그녀가 사귄 수많은 '친구'는 그냥 얼굴과 이름만 아는 정도였다. 그녀가 진짜로 속내를 드러내는 친구는 기껏해야 서너 명에 불과했고 그중 제대로 사귄 애인은 현아 한 명밖에 없었다. 10년 넘게 쌓아온 두 사람의 관계를 그렇게 쉽게 포기할 수는 없었다. 현아는 언제나 있던 자리에 그냥 있어야만 했다.

그 순간부터 정화는 전엔 상상도 할 수 없는 일을 했다. 은주를 질투하기 시작한 것이다. 정화는 그 서툴고, 숫기 없고, 평범한 고아원 출신의 강원도 아이를 맹렬하게 질투했다. 그렇다고 은주에게 적대적으로 굴 수도 없었다. 그녀는 그 정도로 한심하지는 않았다.

한참 고민한 끝에 정화는 좀더 예의 바른 방법을 택했다. 현아와 은주가 각각 직장에서 돌아오자, 정화는 소파에 앉아 텔레비전을 보는 척하다가 현아에게 말했다.

은주 말이야, 보일러 고칠 때까지 내 오피스텔에서 지내는 게 어때? 같은 목동이라 멀지도 않고. 우리 때문에 불편하지도 않을 거 아냐?

뒤에서 쨍그랑 하는 소리가 났다. 은주가 들고 있던 찻잔을 떨어뜨린 것이다. 뒤를 돌아보니 몇 초 전까지만 해도 회사에서 일어났던 별 대단치도 않은 이야기를 두서없이 늘어놓으며 바보스러운 미소를 짓던 그녀의 얼굴이 그리스 비극 가면처럼 굳어 있었다. 은주의 표정 변화는 도가 지나칠 정도로 극적이어서 오히려 가짜 같았다.

이제 그만하자. 현아가 말했다.

뭘? 정화가 물었다.

이제 끝났다고. 이 연극도 이젠 지긋지긋해.

언니!

은주가 울먹이며 고함을 질렀다. 하지만 현아는 포기했다는 듯 고개를 흔들며 일어났다.

넌 정말 모르겠니? 지금 뭐가 어떻게 돌아가는지? 간단한 것부터 따져볼까? 공항에서 목동까지 어떻게 왔어?

왜 자꾸 그런 걸 묻는 거야? 리무진 버스 타고 왔다고 그랬잖아.

넌 그렇게 대답한 적 없어. 내가 그렇게 물었던 거지. 생각해 봐, 넌 버스 같은 건 타지 않잖아.

그럼 택시?

그것 역시 자신 없지? 기억이 안 나니까. 그리고 짐은 어디 있어? 생각해봐. 넌 우리 집에서 사흘 동안 지냈어. 그동안 짐도 없이 버텼단 말이야?

그래서 뭐…….

정화가 계속 우물거리자 현아는 더 이상 참을 수 없다는 듯 고함을 빽 질렀다.

바보야, 너는 1년 전에 죽었잖아!

정화는 일어났지만 말을 할 수가 없었다. 그녀는 다시 소파에 주저앉아, 얼굴을 양손에 묻은 현아와 결국 소리 내어 울기 시작한 은주와 그녀가 있는 자리만 텅 비어 있는 전신 거울을 번갈아 바라보았다. 한참 말없이 서 있던 그녀는 지금의 상황을 종합할 수 있는 가장 논리적인 대답을 했다.

엥?

2

은주가 아직 중학생일 때, 서울에 사는 돈 많은 아줌마들이 크리스마스를 맞아 아이들을 데리고 은주가 살던 고아원을 찾은 적이 있었다. 엄마들이 원장과 이야기하려고 안으로 들어가자 억지로 끌려온 아이들과 원생들만 운동장에 남았다. 원생들을 외면하며 철봉대 근처로 후퇴해 있던 서울 아이들에게 갑자기 진흙덩어리가 날아들었다. 은주를 포함한 몇몇 아이들이 우리는 너네들 동정 따위 필요 없어! 라고 고함을 질러대며 그 아이들에게 덤벼든 것이다.

그날 밤 은주는 한 달 동안 종아리에 피멍이 사라지지 않을 정도로 원장에게 심하게 얻어맞았지만 그 일을 후회하지 않았다. 고아원을 떠날 무렵엔 그때 일을 떠올리며 참 바보 같고 유치하다고 생각했지만 그때도 후회는 하지 않았다. 어차피 그건 일어날 일이었다. 은주가 시작하지 않았어도 누군가가 그 아이들의 깔끔한 겨울옷에 눈덩이나 돌을 집어 던졌을 것이다. 그 아이들은 처음부터 고아원에 와서는 안 되었다. 그 아이들도 그걸 알았을 것이다.

은주가 정화를 처음 보았을 때 가장 먼저 생각난 것도 그때 일이었다. 정화는 꼭 그때 엄마 손에 억지로 끌려와 고아원을 찾은 서울 아이들 같았다. 고생 같은 건 모르고 자란 예쁘고 사람 좋은 부잣집 딸. 관심 없었다. 은주는 늘 그런 혜택받은 아이들을 깔보았다. 은주는 돈 많은 부모나 학원 교육 없이 혼자 힘으로 여기까지 왔다. 그녀에겐 그럴 자격이 있었다.

은주가 정화에게 처음으로 관심을 가진 건 정화가 현아와 사귄다는 걸 알아차렸을 때부터였다. 지금까지 자기와는 전혀 상관없는 세계를 사는 학교 선배에 불과했던 사람이 갑자기 그녀가 속한 세계의 일원이 된 것이다. 정화가 동아리에 들어온 자기를 아무것도 모르는 순진무구한 시골 소녀 취급할 때 은주는 속으로 웃었다. 강원도 산골 고아원에서 자란 시골 아이들이 서울 부잣집 공주님보다 더 많이 아는 것도 있다. 그 지식들은 서울 아이들이 멋 부리느라 책이나 인터넷을 통해 익힌 간접 지식보다 종종 더 깊고 내밀하다.

정화가 그녀를 알리바이 조작을 위한 공모자로 끌어들였을 때, 은주는 순전히 돈 때문에 그 일을 한다고 생각했다. 장학금과 아르바이트로 받는 돈은 학교 다니면서 간신히 목숨을 유지할 정도밖에 안 되었다. 선배들을 따라다니면 공짜 식사와 그녀가 절대로 감당 못하는 문화 체험까지 덤으로 누릴 수 있었다. 손해 볼 건 전혀 없었다.

하지만 두 사람과 같이 다니면서 은주는 혼란스러워졌다. 언제나 깔끔하고 상식적인 현아와는 별 문제가 없었다. 문제는 정화였다. 그녀는 정화에 대한 자신의 감정을 확신할 수 없었을 뿐만 아니라 두 사람 간의 위치 파악에도 실패했다.

은주가 정화에게 일종의 보호 본능을 느꼈다는 걸 알았다면 정화는 놀랐을 것이고 자존심이 심하게 상했을 것이다. 하지만 처음에는 정말로 그랬다. 정화가 아무리 국제적으로 놀면서 은주에게 아는 척을 하고 돈 자랑을 해도 은주는 정화를 세상 물정 모르는 예쁜 공주로 보았다. 은주가 보기에 정화가 안다고 생각하는 세상은 진짜 세계를 모방한 유원지에 불과했다. 그 세계를 벗어나지 못한 정화는 순진무구하고 결백했다. 은주는 정말로 정화를 지켜주고 싶었다. 그녀가 둘의 공범자를 자처한 것도 어느 정도는 그 때문이었다.

하지만 정화에 대한 은주의 감정이 깊어지면서 그 위치가 흔들렸다. 은주에겐 심각한 약점이 하나 있었다. 누군가를 좋아하기 시작하면, 아니 좋아한다는 생각이 들기만 해도 그 사람 앞에서 자신감을 잃었다. 말을 더듬었고 태도가 불안해졌다. 전에도 가끔 경험한 일이지만 정화 앞에서만큼 심한 적은 없었다. 아마 정화 앞에서는 자신이 문화적 약자였기 때문에 더 그랬을 것이다. 유원지 세계라고 비웃었지만, 공연장과 오페라하우스에서 은주는 언제나 위축될 수밖에 없었다. 늘 사전에 예습을 하고 필요한 지식을 암기했지만, 거기엔 한계가 있었다.

은주는 포기했고 그 순간부터 정화를 사랑하게 되었다.

그건 항복 선언이나 다름없었다. 그녀는 정화 앞에서 점점 말이 없어졌고 흐릿해졌으며 마침내 시야에서 벗어나고 말았다. 정화와 현아가 학교를 졸업하자, 그녀는 더 이상 정화를 만날 핑계를 만들 수도 없었다.

몇 년의 세월이 흘렀다. 은주는 대학을 졸업했고 대학원에 들어갔으며 교수 추천을 받아 꽤 좋은 직장에 취직했다. 그녀의 휴대전화에는 여전히 몰래 찍은 정화의 사진이 담겨 있었지만, 은주는 그럭저럭 짝사랑에서 살아남았다고 생각했다.

1년 전 현아한테서 전화가 걸려올 때까지는.

전화 속에서 현아는 울고 있었다. 처음에는 무슨 뜻인지 알아들을 수가 없었다. 세 번에 걸쳐 반복한 뒤에야 그녀는 현아가 무슨 이야기를 하는지 알아들을 수 있었다.

정화가 탄 여객기가 시베리아 상공에서 엔진 고장으로 추락한 것이다.

그 뒤로 일주일은 지옥이었다. 은주는 아무런 희망도 없다는 걸 알면서도 믿지도 않는 신에게 기도했고 어떻게든 그녀가 살아남았기를 바랐다. 존재하는 모든 가능성을 검토했고 생존 확률을 계산했다. 일주일 뒤 정화의 시체가 발견된 뒤에도 그녀는 그 계산을 멈출 수가 없었다.

은주는 장례미사에 참석했다. 정화의 아버지는 은주의 이름을 기억하고 있었다. 당연하지. 언제나 알리바이용으로 힘주어 이름을 불렀을 테니.

미사가 진행되는 동안 은주는 현아의 손을 잡고 있었다. 그녀의 보호 본능이 되살아났다. 지금 현아를 이해해주고 돌봐줄 사람은 은주밖에 없었다. 은주는 아직 현아의 공범자였다.

그날 밤 은주는 현아를 자기 집으로 데리고 갔다. 상대가 정화였다면 꿈도 꿀 수 없는 일이었지만 현아라면 사정이 달랐다. 현아를 유혹하는 동안, 은주는 자신이 거의 마르첼로 마스트로얀니나 장 폴 벨몽도처럼 능숙하게 느물거린다고 생각했다. 지금까지 강직된 몸속에 감추어졌던 바람둥이 테크닉이 성당 안에서 얼음이 녹듯 슬슬 기어 나온 것 같았다. 그녀 자신도 이런 능숙함이 믿어지지 않았다.

그날 이후로 은주는 현아를 떠나지 않았다. 현아는 정화와 그녀를 연결시켜주는 유일한 통로였다. 은주마저 떠나면 그녀는 모든 걸 잃을 터였다. 현아와의 섹스는 일종의 스리섬이었다. 어떻게 보면 은주는 현아를 통해 처음으로 정화를 소유할 수 있었다.

1년간의 다소 나른하고 평범한 데이트 끝에 은주는 현아네 집으로 이사했다. 그건 일도 아니었다. 고아원을 나온 뒤에도 은주는 언제나 짐을 최소한으로 유지했다. 옷 몇 벌, 신발 서너 켤레, 노트북, 그리고 정말로 꼼꼼하게 골라 정돈한 책들. 택시 타는 것도 싫어서 그녀는 전철로 퇴근할 때마다 여행가방 둘과 종이 상자 두 개로 정리된 짐을 신림동 월세방에서 현아네 아파트로 하나씩 날랐다. 급할 건 하나도 없었다.

정화가 〈장미의 기사〉 왈츠를 흥얼거리면서 402호 아파트로 들어온 건 은주가 마지막 짐을 아파트로 가져와 막 정리를 시작할 무렵이었다.

은주의 머리가 정상적으로 돌아갔다면, 1년 전에 죽은 여자의 유령이 눈앞에 서서 뻔뻔스럽게 히죽거린다는 현실 자체를 부인했어야 했다. 하지만 은주의 머리는 그런 식으로 돌아가지 않았다. 그때 그녀의 머릿속에서 무한순환하며 뱅뱅 돌았던 생각은 단 하나였다. 정화가 돌아왔으며, 자칫 그녀가 손가락 하나라도 잘못 놀린다면 이 아슬아슬한 초자연 현상이 파괴되어 그녀가 다시 사라질지도 모른다는 것.

현아 역시 같은 생각을 하고 있는 게 분명했다. 두 사람은 말 한

마디 주고받지 않았지만 사전에 짜기라도 한 것처럼 손발이 착착 맞았다. 두 사람은 비행기 사고 이전밖에 기억하지 않는 유령을 방으로 불러들이고 살아 있는 사람처럼 대접해주었으며 시치미 뚝 떼고 현아의 침실로 밀어 넣었다. 이것들이 어떻게 논리적으로 가능했는지 은주는 몰랐다. 알 생각도 없었고 분석은 더더욱 가당치 않았다. 생각하면 안 된다. 이치를 따지는 순간 모든 일이 끝장날지도 몰라.

그 순간부터 이성이 사라지고 혼란스러운 감정만이 남아 은주를 지배했다. 마치 대학 때로 돌아간 것 같았다. 그녀는 가끔 이 시절을 행복하고 좋았던 때로 기억하며 향수했다. 하지만 그건 기억의 사기였다. 당시 은주는 혼란스러웠고 고통스러웠으며 거의 모든 사람에게 화를 내고 있었다. 감정을 통제하지 못하는 자신에게 화가 났고 자신을 알아주지 못하는 정화에게 화가 났으며 정화의 모든 관심을 빼앗아가는 현아에게 화가 났다. 그녀는 정말로 그 사람 좋은 현아에게도 화를 냈다. 단지 죄의식이 솜씨 좋게 그 분노를 눌러버렸을 뿐이다.

둘을 침실로 보내버리고 서재로 후퇴한 은주는 벽 너머에서 들려오는 모든 소음에 귀를 기울이며 새어 나오는 하찮은 정보들을 모아서 살을 붙이고 재구성했다. 이런 식의 미친 행동을 계속하다간 자기만 우스꽝스러워질 거라는 걱정은 들지도 않았다. 그 정도 이성이 남아 있었다면 여기까지 오지도 않았다. 도대체 왜 정화가 남아 있는 것이 당연하다고 생각했던 걸까? 그녀는 여전히 정화에게 다가갈 수 없는데. 할 수 있는 것이라고는 지금도 여전히 정화의 관심을 독점하는 현아를 질투하는 것밖에 없는데. 그녀가 이 상황에서 얻을 수 있는 건 그냥 고통뿐인데. 심적 고통만을 이야기하는 게 아니었다. 정화의 체류가 길어질수록 은주는 점점 몸이 아팠다. 열이 나고 머리는 멍했으며 구토 증상까지 있었다.

그런데도 불구하고 은주는 순진무구하게 이 모든 것을 쾌락이라고 믿었으며 이 상태가 영원히 존속되기를 바랐다. 그랬기 때문에 현아가 그녀의 눈앞에서 정화에게 진상을 폭로했을 때, 그녀는 현아가 미쳤다고 생각했다. 어떻게 그럴 수가 있는가. 어떻게 정화에게 그럴 수가 있는가. 어떻게 나에게 그럴 수가 있는가.

도대체 어떻게.

3

정화는 사라지지 않았다. 끼긱거리고 휘청거리고 일관성을 잃긴 했어도 그녀는 여전히 402호 아파트에 남아 있었다. 하긴 현아는 그녀가 그렇게 쉽게 사라질 거라고는 생각도 안 했다. 아니, 과연 정화가 그녀 곁을 진짜로 떠난 적이 있긴 했던가? 둘 중 하나가 죽는다고 해서 평생을 끌어온 관계가 그렇게 쉽게 끊기는 건 아니다.

꼭 초자연적으로 해석할 필요도 없다. 지금도 현아가 가지고 있는 CD들 중 3분의 1 정도 원래 정화 것이었다. 그것들을 제외하고도 한 20여 장은 누가 돈 내고 샀는지 잘 모른다. 17년째 현아와 동거 중인 곰 인형도 원래는 정화가 가지고 놀러 왔다가 남겨놓고 떠난 것이다. 그 반대는 어떤가? 현아의 취미는 원래 자기 것이었는가, 아니면 정화한테서 감염된 것인가? 은주가 정화의 버릇으로 알고 소중하게 기억하는 몇 가지, 예를 들어 극적인 순간에 살짝 과장된 제스처로 손가락 끝을 튕기는 버릇은 원래 현아 것이었다. 그게 단짝친구에게 옮겨갔고 더 성격이 잘 맞는 사람에게 눌러앉은 것이다.

매사가 이런 식이었다. 정화와 현아는 성격도 외모도 가정환경도 달랐지만, 둘을 엮어주는 투명하고 넓은 연속체가 존재했다. 단지 그걸 감지할 만큼 예민한 사람은 언제나 현아였고 최종적으로 늘 한쪽의 영향력 안으로 들어가는 사람도 현아였다.

현아는 거기에 대해 불평한 적도 없었고 그게 나쁘다고 생각한 적도 없었다. 반대로 현아는 정화를 통해 세상 속으로 확장될 수 있었다. 정화의 체험은 모두 현아의 것이나 다름없었다. 정화는 현아를 조강지처처럼 서울 한구석에 박아두고 자기만 날래날래 싸돌아다니는 것에 죄책감을 느꼈지만 현아는 상관없었다. 정화에게 다른 연인들이 생긴다면 그들은 모두 현아의 것이기도 했다.

오히려 진짜 죄책감을 느끼는 쪽은 현아였다. 적어도 정화가 현아에게 품고 있는 감정은 진짜였다. 현아는 그걸 너무나도 잘 알고 있었다. 언제나 지구 반대편으로 달아날 수 있으면서 늘 현아와 함께하는 삶을 꿈꾸고 그녀에게 돌아오는 것도 그 때문이었다. 하지만 현아는 그 감정을 그대로 돌려줄 수 없었다. 현아에게 정화는 자신의 양팔과 같았다. 자신의 팔과 연애를 할 수는 없지 않나? 언젠가는 그 팔보다 먼 곳에 있는 누군가를 갈망할 수밖에 없지 않나? 정화와의 관계가 특별히 불만스럽지는 않았지만, 현아는 늘 자신의 양팔 안에 갇혀 있다는 생각이 들었다.

은주를 처음 만났을 때, 사실 현아는 그녀에 대해 별 생각이 없었다. 은주는 선배들에게 깊은 인상을 줄 만큼 오랫동안 머문 적이 없었다. 그녀는 늘 아르바이트를 하거나 도서관에 틀어박혀 공부하느라 바빴다. 다들 그 아이를 이해해주어야 한다고 생각했다. 집도 부모도 없는 산골 아이가 장학금 받아왔다잖아. 열심히 공부하겠다는데 방해하지 말아야지.

그들이 몰랐던 건 은주가 도서관에 박혀 있는 동안 늘 학과 공부만 하는 게 아니라는 점이었다. 공부에 관한 한 은주의 머리는 아주 치밀하고 능률적으로 돌아갔고 다른 사람들의 10분의 1만 노력해도 충분히 그들을 따라잡을 수 있었다. 남은 시간 동안 은주는 도서관에서 지금까지 부족했던 일반교양을 쌓으며 놀고 있었다. 독서는 그 당시 은주가 택할 수 있는 거의 유일한 오락이었다.

현아는 그 아이에게 조금 다른 세상을 열어주고 싶었다. 현아는 정화와 회원으로 있는 LGBT 동아리에 은주를 소개했고, 은주가 정화를 처음으로 만난 곳도 거기였다. 집단행동에 냉소적이었던 은주가 동아리에서 할 만한 일은 별로 없었다. 결국 동아리 활동은 삼총사가 만나기 위한 핑계로 떨어졌다.

왜 정화가 죽을 때까지 은주의 감정을 눈치채지 못했는지, 현아는 이해할 수가 없었다. 아니, 이해는 했다. 정화의 눈치나 깊이라는 건 뻔했으니까. 하지만 아무리 그래도 이건 너무 쉽잖아. 멀쩡하게 전공과 관련된 복잡한 문장을 술술 내뱉던 아이가 정화가 방 안에 들어오기만 하면 갑자기 말을 씹어대는 것만 봐도 알 수 있는 것 아닌가? 그 애의 상기된 얼굴과 몽롱한 눈매에서 다른 어떤 걸 읽을 수 있단 말이야? 물론 정화는 거기에서 무엇을 읽을 생각 따위는 없었다. 정화에게 은주는 그냥 볼이 빨갛고 말주변이 없는 강원도 아이였다. 눈먼 장님 같으니. 감당할 수 없는 일방적인 짝사랑에 빠져 있는 저 시골 아이가 얼마나 사랑스러우냔 말이야.

그때 처음으로 현아는 은주에 대한 자신의 감정이 임계선을 넘어섰다고 생각했다.

그렇다고 은주에게 직접 대시할 생각은 들지 않았다. 현아에게 은주가 사랑스러운 건 정화를 짝사랑하기 때문이었고, 그녀는 그 상태를 깨뜨리고 싶지 않았다. 어차피 은주가 자길 받아들인다고 해도 그녀는 꿩 대신 닭에 불과했다. 이런 식으로 조금 떨어진 곳에서 은주를 바라보며 가끔 적절한 순간에 그녀에게 도움을 주는 것만으로 현아는 충분히 즐거웠다.

대학을 졸업한 뒤, 현아와 정화는 은주와 멀어졌다. 현아는 취직 전선에서 전쟁을 치르느라 바빴다. 정화도 한두 군데 회사에 서류를 들이밀고 가끔 학원에도 다녔지만 정말로 취직할 생각은 없었다. 마침내 취직한 현아가 아파트를 구하자, 그곳은 정화가 툭하면 달아나는 도피처들 중 한 군데가 되었다. 다른 도피처들은 모두 해외였다. 둘의 관계가 어떻게 자리 잡을지는 아무도 몰랐다. 아마도 이게 최종 종착지이고, 죽을 때까지 그들은 이렇게 아무것도 아닌 상태로 어정쩡하게 살아야 할지 모른다. 현아는 막막했다. 그렇다고 다른 대안이 있을까?

그러다 정화가 탄 비행기가 추락했다.

현아가 정화의 죽음에 충격을 받지 않았다고 말한다면 그건 거짓말이다. 그녀는 정신없이 슬펐고 그만큼이나 화가 났으며 결정적으로 무서웠다. 그녀가 평생 동안 알고 지내던 세계는 비행기 추락과 함께 산산조각이 나버렸다.

그러나 그건 그 세계를 탈출할 수 있는 기회이기도 했다.

현아가 은주에게 비행기 추락 사고를 알렸을 때, 과연 무슨 생각을 하고 있었을까? 현아는 그게 당연한 의무감 때문이었으며 다른 사심 따위는 없었다고 굳게 믿었다. 하지만 그게 정말 사실이었다면 그렇게 믿음을 일부러 굳게 다질 필요까지 있었을까?

한 가지 분명했던 건 은주가 현아에게 접근했을 때, 그녀가 나무토막처럼 뻣뻣하게 당하고만 있지는 않았다는 것이다. 말도 안 되는 소리. 오히려 당시 상황과 분위기를 통제하고 있었던 건 현아였고 은주를 아파트까지 불러들인 것도 현아였다. 그러는 동안 현아는 죽은 정화를 팔아먹고 있었다. 툭하면 정화의 기억을 되살려 은주를 자극했고 둘이 공유했던 말버릇이나 습관을 조금씩 의도적으로 드러내면서 정화의 이미지를 향수처럼 뿌렸다.

조금씩, 아주 조금씩 현아는 은주를 자기 품으로 유도했다. 여기에 대해서는 죄책감 따위 느끼지 않으려 했다. 어차피 모두에게 좋은 일이었다. 이유가 조금씩 다를 수는 있어도 두 사람 모두 서로를 필요로 했고 서로에게 필요한 것을 줄 수 있었다. 시간이 조금 더 흐른다면 그들은 서로에게 안정적으로 정착할 수 있을 것이다. 어차피 사람이라는 건 변하기 마련이고 지금의 은주나 현아도 그들이 처음 만났을 때와 같은 사람들이 아니다. 언제까지 과거에 발목 잡혀 살 수는 없다.

그러나 종종 과거는 순전히 사람들의 발목을 잡으려 튀어나온다.

정화의 유령은 은주가 생각했던 것처럼 어느 날 갑자기 402호의 벨을 누르고 들어온 것이 아니었다. 은주가 현아의 집으로 들어오겠다고 선언한 바로 그날부터 현아는 무언가가 잘못 돌아간다는 사실을 느낄 수 있었다. 처음엔 잘 아는 누군가가 옆에 있는 것 같은 무형의 친근한 느낌으로 시작되었다. 그러다 어느 순간 현아는 정화의 십팔번인 〈장미의 기사〉 왈츠를 자기가 콧노래로 흥얼거린다는 사실을 알았다. 방을 청소하다 보면 있는지도 몰랐던 정화의 물건들이 발견되고 결국엔 마치 집에 정화가 있는 것처럼 행동하고 말까지 걸었다. 정화의 유령이 정말로 아파트 안에 들어섰을 때, 현아는 이미 이 부조리한 침입에 준비되어 있었다.

차라리 혼자였다면 대처하기 쉬웠을 것이다. 처음부터 솔직하게 사실을 말하고 제발 나를 그만 내버려두라고 돌려보낼 수도 있었을 것이다. 하지만 현아 옆에는 은주가 있었다. 순식간에 열아홉 살로 돌아가 옛 짝사랑에 불이 붙은 채 어색하게 서 있는 은주가.

현아는 조용히 은주의 연극에 동참했다. 조용히, 죽은 옛 친구를 자기 방으로 초대하고 죽은 사람과 몸을 섞었다. 그러는 동안에도 현아는 벽 너머에서 은주가 내는 작은 훌쩍거림까지 다 들을 수 있었다. 현아는 자신이, 죽은 뒤에도 뻔뻔스럽게 은주를 지배하고 있는 정화를 질투하는 것처럼 은주 역시 자신을 질투하고 있다는 걸 안다. 이게 무슨 바보짓인가?

현아는 용케도 그 말도 안 되는 사흘간을 버텼다. 그나마 낮에 탈출할 수 있는 직장이 있어서 다행이지, 그렇지 않았다면 그녀는 그 부조리함 속에 함몰되어 미쳐버렸을지도 모른다. 아니, 그녀는 이미 서서히 미쳐가고 있었는지도 모른다. 정화의 유령이 갑자기 그녀의 아파트에 들어왔다고 믿는 것 자체가 광기의 징조일지도 모른다. 아마 은주는 순전히 자신이 폭발할까 봐 마지못해 그녀의 광기에 동참하고 있는지도 모른다. 조금만 더 이런 미친 짓을 계속한다면 하얀 제복을 입은 정신병원 직원들이 그녀를 잡아가려고 잠자리채를 휘두르며 아파트 안으로 들이닥칠지도 모른다. 그렇게 된다면 그녀는 남은 평생을 죽은 정화와 함께 격리실에 감금된 채 살아야 할지도 모른다.

현아는 말없이 정화와 은주를 번갈아 응시한다. 이제 그녀는 누가 유령인지, 누가 진짜 사람인지 확신하지 못한다. 그녀는 지난 며칠 동안 그녀가 겪었던 일들이 진짜로 일어난 일인지 아니면 누군가의 꿈인지도 확신하지 못한다. 심지어 그녀는 자신의 이름이 현아이긴 한 건지도 확신하지 못한다.

난 그냥 나가볼게. 현아가 말한다.

그녀는 누가 말릴 사이도 없이 4년 전까지만 해도 정화 것이었던 낡은 쥐색 코트를 걸치고 밖으로 뛰어나간다. 뒤에서 정화와 은주가 뭐라고 외치지만 그녀는 무시한다. 진눈깨비가 내리는데 그녀는 우산도 사지 않고 그냥 걷는다. 머리와 몸은 천천히 젖어가고 그녀의 정신은 전혀 맑아지지 않는다. 습관적으로 현대백화점 쪽을 향해 걷던 그녀는 갑자기 길에서 전단지를 나누어주는 커다란 산타클로스와 마주친다. 그를 피하려 엉겁결에 차도로 내려온 그녀의 눈앞에 갑자기 요란한 헤드라이트의 불빛이 들이닥친다. 현아는 머리에 엄청난 통증을 느끼면서 정신을 잃는다.

처음에 현아는 자기가 죽은 줄 알았다. 차에 치여 정화도 은주도 없는 천국으로 간 줄 알았다. 하지만 그게 아니었다. 환자복을 입고 머리에 붕대를 감긴 했어도 현아는 여전히 살아 있었다. 심지어 그건 교통사고도 아니었다. 그녀 앞에서 자동차가 갑자기 선 건 현아가 갑자기 길을 가로막았기 때문이 아니라 아까 전까지만 해도 멀쩡해 보이던 아가씨가 갑자기 나타난 산타클로스를 보고 기절하는 걸 봤기 때문이었다. 산타클로스와 운전사는 119에 연락했고 잠시 뒤 앰뷸런스가 나타나 그녀를 이대 목동병원으로 싣고 갔다. 병원 의사들은 의식을 잃은 현아의 몸을 멋대로 굴리면서 엑스레이 사진을 찍고 CAT 스캔을 하더니, 두개골에 구멍을 뚫고 뭔가를 꺼냈다.

현아는 간신히 정신을 차린다. 하지만 그녀는 자신의 정신이 온전한지 확신할 수 없다. 지금 〈장미의 기사〉 왈츠를 흥얼거리는 건 정화의 유령일까, 아니면 자신일까? 자신이라는 걸 확인할 만큼 정신이 온전해질 때까지 그녀는 서너 시간을 더 투자한다. 확인이 끝나자 그녀는 콧노래를 멈춘다. 그녀는 조용히 눈을 감고 병원 침대에 누워 드디어 찾아온 아슬아슬한 침묵을 즐긴다.

저녁이 되자 은주가 그녀를 찾아온다. 현아는 그녀에게 정화의 유령에 대해 물어보려 하지만 하필 바로 그 순간에 현아의 엄마가 이모들과 함께 찾아온다. 현아의 질문은 정화의 이름만 간신히 남기고 어색하게 중단된다. 한 시간 뒤 아줌마들은 꽃다발과 오렌지 주스 깡통을 남겨놓고, 왔던 때와 마찬가지로 갑자기 우르르 사라져버린다.

다시 현아와 은주만 병실에 남는다. 은주는 조용히 현아의 이

마를 쓰다듬더니 그 손을 조용히 이불 속에 넣고 힘없이 흩어져 있는 현아의 손가락들을 모아 꼭 잡는다. 현아는 여전히 정화에 대해 물어보고 싶지만 그럴 용기가 나지 않는다. 그녀는 간신히 찾아온 둘만의 시간을 망치고 싶지 않다. 현아는 이불 안에 들어온 은주의 왼손을 양손으로 움켜쥐고 눈을 감는다. 은주가 뭐라고 말하지만 그녀는 듣지 않는다.

지금도 혀끝을 간질이며 입 밖으로 튀어나오려는 〈장미의 기사〉 왈츠의 콧노래를 억누르는 것만으로 현아는 충분히 힘겹다.

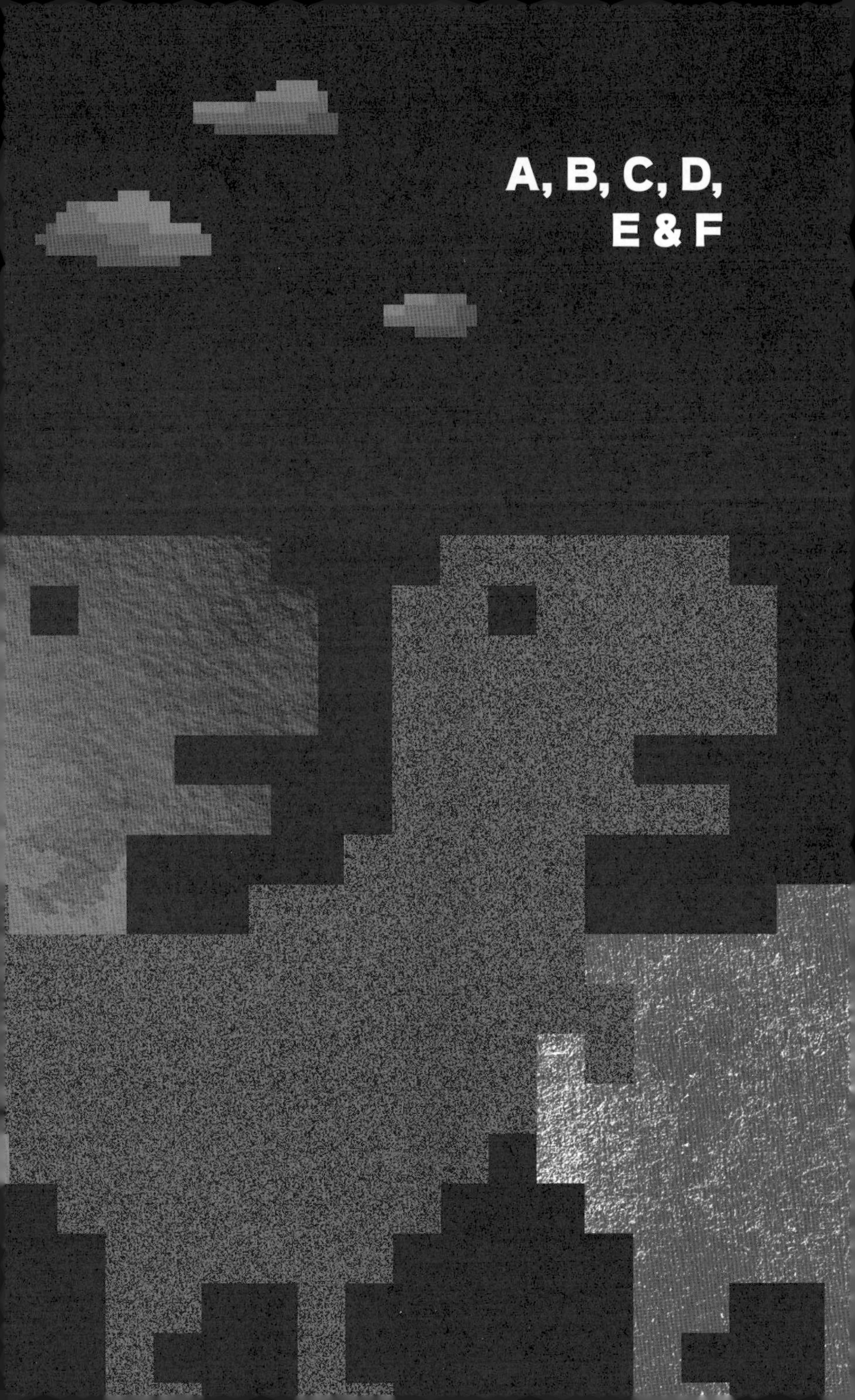
A, B, C, D,
E & F

내 친구 A는 인터넷으로 채팅을 하다가 B라는 남자를 만났다. 둘이 한동안 이야기를 하다 보니 대충 취미도 맞았고 말도 통했다. 게다가 모두 겨드랑이가 시원섭섭한 싱글이라 둘은 곧 온라인 데이트에 들어갔다. 서로를 만날 생각은 꿈도 꾸지 못했는데, 그들 사이에는 커다란 대양이 가로막고 있었고 둘 다 해외여행을 꿈꾸기엔 경제 사정이 딸렸기 때문이었다.

B가 절대로 만날 수 없는 사람이라는 이유 때문에 A는 조금씩 막가기 시작했다. 가끔 보내는 사진들에는 수정이 가해졌고 나누는 이야기에는 살짝 픽션이 섞였다. 그런 점에서는 B도 마찬가지였으니 사실 미안할 바는 조금도 없었다.

어느 날 A는 과연 B가 자기를 어떻게 생각하는지 제삼자의 입장에서 한번 알아보고 싶어졌다. 그래서 무료 서비스에 하나 더 등록하고 C라는 친구를 만들었다. 물론 같은 사람이라는 냄새를 풍겨서는 안 되니까 C에게는 약간 다른 성격을 주고 B가 잘 가는 채팅실에 참여시켰다. 한동안 이런 저런 이야기를 하다가 C는 자기를 A의 친구라고 소개했다.

여기서 엉뚱한 문제가 생겼다. B가 C에 더 관심을 보이기 시작한 것이다. A는 C에게 개성을 준답시고 C를 더 재미있고 똑똑한 인물로 만들어버렸다. 게다가 자신이 A라는 사실을 숨기기 위해 A를 가지고 한 농담이 A 자신을 조롱거리로 만들었다. 점점 B가 A에게 보내는 편지에 C에 대한 이야기가 더 많은 부분을 차지했고 A는 질투가 나기 시작했다.

해결책은 C에게 D라는 가상의 남자친구를 붙여주는 것이었다. A는 이메일 주소를 하나 더 만들고 (정보 파라다이스여, 축복받을지어다) 아주 멋진 조건을 달았다. A는 지나가는 말로 B에게 C는 D라는 남자친구가 있으니 건드리면 죽는다고 정보를 주었다. 잠시 뒤 D도 온라인 세상에 나타나서 C는 내 차지라고 동네방네 자랑하고 다녔다.

C에게 점점 호감을 느끼던 B는 실망이 컸지만 그렇다고 물러설 수는 없었다. 그는 E라는 가상의 여성을 만들어서 (역시 무료 이메일 주소가 주어졌다) D에게 접근했다. D는 화사하고 귀여운 멋이 있는 E에게 묘한 호감을 느꼈다. 사실 C와 D는 아무 사이도 아니지 않은가. D는 점점 E와의 대화에 몰두했고 C가 내 것이라고 동네방네 자랑하고 다니는 것도 잊어버렸다.

A의 막강한 음모에도 불구하고 A와 B 사이는 회복되지 못했다. B가 아무리 머리를 굴려도 C가 자기로부터 멀어진 건 D 때문이 아니라 A가 훼방 놓았기 때문인 것 같았다. 그 증거로 D는 너무나도 쉽게 E에게 빠지지 않았는가. 그건 애당초부터 D가 C에게 관심이 없었다는 말이다. 그렇다면 왜 그렇게 동네방네 여자친구 자랑을 하고 돌아다녔을까? 그걸 확인하기 위해 B는 F라는 가상의 남자를 하나 만들어서 B의 친구라고 소개하며 패거리들이 잘 가는 공간에 풀었다.

스파이라는 사악한 목적으로 태어났기 때문에 F는 유달리 고약한 인물이었다. 그는 역시 스파이라는 목적에 맞게 처음에는 달짝지근하게 굴면서 A, C, D, E에게 접근했지만 점점 인간성이 탄로 나기 시작했다. 점점 F는 B의 통제력을 넘어서기 시작했다. F는 아무에게나 붙어서 이간질을 시작했고 모두의 단점을 폭로했다.

그 결과 F는 단체로 미움을 받았지만 또 뒤로는 은밀한 우정의 제의도 받았다. 인간이 아무리 개떡 같아도 스파이는 효용성이 있는 법이니까. 자신들의 관계에 점점 자신감을 잃어가던 A, B, C, D, E는 모두 뒤로 F에게 몰래 접근해서 상대방의 진실을 확인하려 했다. F는 비밀을 지키는 척했고 실제로도 지켰지만 이들의 은밀한 접근은 곧 자연스러운 경로(이게 무엇인지 설명할 필요도 없으리라)를 통해 탄로 났다.

A는 C가 남자친구를 훔쳐간 여우라고 욕을 퍼부었고 B는 C

를 변호한답시고 D라는 건달에 비하면 C는 천사라고 대꾸했다. D는 E가 얼마나 매력적이었나 설명하면서 자신이 C를 걷어찬 걸 변명하려 했다. 물론 E의 매력은 사악한 F가 E의 복잡한 남자 및 여자관계를 폭로하면서 상당히 감소했다.

이 난투극은 F에게 모든 책임을 돌리고 그를 추방하면서 일단 끝났지만 상처는 심하게 남았다. A는 C를 욕하며 쫀쫀하게 군 것이 미안했고 B에게 욕한 것도 떨떠름했다. B는 A가 속 좁은 여자라고 생각했지만 C와 계속 사귀는 것도 서먹서먹했다. C는 이제 남자들은 하나도 믿을 만하지 못한 건달들이라고 생각하며 자신의 정체성에 대해 심사숙고하기 시작했고 D는 E의 복잡한 애정 관계에 정나미가 떨어졌다. 그래도 D와의 관계를 지속하고 싶었던 E는 어떻게든 그를 설득하려 했지만 소용이 없었다.

실망한 E는 온라인을 우아하게 방황하며 돌아다니기 시작했고 그 서글픈 모습은 B의 동정을 끌었다. B는 E를 위로하다가 점점 E를 사랑하게 되었다. 둘은 점점 같은 게시판이나 채팅실에 나타나기 시작했고 사람들은 서서히 E와 B를 커플로 인정했다.

이제 A는 B가 남의 남자라는 사실을 인정할 수밖에 없었다. 상심한 마음을 그나마 위로해주는 사람은 E에게 철저하게 실망한 D였다. D는 모든 여자의 화려한 꾸밈은 가짜이고 그나마 자기가 마음속까지 잘 아는 A만이 믿을 만한 여자라고 생각했다. 둘은 가까워졌고 역시 점점 같은 게시판이나 채팅실에 나타나 커플처럼 굴었다.

파트너가 바뀐 네 사람은 이제 다시 서로에게 친구처럼 굴기 시작했다. 그러나 그들 중 C와 F의 소식을 들은 사람은 아무도 없었다. 소문에 따르면 C는 과격한 레즈비언 분리주의 사이트의 정기 기고가가 되었다고 하며 F는 어떤 게시판에서 싸가지 없이 굴다가 디지털 따돌림을 당해 전기 충격으로 실성했다고 하지만 모두 확실하지는 않다.

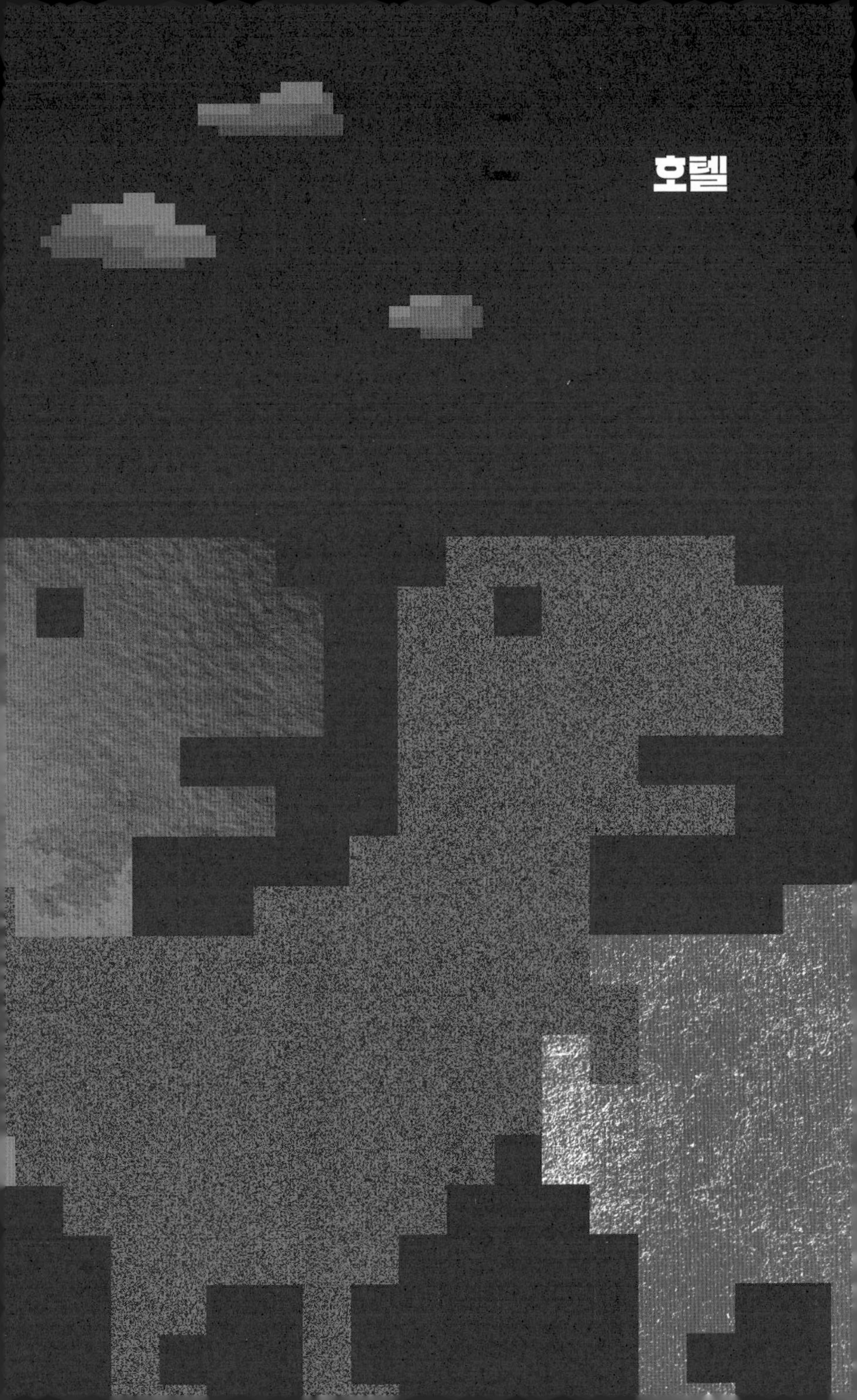
호텔

작년 크리스마스 시즌, 내 딸 시유는 같은 호텔의 신참 플레이어와 사랑에 빠졌다. 그들의 이야기는 독창적이지도 않았고 극적으로도 그렇게 만족스럽지 않았지만, 그래도 많은 사람이 로맨틱하다고 생각할 만한 몇몇 요소를 갖추고 있었다.

개념만 따진다면 시유와 그 애의 새 애인이 겪은 일들은 계급과 신분에 의해 서로로부터 격리된 중세의 두 연인들이 겪었던 예스러운 시련과 다를 게 없었다. 시유는 작년만 계산해도 400만 포인트나 획득한 A급 플레이어였고 시유의 새 애인은 막 호텔에 가입한 D급이었다. 세상은 바뀌었지만 그들 사이에 놓인 계급 차이가 만들어내는 긴장감은 크게 다르지 않았을 것이다. 남편은 아직도 둘 사이가 그렇게 급진전된 건 순전히 그런 고정된 설정에 대한 유아적인 환상 때문이라고 생각한다. 남편이 둘의 관계에 부정적이었던 이유 중 하나도 그 때문이다. 그는 그 모든 것이 지독하게 따분한 클리셰라고 생각했다.

둘은 비밀리에 데이트를 했기 때문에 우리는 2월 초가 될 때까지 둘 사이의 관계를 알아차리지 못했다. 시유는 그때도 작년 10월부터 우리의 표적이었던 윤태욱과 공식적인 관계를 유지하고 있었다. 그와의 관계는 옛 왕족들의 정략결혼만큼이나 중요했다. 윤태욱에겐 멀끔하기만 한 그의 이미지에 활력을 불어넣을 기회였고 시유의 극단적이고 어긋난 이미지 역시 어느 정도 편안하게 다듬을 필요가 있었다. 그리고 우리는 시유의 성을 물려줄 아기가 필요했다. 아이는 점점 따분해진 멜로드라마에 활력을 불어넣어줄 수 있는 좋은 기회이기도 했다.

나는 막 시유의 새 애인에 대해 알아낸 남편이 고래고래 고함을 질러대며 스태프실로 뛰어들었던 때를 기억한다. 그의 얼굴은 페인트로 칠한 것처럼 시뻘겠고 눈은 흡혈귀처럼 충혈되어 있었다. 막 윤태욱이 시유에게 호텔에 도착한 그의 네 번째 애인에 대해 고백하려는 결정적인 순간이었지만 난 어쩔 수 없이 "스태프 미팅!"을 외칠 수밖에 없었다. 나는 몇 초 동안 그가 정말 죽을병에라도 걸린 줄 알았다. 아마 그게 진짜 병이었다면 그 병의 이름은 '빌어먹을 뚱보 년'이었을 것이다. 남편이 스태프실에서 외쳐댔던 건 그 말뿐이었다.

스태프실 소파에 쓰러진 남편이 횡설수설 해대고 허겁지겁 스태프실로 뛰어들어 온 시유가 남편에게 장황한 변명을 늘어놓는 동안, 나는 드디어 그 '빌어먹을 뚱보 년'이 누군지 알 수 있었다. 그건 시유가 지난 두 달 동안 우리로부터 거의 완벽하게 숨겨놓고 있던 애인이었다. 우리한테 숨기는 것은 괜찮았다. 플레이어들 간의 비밀 연애는 호텔에서 늘 일어나는 일이었고 그 역시 호텔 드라마의 일부이기도 했다. 하지만 시유와 그 애의 새 애인은 시스템으로부터도 그들의 관계를 숨기려 하고 있었다. 그건 정말 드문 경우였고 법규가 따로 존재하는 건 아니었지만 거의 금지된 일이었다.

나 역시 시유의 행동에 어느 정도 배신감을 느꼈지만 남편이 왜 그렇게까지 화를 내는지는 아직 알 수 없었다. 아까도 말했지만 나는 그들의 관계가 로맨틱할 수도 있다고 생각했다. 로맨틱할 정도까지는 아닐지 몰라도 좋은 드라마가 될 수는 있을 것이다. 꼭 로맨스의 쌍방이 서로에게 어울려야만 이야기가 되는 것은 아니지 않는가. 이런 식으로 하급 플레이어의 신분이 상승하며 자신만의 스토리를 얻는 경우도 이 동네에서는 흔한 일이었다.

시유의 설명이 끝나자 상황이 그보다 더 심각하다는 것이 밝혀졌다. 시유의 애인은 플레이어로 성공할 생각 따위는 없는 사람이었다. (그렇다면 그냥 관람자로 남아 있지 왜 호텔로 들어왔던 것일까?) 시유도 이제 더 이상 플레이어 노릇을 할 생각이 없다고 선언했다. 시유는 은퇴에 대해 이야기했고 바너드 성계의 개척지에서 새 애인과 함께 꾸릴 새로운 삶에 대해서도 이야기했다. 그러는 동안 남편의 입에서 나오는 욕은 뚱보 년에서 뱀으로, 뱀에서 악마로 발전했으며 곧 다양한 구약의 고유명사들로 이어졌다. 나는 그가 젊었을 때 심심풀이로 아빌라의 성 테레사 전기를 쓴 적 있다는 건 알았지만 그의 무의식에 그처럼 깊숙이 기독교 전통이 박혀 있는지는 미처 몰랐다.

그 뒤 이틀 동안 나는 남편과 시유 사이에서 위태로운 중재자 노릇을 해야 했다. 그들은 나도 독립된 생각을 가진 개인이라는 사실을 까맣게 잊고 있는 듯했다. 논쟁이 조금만 더 길어졌어도 여자 옷을 입고 중세의 가정주부처럼 굴어야 할 판이었다.

이 난처한 사태의 해결책은 양쪽 모두한테서 거의 동시에 떨어졌다. 남편과 시유는 거의 동시에 나를 메신저로 지명했다. "제발 그 뚱보 년을 만나고 와서 그년 생각이 얼마나 유치찬란한지 증명해줘. 내 말은 안 들어도 당신 말은 듣겠지." "제발, 아빠가 그 애를 만나줘. 아버지는 이해하려고도 하지 않지만 아빠는 아버지랑 다르잖아." 어쩌고저쩌고. 당신이 비웃는 소리가 내 귀까지 들린다. 하지만 어쩌랴. 극단적인 상황에 말려든 사람들은 우스꽝스럽게 마련이다. 나는 문 근처에 동동 떠다니며 염탐꾼처럼 스태프실에서 흘러나오는 말들을 엿듣고 있는 시스템의 구형(球形) 염탐꾼을 애써 무시하며 밖으로 빠져나왔다.

호텔 카페에서 시유의 애인을 기다리며 나는 시스템이 우리의 이 처참한 멜로드라마를 어떻게 평가하고 있을지에 대해 생각했다. 나는 그저 이 난처한 사태가 조금이라도 더 즐거운 구경거리이길 바랐다. 시유가 윤태욱과 만나기 전에 거쳤던 두 명의 남자는 모두 극단적으로 따분한 작자들이었고 그들로부터는 어떤 재미있는 상황도 나오지 못했다. 관람자들은 만족했지만 우리가 진짜 신경을 써야 할 대상은 시스템이었다. 남편은 종종 관람자들을 쓰레기통에 비유했다. 아무거나 집어삼키고 더러운 것일수록 어울린다고 말이다.

시유의 애인은 약속 시각보다 1분 일찍 도착했다. 직접 만나보니 그녀는 내가 생각했던 사람과 전혀 달랐다. 나는 남편의 욕설에서 불법적으로 뚱뚱한 심술궂은 투정꾼의 이미지를 유추해놓고 있었다. 하지만 그녀의 체형은 조금 여유 있는 정도였을 뿐 엄연히 합법적이었다. 입고 있는 옷들은 정말 난처할 정도로 안 어울렸고 매치도 엉망이었지만 나는 그 정도는 이해해줄 수 있었다. 아니, 오히려 조금 멋있다고도 생각했다. 여기서 나에게 종종 형편없는 패션 센스를 가진 개성적인 여자들에게 매료되는 변태 성향이 있다는 사실을 고백해야겠다. 그들에겐 완벽한 패션 센스가 제공해주지 못하는 불가해한 서스펜스가 있다.

그녀와 이야기를 나누는 동안 나는 왜 시유가 그녀에게 그렇게 깊게 빠져들었는지 알 수 있었다. 그녀는 진지하고 성실했다. 그녀의 진지함은 시유가 어울리는 전문 연애꾼들에선 쉽게 찾아볼 수 없는 것이었다. 플레이어들은 아무리 심각한 연애에 말려들었을 때라도 언제나 파트너를 갈아치울 준비를 하고 있어야 했다. 하지만 시유에 대한 그녀의 아마추어다운 투박한 애정은 거의 항구적인 것처럼 보였다. 점점 나는 내가 그동안 놓친 시유의 연애담이 궁금해지기 시작했다. 나는 그녀가 어떻게 시유와 만났는지, 누가 먼저 접근했는지, 누가 먼저 고백을 했는지 알고 싶었다. 지난 이틀 동안 내가 겪었던 험악한 말싸움 속엔 그런 정보들은 담겨 있지 않았다. 직접 물어볼 수도 있었지만 나는 그런 한가한 목적 때문에 그녀를 만나러 온 건 아니었다.

나는 우선 그녀와 시유의 바너드 성계 이민 계획을 하나씩 검토하며 허점을 찾으려 했다. 계획 자체는 흠잡을 게 없었다. 그녀를 설득할 수 있는 방법은 단 하나밖에 없었다. 그것은 그녀의 진지함에 호소하는 것이었다. 과연 다른 성계로 이민하는 것이 그렇게 가치가 있는 일일까? 나는 물었다. 이미 바너드 성계에는 시스템이 몇백 년 동안 생식세포와 오토마톤을 보내 이루어놓은 인간 개척지가 있다. 두 사람의 지구인을 바너드 성계까지 보내는데 들어가는 비용이 얼마나 되는지 알고 있는가? 둘이 개척지에서 그 비용에 걸맞은 일을 할 수 있다고 생각하는가? 왜 이 모든 것이 시스템의 영향력에서 달아나기 위한 도피에 불과하다는 것을 인정하지 않는가? 인정한다고? 그렇다면 당신은 정말로 바너드 성계의 개척지가 도피처라고 생각하는가? 우주 개척은 호텔의 플레이보다 더 경박한 게임이다. 항성 간 여행과 탐사는 시스템의 우주선들이 훨씬 능률적으로 해내고 있다. 개척지에서 인간이 할 수 있는 유일한 것은 시스템이 뭐든지 더 잘한다는 사실을 모른 척하며 구세대의 삶을 모방하는 것이다. 진지함을 찾는다면 오히려 호텔 플레이로 들어오는 것이 낫다. 호텔 플레이는 인간이 인간으로서 진지하게 할 수 있는 유일한 일이다. 적어도 플레이 안에서 인간의 특성은 게임의 가장 중요한 요소이다. 당신이 지식 습득, 과학 발전, 우주 탐사, 영적 진화를 원한다면 인간의 육체에서 벗어나 시스템을 구성하는 매트릭스의 일부가 되는 방법밖에 없다. 하지만 당신이 그것을 원하지 않는다는 것은 나도 안다. 그렇다면 당신은 지금 무엇을 하고 있는 건가.

나는 우쭐했다. 정곡을 찌른 상당히 좋은 논리였던 것이다. 하지만 나는 내 연설을 경청한 그녀가 조용히 되물은 질문에 대해서는 미처 대비가 되어 있지 못했다. "그래서요?" 그녀는 이렇게 말했던 것이다. "이게 그 진지한 게임인가요? 할 일 없는 사람들 눈앞에서 〈자자 가보 스토리 4편〉을 실연(實演)하는 게?"

나는 대답하지 못했다. 아마 논리를 검증할 시간이 조금 더 있었다면 할 수 있었을 것이다. 하지만 나는 그럴싸한 답변을 찾아낸 다음 날에도 그 명답을 그녀에게 들이밀지는 않았다.

내가 그 빌어먹을 뚱보 년/뱀/악마를 설득하지 못했다는 걸 알자 남편은 입에 거품을 물고 날뛰었다. 하지만 남편은 더 이상 시유를 막을 수 없었다. 그는 모든 프로젝트를 책임지는 스태프 두목이었지만 아무리 두목이라고 해도 플레이어의 자유의지를 가로막을 수 없었다. 시유는 성인이었다. 그녀가 그만둔다면 우린 바라볼 수밖에 없었다. 다행이라면 다행이었지만 관람자들은 시유의 퇴장을 극적이고 로맨틱하다고 생각했다. 퇴장 직전에 시유의 가치는 10만 포인트나 올라갔다. 나름대로 유종의 미를 거둔 셈이다.

나는 시유가 탄 셔틀선이 항성 간 우주선들이 기다리는 달 궤도로 날아가던 4월의 그날 밤을 아직도 어제 일처럼 기억한다. 남편은 스태프 전용 호텔방에 박혀 격투기 중계를 보고 있었지만 나는 테라스에서 셔틀선이 뿜은 푸른빛이 혜성처럼 하늘을 가로지르는 광경을 바라보았다. 나는 시유의 미래에 대해, 바너드 성계의 개척지에 대해 생각했다.

적어도 좋은 결말이고 좋은 시작이었어. 나는 중얼거렸다. 아마 시스템이 노렸던 것도 그것이겠지. 바너드 성계의 개척지는 지금은 진부해진 지구와는 질적으로 다른, 새로운 플레이를 만들기 위한 준비 단계인지도 몰라. 시유와 같은 이주자도 그 플레이의 일부인지도 모르지.

우주선이 사라지자 나는 남편에게로 돌아갔다. 나는 그의 상심을 이해할 수 있었다. 몇 달 전까지만 해도 우리는 스타 플레이어의 메인 스태프였다. 이제 우린 아무 할 일 없는 평범한 중년 남자들에 불과했다. 평생 동안 일급 플레이어와 일급 스태프로 지내온 남편으로서는 상상도 할 수 없었던 일이었다. 내가 방에 들어오자 남편은 신경질적으로 내뱉었다. "가는 애는 어쩔 수 없지. 새 아이를 만들고 처음부터 다시 시작하자. 우리 유전자를 이대로 낭비할 수는 없어."

나는 그의 말에 동의하고 그를 따라 침실로 들어갔다. 남편은 침대에 누워 불을 끈 뒤에도 계속 구시렁거렸지만 나는 대꾸하지 않았다. 감긴 눈꺼풀이 만들어낸 검고 평온한 공허를 바라보며 나는 조용히 잠을 청했다.

죽음과 세금

그 남자의 이름은 채승우이다. 지난 4월 1일에 서른다섯 번째 생일을 맞았고, 대학 졸업 후 곧 취직한 직장에 11년째 다니고 있으며, 스물일곱 살 때 결혼했다가 그다음 해에 이혼해서 지금까지 독신으로 살아오고 있다. 직장에서 평판은 그냥 괜찮은 정도이고 대인관계도 심하게 나쁘지 않다. 만약 5년 안에 결혼해서 한 명 이상의 아이를 낳고 10년 이상 결혼 생활을 유지할 수 있다면 그는 74세까지 살 수 있을 것이다. 만약 독신 생활을 30년 이상 고집하고 직장에서 지금 수준의 성취도를 이어간다고 해도 65세는 보장된다. 우리의 기준에 따르면 그는 아무 의미도 없다. 모자라지도 않고 남지도 않는 그저 그런 보통 남자.

적어도 오늘까지는 그랬다.

나는 테이블 맞은편에 앉아 말없이 남은 홍차를 응시하는 채승우를 관찰한다. 195센티미터의 큰 키와 엉성한 머리숱 때문에 그는 실제보다 나이 들어 보인다. 입고 있는 옷은 고급이고 매치도 잘되어 있지만 너무 교과서적이어서 마치 코디 프로그램의 노예라는 걸 일부러 자랑하는 것 같다. 그의 목소리는 단조롭고 지루하며 얼굴 역시 특별히 낫지는 않다.

그는 한동안 홍차에 박혀 있던 시선을 나에게 돌린다. 그는 얇고 매력 없게 생긴 입술을 잠시 꿈틀거리다 드디어 입을 연다.

"혹시 제 증조부를 아십니까? 의사이시고 유명한 거인증 전문가셨는데…… 반년 전에 돌아가셨어요. 130회 생신 바로 다음 날에요. 자는 동안 돌아가셨죠. 심장마비였다나."

물론 나는 채승휘 박사에 대해 알고 있다. 직업상 안면이 있었고 심지어 장례식에도 갔었다.

"한동안 그분이 살해당했다고 생각했어요."

나는 무표정을 유지하며 과연 내 앞에 앉은 이 따분한 남자가 우리의 음모를 폭로할 만한 무언가를 보았을 가능성이 얼마나 되는지 생각해본다. 가능성은 제로다. 우리는 목격자를 남길 만큼 일을 허술하게 처리하지 않는다. 그렇다고 그가 우리의 계획을 꿰뚫어볼 만한 전문적인 지식을 갖추고 있는 것도 아니다.

"생일잔치에서 이상한 걸 봤지요."

그는 무덤덤하게 말을 잇는다.

"이름을 잊었는데, 당시 증조할아버지의 비서였던 사람이 증조할아버지의 술에 무언가를 타는 걸 봤어요. 볼 때는 별거 아니라고 생각했는데, 그다음 날에 갑자기 돌아가셨으니 의심할 수밖에요. 그렇다고 해서 무슨 증거가 있는 것도 아니어서 의심만 하다 잊어버렸지요.

그러다가 일주일 전에 송도에서 열린 의료법 관련 세미나에 갔다가 페데리코 프레스코발디라는 스위스 병리학자를 만났어요. 우리 둘 다 오페라광이어서 식사시간 때 같이 이것저것 여러 얘기를 했는데, 그 사람, 꽤 재미있는 이야기를 해주더군요. 메디치 바이러스의 제4변종에 대해서요."

프레스코발디가 채승우에게 들려준 이야기는 나도 알고 있다. 그건 프레스코발디 주변의 비교적 제한된 사람들 사이에서만 돌고 있는 음모론이다. 공식적으로 메디치 바이러스의 제4변종은 3년 전에 처음으로 발견되었다. 하지만 몇 개월 전 폭로된 기밀 서류에 따르면 말레이시아 정부의 관리하에 있는 모 연구 단체는 7년 전부터 제4변종의 정체에 대해 알고 있었다. 그 4년 동안 말레이시아 정부에서는 거의 완벽하게 통제 가능한 생물학 병기가 될 수 있는 그 바이러스로 무엇을 하고 있었는가? 제4변종은 거의 모든 것이 될 수 있다. 열일곱 가지 다른 질병으로 증세를 위장할 수도 있고 귀찮으면 그냥 심장마비인 척할 수도 있다. 유전자 정보만 제대로 주입한다면 수원지에 풀어도 물을 마신 사람들 중 여자만 죽일 수도 있고, 남자만 죽일 수도 있으며, 심지어 목표로 설정한 특정 인물만을 죽일 수도 있다. 사우나의 증기에 섞을 수도 있고 책이나 가구에 발라 피부를 통해 스며들게도 할 수 있으며 가루로 만들어 먹일 수도 있다. 한마디로 제4변종은 생화학 병기의 레고 블록이다. 과연 그들이 4년 동안 그 지식을 썩히고만 있었을까?

아마 프레스코발디는 열심히 듣고 있는 채승우 앞에서 특유의 드라마틱한 제스처를 취한 뒤 호텔방으로 돌아갔을 것이다. 그 다음 날엔 숙취에 시달리느라 전날 누구에게 무슨 이야기를 했는지도 잊어버렸겠지. 그는 늘 그랬다. 그는 언제나 우리를 움찔하게 만들 만한 아이디어를 만들어냈지만 정작 그 자신은 하루 이상 그 상태를 유지하지 못했다.

"세미나에서 돌아온 뒤, 전 그 두 가설을 연결시켜봤지요. 그 비서가 증조부에게 먹인 것이 제4변종이나 그와 비슷한 것이었다면? 공식적으로 증조할아버지의 사인은 심장마비였어요. 하지만 진짜 사인이 무엇인지 알게 뭡니까?

그러다 이런 생각이 들더군요. 노인네들은 알고 보면 참으로 불필요한 존재들이 아닙니까? 그리고 격변 이후엔 필요 이상으로 오래 사는 노인네들이 엄청나게 늘어났지요. 증조부 역시 왕년엔 중요한 학자였지만 지난 1년 동안은 아무짝에도 쓸모없는 비싼 장식물 같은 존재였어요. 전공은 아니지만 그쪽 사람들에게서 이야기를 들어 잘 압니다. 그러니 한번 생각해보세요. 만약 인류의 발전을 위해 이 운 좋은 노인네들 중 지나치게 오래 사는 사람들만 골라 처형하는 단체가 존재한다면? 그리고 그들이 오래전부터 제4변종과 같은 생물학 무기들을 개발해왔다면?"

우리도 운이 나빴고 그도 운이 나빴다. 우리들 중 누군가가 대단한 실수를 했던 것도 아니고 그가 유달리 머리가 좋았던 것도 아니다. 모든 게 그냥 운이었고 사고였다. 우리와 채승우 사이에 놓여 있는 건 실낱처럼 위태로운 우연의 일치들과 운 좋게 맞아떨어진 엉터리 추리이다.

대표적인 예로, 그가 의심했던 채성휘 박사의 비서는 전적으로 무고했다. 그 비서가 술에 섞은 건 채박사가 14년 동안 쭉 먹어왔던 약이었다. 그거야 채박사를 아는 아무에게나 물어봤다면 알았을 일이다. 우리가 채박사를 죽이기 위해 쓴 건 바이러스가 아니라 우리가 원하는 정확한 시각에 폐전색을 일으킬 수 있게 프로그램한 나노봇이었다. 우린 그가 죽기 6개월 전에 그의 몸에 나노봇을 주사한 뒤 때를 기다리고 있었다.

그러나 채승우는 여전히 감시할 필요가 있다. 추론은 엉성했고 결론도 진실과 아주 일치하지는 않지만 여전히 필요 이상으로 진실에 접근할 가능성이 있다. 그는 실없는 생각을 되씹고 발전시킬 만한 시간 여유가 충분하고 몸 걱정할 가족이나 친척도 없다. 우리의 계산에 따르면 그가 3년 안에 우리를 위협할 정도로 진상에 가까워질 확률은 56.23퍼센트이다.

우리가 그를 감시 대상에 올린 지 꼭 17일 뒤, 채승우는 우리의 예측을 따라잡는다. 이제 그가 1년 안에 진상에 도달할 확률은 89.01퍼센트이다. 음모론이 흘러간 유행이 된 지금의 사회적 분위기를 고려해보면 그의 망상은 더욱 위험하다.

"어제, 코벤트 가든에서 한 〈장미의 기사〉 공연의 녹화 중계를 봤어요."

그는 초점 풀린 눈으로 내 책상 장식을 응시하며 말한다.

"나탈리 쉬프망이 옥타비안이더군요. 잘하더라고요. 하지만 재미있지 않습니까? 30년 전까지만 해도 마샬린이 전문이었던 가수가 조금씩 음역을 낮추어 옥타비안이 된 겁니다. 쉬프망은 조피 역으로 데뷔했지요. 아마 100년쯤 더 살면 뚱보 남작 역을 할지도 몰라요. 나이가 들면서 우리 육체가 어떻게 변해갈지 누가 알겠습니까?"

다시 조피 역으로 돌아갈지도 모르죠.

"그럴지도요."

그는 건성으로 고개를 끄덕인다.

"적어도 이전처럼 거인증으로 시달리지는 않을 겁니다. 증조부 덕택이지요. 증조부는 스물여섯 살 때 지카린을 만들었습니다. 그리고 남은 평생 동안 그 명성을 먹고 살았지요."

그의 야유는 부정확하다. 채성휘는 그 뒤 거의 한 세기 동안 생산적인 과학자 겸 교육자, IDA의 임원으로 맹렬하게 활동해왔다. 그가 스물여섯 살 때 실수로 만든 화학물질 때문에 130년이란 장수를 허락받은 건 아니다. 하지만 나는 시치미를 뚝 떼고 그 부당한 비난에 동의하는 척한다.

"전에 비서가 증조할아버지를 독살했을지도 모른다고 이야기했었죠? 착각이었습니다. 10여 년 동안 저녁마다 복용했던 약이라더군요. 할아버지한테서 직접 들었습니다. 아직 정체가 밝혀지지 않은 신경 대사 이상을 치료하기 위한 약이었다고요."

나는 그럼 음모론도 끝이냐고 다소 거칠게 떠본다. 그는 재미있다는 듯 내 얼굴을 바라보더니 천천히 고개를 젓는다.

"아뇨. 비서가 증조할아버지를 죽이지 않았을 수도 있습니다. 하지만 다른 사람이 보다 완벽한 방법으로 죽였을 수도 있습니다. 증조할아버지는 죽기 직전까지 건강이 아주 좋았어요. 하지만 IDA 회장직에서 물러난 뒤, 증조할아버지가 아무 쓸모없는 퇴물로 떨어졌다는 건 모두가 압니다. 아시겠어요? 육체적으로 건강하지만 사회적 가치가 바닥에 떨어진 노인네가 재활용 센터로 들어가는 구형 가전제품처럼 편리하게 사라진 겁니다.

그러다 보니 이런 생각이 들더군요. 증조할아버지가 이런 식으로 퇴장한 유일한 사람이 아니라고요. 작년에 죽은 윌리엄 버킨은 어떻습니까? 마지막 소설로 창작력이 말라버린 게 확실해진 바로 그다음 달에 죽었잖아요. 쉬라즈 아킨은요? 〈아파트 정글〉 연재를 끝낸 바로 다음 날 자다가 죽었지요. 멀리 갈 필요도 없이 SL 그룹의 김윤식도……."

나는 찰스 M. 슐츠의 예를 들어 그의 추론을 반박해본다. 그 역시 〈피너츠〉 연재를 끝내자마자 죽지 않았는가. 다들 평생 하던 일을 끝마치고 그 허탈감 때문에 죽은 게 아닐까? 물론 격변 전과 지금은 사정이 다르다. 당시 사람들은 나이가 들면 늙었으니까. 하지만 따지고 보면 특별히 다를 것도 없다. 므두셀라 바이러스에 감염된 사람들의 수명이 몇 살까지인지는 아직 아무도 모른다. 격변 이후 발생한 다른 바이러스들도 무시할 수 없다. 누구 말마따나 지금 우린 세균전의 최전선에서 살아가고 있는 거니까.

나쁘지 않은 변명이고 쉬라즈 아킨의 경우 그건 사실이기까지 했지만, 나는 그가 이 설명에 만족할 것으로 생각하지 않는다. 그는 불만족스러운 표정을 감추지 않고 몇 마디 더 중얼거리다가 내 사무실을 떠난다.

그가 공공인력관리국 건물을 떠나자, 나는 3층으로 내려가 1998년부터 담당관으로 일하는 최인선의 사무실로 내려간다. 우리는 뭄바이의 크리켓 팀에 관한 단어들로만 짜인 암호화된 문장들을 교환한다. 10여 분 동안 대화를 나눈 뒤, 우리는 한동안 채승우를 그대로 방치하기로 결정한다. 진상에 도달하는 길이 얼마나 많은지 아는 것은 우리에게도 중요하다. 그는 우리가 미처 찾지 못했던 샛길을 발견하는 길잡이가 되어줄 수 있다.

감시를 용이하게 하기 위해 우린 채승우의 담당부서를 옮긴다. 한 등급 승진한 그는 과천의 중앙세무관리청의 의료분과로 파견된다. 우린 그를 위해 6인용 사무실과 나머지 책상을 채울 다섯 명의 파견요원들을 배치한다. 음모론이 한창 유행이었던 8년 전까지만 해도 어림없었던 일이다.

화장실에 가는 횟수까지 철저하게 감시당하고 있다는 걸 꿈에도 짐작하지 못하는 채승우는, 그럴싸해 보이지만 철저하게 무의미하며 은근히 시간이 남아도는 그의 새 직무에 빠르게 적응해간다. 남은 시간과 직책을 이용해, 그는 조금씩 자신의 음모론을 다듬어간다.

직책이 바뀐 그는 더 이상 나를 찾아오지 않는다. 대신 그의 사무실 동료인 한예인이 내 역할을 물려받는다. 이제 그는 일주일에 서너 번 정도 한예인과 점심이나 저녁을 같이 먹으며 직장과 상관없는 이야기들을 나눈다.

한예인에 대한 그의 감정은 철저하게 로맨틱하다. 한예인을 처음 보았을 때부터 그는 사랑에 빠진 남자들이 보여주는 모든 증세를 일으킨다. 심장박동이 빨라지고 숨이 가빠지며 수줍음과 허세가 섞인 어색한 행동들이 늘어난다. 그런 그의 반응은 너무나도 노골적이기 때문에 모르는 척하는 게 더 어렵다.

그 즉각적인 반응이 너무 재미있어서 우린 그의 과거를 조사해본다. 이제 우리는 그가 초등학교 4학년 때 한예인처럼 음울한 얼굴을 한 키 큰 담임 선생에게 푹 빠져 있었고, 그 담임선생의 외모가 이후 그가 가진 이상적인 여성 이미지에 원형을 제공했다는 사실을 안다. 비슷한 시기에 한예인도 초등학교에서 잠시 파견 근무를 한 적 있었으므로 그 담임 선생이 한예인이라면 이야기는 더 흥미로워지겠지만 채승우의 이야기는 그 정도까지 신파가 아니다.

최인선과 나는 채승우의 감정을 기회로 이용하기로 결정한다.

구닥다리 통속 소설의 어휘를 끌어다 쓴다면 미인계를 시도해보자는 것이다. 결코 고상한 행동은 아니지만, 우린 그가 무슨 생각을 하는지 즉시 알아낼 수 있는 일차적인 통로가 필요하다.

한예인은 이제 그에게 보다 친절하게 굴고 그의 엉성한 농담을 받아주며 가끔 그의 자존심을 살려주는 멘트를 던진다. 그 모든 행동은 연기가 아니라 진심에서 우러나오는 것이기 때문에 채승우는 거기에서 어떤 거짓의 흔적도 찾을 수 없다. 그는 그런 한예인의 반응에 잠시 겁을 집어먹다가 곧 덜컥 미끼를 물어버린다. 미끼를 문 뒤엔 남은 의심도 사라진다. 지금까지 어느 누구도 그를 연애의 대상으로 생각한 적이 없었다. 한예인의 긍정적인 반응은 그에게 이제 거의 마약과도 같다.

"생각해보세요."

그는 커피잔 너머로 반쯤 경직되어 있지만 나름대로 친절한 미소를 보내고 있는 한예인의 눈을 정면으로 바라보며 으스댄다.

"이건 단순히 쓸모없는 노인네들을 죽이는 정도의 수준이 아닌 겁니다. 오히려 정반대일 수 있어요. 므두셀라 바이러스 자체가 음모가 아닐까요? 전 인류가 므두셀라 바이러스에 감염되었습니다. 하지만 왜 백쉰 살 이상 장수하는 사람이 그렇게 드문 걸까요? 왜 장수하는 사람들은 다들 저명한 유명인사나 권력자일까요? 그렇다면 진짜 장수의 원인은 므두셀라 바이러스가 아닌 무언가 다른 것이 아닐까요? 므두셀라 바이러스가 아닌 다른 바이러스나 약물이 있는 겁니다. 그걸 국가나 숨어 있는 세계 정부가 필요한 사람들에게 공급하는 거지요. 물론 권력과 돈으로 장수 비결을 사는 사람들도 있을 겁니다. 하지만 모든 사람에게 그 바이러스나 약물을 줄 수는 없습니다. 인구 문제가 장난이 아닐 테니까요.

전 제가 그런 비약의 존재를 알고 있는 권력자라면 어떻게 할지 생각해봤습니다. 언제까지 비밀을 숨기고 있을 수는 없겠지요. 그렇다면 비밀이 폭로되고 대중이 그 약을 요구하기 전에 인구 문제를 해결할 수 있는 방법을 마련해야 합니다. 지금 가장 가능한 게 무엇일까요? 그건 바로 우주 개발입니다."

그의 목소리는 점점 의기양양해진다. 그에겐 그럴 자격이 있다. 처음으로 그는 정곡을 찔렀다.

"왜 ISDA에서는 항성 간 유인 우주선 개발에 그렇게 열을 올리는 걸까요? 지금 현재 항성 간 여행에서 우리가 얻을 수 있는 건 아무것도 없습니다. 탐사는 무인 우주선으로도 충분해요. 돈도 몇만 분의 일밖에 안 들고요. 하지만 30년 전, 워프 기술이 실용화되자마자 이 사람들이 한 일은 타이타닉 크기의 유인 우주선을 담을 버블을 만드는 것이었습니다. 심지어 밖에 뭐가 있는지도 잘 모르면서요. 쓸 만한 행성이 발견되면 제대로 탐사도 안 하고 테라포밍 계획부터 세우는 지금 작태가 이치에 맞습니까? 이 사람들은 무슨 이유에서인지 엄청난 넓이의 식민지가 필요한 겁니다. 그것도 지금 당장요."

나와 최인선, 한예인은 채성휘 박사가 먹은 가루약과 ISDA의 우주식민지 개발계획 사이에 놓인 긴 고리들을 검토해본다. 우연히 맞아 떨어진 정답 하나와 거기에 이르는 길고 어설픈 추론들. 이래서 우리에겐 채승우와 같은 사람들이 필요하다. 논리적인 가능성만 검토하는 것만으로는 모든 허점을 다 찾을 수 없다.

우린 앞으로 채승우를 어떻게 다룰 것인지 토론한다. 그의 존엄성은 최대한으로 유지되어야 한다. 하지만 엉겁결에 도입한 '미인계'와 필수적인 상황 조작 속에서 존엄성 유지의 원칙은 뒤로 밀릴 수밖에 없다. 적정선을 찾는 데엔 오랜 시간이 걸리지 않는다. 우린 업무와 관련된 문제에 대해 긴 고민을 하지 않는다. 모든 문제에는 적절한 수준의 해결책이 있고 우린 해결책의 정당성을 인정한다. 만약 여기에 갈등과 고민이 존재한다면 우리의 시스템은 유지될 수 없다.

ISDA의 우주 식민지 개발에 생각이 미치자, 채승우의 음모론은 드디어 실체를 얻게 된다. 그는 식민지 개발과 관련된 자료를 모으고 그와 관련된 세금 문제를 연구하고 어떻게 하면 그 음모의 시스템이 가능할 수 있는지에 대한 가설을 만든다.

"얼핏 보면 이런 식의 전 지구적 음모는 불가능한 것 같죠."

그는 진심으로 천사 같은 미소를 건네는 한예인에게 침을 튀기며 설명한다.

"일탈자도 생길 거고, 중간에 의견을 바꿀 사람도 있을 거고,

밀고자도 생길 수 있으니까요. 하지만 만약 우리가 아는 기술만 최대로 활용한다면 가능해요. 지금 우리에게 자유 의지는 상대적 개념이니까요. 모든 게 약이나 칩으로 해결되잖아요. 요새 근본주의 광신도들이 먹는 페이스-D 같은 약만 해도 그래요. 먹으면 어떤 집중 공격을 받아도 복용 전에 다진 믿음이 그대로 유지되지 않습니까? 요새 부모들이 아이들의 의지력과 집중력을 높이기 위해 먹이는 약들은 어떤가요? 먹고 나면 반나절 동안 공부 말고 다른 생각을 하는 것 자체가 불가능하지요. 만약 이 음모가 제가 생각하는 것만큼 거대하다면 시스템에 속해 있는 사람들의 자유 의지를 훨씬 엄격하게 통제할 수 있어요. 의심과 반항의 가능성을 제거해 할 일만 하는 좀비들을 만드는 거죠."

채승우는 한예인과 내가 바로 그 '좀비'들일지도 모른다는 생각은 꿈에도 하지 못한다. 자유의지를 묶는 건 지성이나 지능을 제거하는 것과는 다르다. 시술을 받은 뒤에도 우리의 논리와 창조성, 사고의 독립성은 계속 유지된다. 이 모든 것은 우리가 직무를 수행하는 데 필수적이다. 오히려 우리의 '인간성'을 제한하는 것은 다른 통제 장치이다. 우리는 분노와 혐오에 상대적으로 둔감하다. 만약 우리가 이런 감정에 지나치게 의존하게 된다면 적당한 자기 합리화를 통해 그 감정을 직무에 투영할 가능성이 있기 때문이다. 우린 어떤 경우에도 인류의 이익을 가장 중요한 목표로 놓고 일한다. 우리가 그 인류라는 대상에 냉소적이 된다고 해도 직무 충실도는 변하지 않는다.

"저에겐 증거도 있어요."

그는 말을 잇는다.

"간접 증거지만 그래도 훌륭한 증거지요. 지금까지 전 우리가 내는 세금이 어떻게 ISDA의 우주 개발비로 빠지는지 조사했습니다. 표면상으로 드러난 돈의 7.32배나 되는 자금이 ISDA와 타이탄 호의 개발비로 빠지고 있어요. 그뿐만 아닙니다. 자금의 흐름을 조사하는 동안 아주 흥미로운 걸 발견했어요. ISDA가 이런 식의 혜택을 받는 유일한 단체가 아니라는 겁니다. H&H 국제인력회사, 힌덴버그 그룹, 셀틱 신경공학회사 같은 곳으로도 빠지고 있지요. ISDA야 비영리 국제단체니까 이해한다고 해도 셀틱 신경공학회사에 이 나라의 세금이 들어가야 할 이유가 도대체 뭐랍니까?"

채승우가 일장연설을 쏟아내는 동안, 한예인은 중간중간에 자잘한 질문을 던져 어떻게 그가 그런 정보들을 얻었는지 알아낸다. 언제나처럼 그의 방식은 운과 억지스러운 추론에 의지하고 있지만 그 결과 얻어낸 증거들은 모두 상당한 대외 설득력을 갖추고 있다. 채승우가 빈틈을 파기 전까진 우린 이렇게 정보 누수의 구멍이 큰지 모르고 있었다.

필요한 정보를 모두 얻자, 한예인은 결정적인 질문을 던진다. 앞으로 그는 무엇을 할 것인가? 채승우는 움찔한다. 지금까지 자기에게 호감을 가진 것 같은 여자 앞에서 으스대는 건 좋았다. 하지만 그도 그 뒤는 생각해보지 못했다. 언론은 무시할 것이다. 경찰이나 정부에 신고하는 건 의미 없는 일이다. 오래전에 유행이 지난 음모론을 네트에 올린다고 해서 특별히 대단한 반응은 얻지 못할 것이다. 그러나 이 거대한 음모를 그냥 보고만 있을 수도 없다. 세상이 알아야 한다. 물론 세상은 그 음모를 밝힌 사람이 채승우 자신이라는 것도 알아야 한다.

채승우의 전처라는 사람은 이혼 직후 절친한 친구 몇 명에게 왜 자기가 이혼을 결심했는지를 말한 적 있는데, 그게 몇몇 단계를 거쳐 내 귀에도 들어왔다. 애인이 생겼다는 건 나중에 만든 핑계였고 진짜 사정은 보다 단순했다. 이 사람의 말에 따르면, 결혼 후 4개월이 지난 어느 일요일, 소파에 누워 멍하니 골프 중계를 보고 있는 남편의 얼굴을 보는 동안 갑자기 영감이 왔다고 한다. 이 남자와 계속 같이 살다가는 언젠가 자기 하품에 질식해 죽을지도 모른다는.

다음 날, 자신이 모은 증거들을 검토하던 채승우는 그 모든 것이 전부 쓸모없어졌다는 사실을 알게 된다. 결정적인 단서들은 사라지고 미심쩍은 흐름들은 모두 갑작스럽게 타당한 이유들을 달고 있다. 심지어 그가 멀티폰에 저장한 정보들 역시 조금씩 수정되어 있다. 한예인에게 모든 이야기를 다 털어놓은 뒤에 벌어진 일이니, 그 사람부터 먼저 의심하는 것이 가장 타당한 순서겠지만 채승우의 머리는 그렇게 돌아가지 않는다. 대신 그는 전 세계를 커버하는 거대한 감시 체제를 상상한다.

그는 편집증에 빠진다. 얼마 전까지 현실과 무관한 시간 때우기용 장난감에 불과했던 것이 목숨을 위협하는 시한폭탄으로 변했다. 그는 자기가 이 폭탄의 어디를 건드렸는지도 모르고, 이 폭탄이 과연 터지기나 할는지도 모른다.

잠시 그는 모든 걸 잊고 모른 척해버릴까 생각해본다. 몇몇 쓸만한 노인네들이 다른 사람들보다 몇 년 더 사는 건 나쁜 일이 아니다. 누군가가 불사약을 만드는 방법을 숨기고 있다고 해도 그걸 우리가 강제로 요구해야 할 이유는 없다. 어차피 우린 격변 전의 사람들보다 훨씬 편하게 잘 살고 있으니까. 게다가 영원히 살아서 도대체 뭘 한다고?

하지만 그 음모가 내가 생각하는 것보다 더 심각한 거라면 어떻게 하지?

사무실에 도착해 언제나처럼 반쯤 굳은 미소를 지어주는 한예인의 얼굴과 마주치자 그는 또 다른 공포심에 시달린다. 어떻게 할 것인가. 지금까지 세웠던 가설들이 모두 착각이었다고 할 것인가? 아니면 보이지 않는 적들이 무서워서 더 이상 깊이 파지 못하겠다고 할 것인가? 아니면 더 이상 한예인과 만나지 말까?

마지막에 생각이 닿자, 그의 공포심에는 제동이 걸린다. 헛기침을 한 번 한 그는 그렇게까지 한심하게 굴 필요는 없다고 생각한다. 기왕 할 것 한번 밀어붙여보자. 어떻게 된 일인지 궁금하지도 않나? 그는 오귀스트 뒤팽처럼 그의 사고 과정을 송두리째 꿰

뚫어보는 다섯 직원들의 시선을 무시한 채 우리가 그에게 넘겨 준 무의미한 업무로 돌아간다.

우린 이쯤해서 그가 보다 경험 많은 음모론자 선배들과 접촉할 것이라고 생각한다. 적어도 지금까지 그와 비슷한 위치에 있었던 사람들의 56퍼센트는 같은 생각을 가진 사람들을 찾아 동맹을 형성하려 했다.

하지만 그가 세운 계획은 보다 대담하고 독단적이다. 기억을 더듬어 ISDA와 셀틱 신경공학회사의 관계도를 재구성한 그는 두 곳 모두와 깊은 관계를 맺고 있는 중요 인사들의 리스트를 뽑는다. 영리하게도 그는 그중에서 국내에 거주하는 최고령자를 골라낸다. 백아흔일곱 번째 생일을 두 달 앞둔 그 사람은 1978년부터 1981년까지 과학부 장관이었고 1993년부터 ISDA와 셀틱 신경공학회사의 고문으로 있는 윤하늘이다.

일단 윤하늘을 목표로 정한 그는 그녀의 경력을 꼼꼼하게 검토한다. 윤하늘의 경력을 검토해볼수록 이 사람이 그가 찾는 사람임이 명확해진다. 윤하늘은 셀틱 신경공학회사가 싱가포르의 작은 연구소였을 때부터 긴밀한 관계를 맺고 있었다. 간접적이긴 했어도 ISDA의 타이탄 계획에 불을 당긴 사람 역시 윤하늘이었다. 므두셀라 바이러스와 관련된 힌데버그 그룹의 연구에도 윤하늘의 이름은 등장했다. 이제 그는 윤하늘이 무언가 거대한 음모를 꾸미는 단체의 중요 인물이라고 확신한다. 그리고 그의 추측은 거의 옳다.

약국에서 그가 공포 제거제를 사오는 걸 보고 우린 긴장한다. 처방전이 필요 없는 등산용이지만 감정 통제 약물에 심한 거부감을 느끼는 사람이 그런 약을 살 정도면, 그가 뭔가 위험한 일을 꾸미고 있음을 충분히 짐작할 수 있다. 그가 전자제품 가게에서 사 온 프로테우스 키트는 더 위험해 보인다. 우리는 영수증에서 리스트를 뽑아 그가 사 온 물건들로 무엇을 만들 수 있는지 연구한다. 10여 분 뒤, 우린 그가 윤하늘을 납치할 가능성이 있다는 결론을 내린다.

우린 잠시 당황한다. 우리가 아는 채승우는 그렇게 극단적인 계획을 세울 수 있는 사람이 아니다. 하지만 우린 더 이상 일관성 있는 심리분석이 의미 없는 시대에 살고 있다. 두려움이나 수치 때문에 실현하지 못하는 환상을 충족시키고 싶다면 두려움이나 수치를 제어하는 약만 먹으면 된다. 채승우라고 맨정신으로 하지 못할 일을 약을 먹고 하지 말라는 법은 없다.

이쯤해서 우린 한예인 카드를 지나치게 밀고 나간 것이 아닌가 의심한다. 채승우가 남은 인생을 말아먹을지도 모르는 이 극단적인 계획을 세우는 이유가 도대체 무엇이겠는가? 진행이 너무 빠르다고? 그가 한예인의 감정을 믿기 위해 페이스-D 같은 걸 먹었는지 누가 알랴? 본격적인 감시가 시작되기 전에 그의 약장에 무슨 약들이 들어 있었는지 우린 모른다.

채승우는 올해 들어 처음으로 연차를 낸다. 이른 점심을 먹은 그는 작은 서류 가방 안에 그가 지금까지 만든 수상쩍은 도구들을 넣고 독산동의 연립 주택에서 나와 3호선 순환 모노레일을 탄다. 대치역에서 내릴 때까지 가끔 걱정되는 듯 뒤를 바라보지만 그의 눈에 발각될 만큼 우리의 미행이 서툴지는 않다.

대치동에 도착한 그는 수린대학병원 쪽으로 걸음을 옮긴다. 사전 조사를 통해 그는 윤하늘이 수요일마다 병원에 입원한 딸을 문병한다는 것을 알고 있다. 일주일 전부터 그는 퇴근 후 매일 병원에 들러 주변 지리를 익혀왔다.

그가 주차장에서 윤하늘을 기다리는 동안 우린 그의 행동을 어디서 끊어야 할지 토론한다. 몇몇 사람들은 그가 차를 가지고 오지 않았기 때문에 직접 납치는 실행하지 않을 거라고 말한다. 다른 사람들은 납치에 윤하늘의 차를 사용할지도 모른다고 주장한다. 나는 그가 일단 윤하늘과 대화를 시도할 것이라고 생각한다.

병원에서 나온 윤하늘이 주차장으로 들어오자 채승우는 그녀에게 다가간다. 동시에 우리 요원 세 사람 역시 그의 주변으로 다가간다. 그와 윤하늘이 눈치채지 못하는 동안 다섯 명으로 구성된 복잡한 댄스 스텝이 형성된다.

그는 윤하늘의 이름을 부르고 그녀의 팔을 잡는다. 윤하늘의 대응은 비정상적으로 차분하다. 여전히 삼십대 초반으로 보이는 그녀의 육체는 거의 2세기를 살아오는 동안 약물의 도움 없이 공포와 같은 감정들을 통제하는 거의 완벽한 방법을 익혀왔다.

그에 비하면 채승우는 조잡한 아마추어다. 일단 윤하늘의 주의를 끄는 데 성공했지만 그는 무슨 말을 해야 할지 아직 모른다. 간신히 그는 그의 음모론을 더듬더듬 늘어놓긴 하지만 늘어놓는 동안에도 왜 그가 윤하늘을 이렇게 잡고 있어야 하는지에 대한 이유는 설명하지 못한다. 윤하늘은 짜증과 기특하다는 듯한 표정이 반쯤 섞인 얼굴로 이 탈모 증상이 있는 키 큰 남자를 올려다본다.

결국 그는 자신의 무능함에 화가 나 폭발하고 만다. 그의 목소리는 점점 커지고 그의 왼손은 이미 3분의 1쯤 벌어진 가방 속으로 들어간다. 그가 꺼낸 건 열 배로 부풀린 면도기처럼 생긴 도구로, 〈춤추는 스파이〉라는 볼리우드 액션 영화에 나오는 파키스탄 첩보원의 마취 도구를 조잡하게 따라 만든 것이다.

우리의 방관은 여기서 공식적으로 끝난다. 요원들은 아직도 고래고래 고함을 질러대며 면도기를 휘둘러대는 채승우 앞으로 뛰어든다. 그 소동 중에도 땀 한 방울 흘리지 않은 윤하늘이 다시 차분하게 주차해둔 차로 걸음을 옮기는 동안 요원들은 그를 우리 밴으로 끌고 온다. 두 사람이 날뛰는 채승우에게 진정제를 주사하는 동안 다른 한 명은 그의 가방에서 그의 또 다른 발명품을 꺼낸다. 나중에야 우린 그것이 주변의 보안 시스템을 일시적으로 차단시키는 도구로, 역시 〈춤추는 스파이〉에 나오는 비밀 무기의 모사품이라는 걸 알게 된다. 〈춤추는 스파이〉에는 스물다섯 개의 비밀 무기가 나오는데, 그중 현실성 있는 열두 가지는 이미 팬들에 의해 제작되어 네트의 암시장에서 팔리고 있다.

우리는 채승우를 성북동 안가로 끌고 간다. 이 안가는 공식적으로는 11년째 셀틱의 소유지만 반세기 동안 안보부에 의해 관리되어왔고 지난 5년 동안은 우리가 합법적으로 쓰고 있다. 채승우가 셀틱이나 ISDA의 연관성에 집착하지 않고 조금만 더 깊이 근원을 팠다면 거의 모든 국가에서, 공공인력관리국과 같은 비교적 하찮은 기관들이 조용하지만 거의 절대적인 권한을 휘두르고 있다는 사실을 알아냈을 것이다.

11년 전엔 미키스 코스마토스라는 그리스인 저널리스트가 거의 그 윤곽을 밝혀낼 뻔하기도 했다. 그가 모든 사실을 알아내기 직전에 테베 마피아의 총에 맞아 죽은 건 우리에겐 행운이었다. 혹시 오해가 있을지도 모르겠는데, 음모론자들이 뭐라고 지껄이건, 코스마토스 암살은 우리가 한 일이 아니다. 우리는 어떤 경우에도 일을 그렇게 극단적으로 처리하지 않는다. 우린 합법적인 정부기관이며, 강제적으로 주입된 우리의 도덕 지수는 그 어떤 기관원들보다 높다.

그 합법성에 의문을 제기하는 건 어렵지 않다. 지난 2세기 동안 우리가 해온 일들은 단 한 번도 국민들의 적절한 토의를 거친 적이 없다. 하지만 대부분의 국가들은 격변 무렵 거의 절대적인 권한을 국민들의 동의하에 합법적으로 휘둘렀고 우리 역시 그 시대의 산물이다. 결정적으로 우리가 하는 일이 인류 복지를 위한 것이라는 사실은 변함이 없다.

채승우가 정신을 차리자, 우리는 그에게 우리의 정당성을 설명한다. 그러기 위해 그에게 우리가 무슨 일을 하는지 먼저 알려야 한다.

우린 먼저 그에게 격변의 진상에 대해 설명한다. 대부분 사람들은 격변이 재난의 모습으로 변장한 은총이었다는 데 동의한다. 1억 명이 넘는 사람이 무더기로 쏟아진 외계 병원균에 감염되어 죽었지만, 므두셀라 바이러스에 감염된 대부분의 생존자들은 엄청난 건강상의 혜택을 입었다.

문제는 그 혜택이 우리가 감당할 수 있는 정도를 훨씬 넘어섰다는 데 있다. 므두셀라 바이러스는 우리에게 영원한 젊음과 불사라는 선물을 안겨주었다. 종종 성장 미숙이나 거인증 같은 부작용이 따르긴 했지만 영원한 젊음은 반가운 선물이다. 하지만 불사는 다르다. 지구상의 90억 인구가 모두 실질적인 불사신이 되었다는 사실이 공식적으로 확인되었을 때 전 세계 정부가 얼마나 당황했을지 상상해보라.

맨 처음 한 시도는 므두셀라 바이러스를 무력화시키는 백신을 개발하는 것이었다. 하지만 사람들이 그걸 자발적으로 투여할 가능성은 거의 없고 그걸 강제할 수도 없었다. 문제가 해결될 때까지 출산을 제한하는 것 역시 불가능했다. 그렇다면 남은 방법은 단 한 가지다. 정부가 나서서 비밀리에 강제적으로 사람들의 수명을 제한하는 것이다. 그 결과 그 일만을 전문적으로 담당하는 수많은 기관이 생겨났고 우리도 그중 하나이다. 100퍼센트

공정하게 살인 임무를 수행하는 불사자들의 집단.

잔인하게 들리지만 우리의 행동은 철저하게 이성적이고 윤리적이다. 공짜는 언제나 위험하다. 자연이 원래 허락한 것 이상을 누리고 싶다면 당연히 그만한 대가를 치러야 한다.

우리의 딜레마 중 하나는, 우리의 직무에 절대적인 평등성을 부여할 수 없다는 데 있다. 모든 사람의 수명을 일흔 살 정도로 제한하면 우린 편할 것이다. 그러나 사람들은 모두 고유 가치가 있다. 몇몇 운 좋은 사람들은 나이가 들면 더 성숙해지고 생산적이 된다. 하지만 대부분의 사람은 젊은 시절 대부분의 에너지와 창의력을 다 날려버린 퇴물이 된다. 노화란 꼭 육체의 쇠퇴만을 가리키는 건 아니다. 사람들의 가치엔 수명이 있다.

우리의 직업은 모든 사람에게 적절한 수명을 부여하는 것이다. 우리는 예순 살이라는 기본 수명을 전후로 사람들의 수명을 덧붙이거나 잘라낸다. 직업의 생산성이 높거나 풍요로운 인간관계를 유지하는 사람들의 수명은 길어진다. 하지만 생산성이 떨어지거나 은둔자인 사람들의 수명은 대부분 기본 수명에서 멈춘다. 만약 그 사람의 존재가 사회 전체에 부정적인 영향만을 끼친다면 기본 수명보다 어느 정도 줄어들 수도 있다. 우리는 사람들에게 비교적 적은 고통을 주고 신속하게 생명을 빼앗는 수많은 생화학 무기를 발명했는데, 메디치 바이러스의 제4변종 역시…….

채승우는 비명을 지른다. 그는 우리에게 책상과 의자를 집어 던지며 피도 눈물도 없는 살인마들이라고 고함을 질러댄다. 그는 우리가 자격도 없으면서 신을 흉내 낸다고 외친다. (그러는 동안 그 자신이 며칠 전에 지적한 현실적인 문제점들은 편리하게 무시된다.)

그러나 이 모든 것보다 그가 견뎌낼 수 없는 건 이 이야기를 들려주는 사람이 한예인이라는 사실이다. 페이스-D가 그의 뇌에 못 박은 한예인에 대한 절대적인 믿음과 그의 눈앞에 폭로된 현실이 뇌 속에서 모순을 일으키며 충돌하는 동안 그의 정신은 망가져버린다.

그는 자살을 기도한다. 속옷을 찢어 만든 밧줄에 목을 맨 것이다. 그건 일종의 시위일까? 아니면 감시 카메라가 있다는 사실을 잠시 잊었던 걸까?

그가 회복되는 동안, 우리는 그를 어떻게 해야 할지 결정한다. 페이스-D의 약효를 지워버리고 그를 다시 설득하는 방법도 있다. 하지만 그가 지금의 상태에서 자발적으로 우리의 존재를 받아들일 가능성은 거의 없다. 강제적으로 우리의 설득을 받아들이게 그의 정신 상태를 조작하는 방법도 있지만 그것은 우리의 윤리 준칙에 어긋난다.

10여 분간의 토의 끝에 우린 가장 단순한 방법을 택한다. 그의 기억을 지우는 것이다. 그건 최선의 선택이 아니라 모두를 만족시킬 수 있는 유일한 차악이다.

'기억을 지운다'라는 표현은 지나치게 단순화된 경향이 있다. 우린 정말로 누군가의 기억을 지우지는 않는다. 우리가 하는 일은 기억이 담긴 창고의 문을 자물쇠로 잠그고 거기로 가는 약도들을 태우는 것이다.

채승우는 다음 날, 다시 직장으로 돌아간다. 그는 자신이 몇 주 동안 한예인에게 계속 치근거렸다는 사실은 알지만 그동안 어떤 이야기를 했는지는 떠올릴 수 없다. 그는 무언가에 대한 절대적인 믿음을 가지고 있지만 그 믿음이 무엇에 대한 것인지는 모른다. 그는 이유 없는 절망감과 폐소공포증을 느끼고 업무에 대한 집중력을 잃는다. 점심시간 때 그는 약국으로 가 집중력 강화제를 산다. 약물에 대한 거부감은 어느 순간부터 사라지고 없다.

한예인에 대한 그의 감정은 서서히 흐려져간다. 임무가 거의 종결되었기 때문에 그녀는 더 이상 그에게 '진심으로' 호의를 보내야 할 필요가 없다. 한예인의 어중간한 반응에 그는 자신감을 잃는다. 그는 서서히 희망을 포기하고 감정을 정리한 뒤, 다시 여자들이 그를 투명인간 취급하는 익숙한 세계로 돌아온다. 다음 달, 그가 있었던 부서는 사라지고 그는 승진한다. 그 뒤로 그는 한예인을 다시 만나지 못한다.

그는 늙어간다. 실제로 그의 육체는 노화 증상을 보인다. 그는 이제 '마흔 살'처럼 보인다. 슬프게도 그는 지금 정말로 마흔이다.

그는 재혼하지 않는다. 대신 그는 일에 몰두한다. 그는 일벌레가 되기 위해 온갖 종류의 약을 복용하고 뇌를 개조한다. 그나마 있었던 취미는 하나둘씩 사라진다. 이제 그에게 일은 삶의 전부이다. 그는 집과 물건들을 처분하고 사무실 구석에 캡슐 침대를 놓는다. 그는 더 이상 소유나 안락의 욕망을 느끼지 못한다.

가끔 우린 왜 그를 그대로 방치했는지 생각해본다. 빈틈을 찾아낸다는 이유는 아무래도 핑계였다. 아마 우린 누군가가 우리의 존재와 노고를 인정해주길 바랐던 것 같다. 채승우는 지난 30년 동안 우리에게 가장 가까이 접근했던 사람이었다. 우리가 아직도 가끔 그에 대해 이야기하는 것도 그 때문인지 모른다.

ISDA는 드디어 타이탄 4호 우주선을 태양계 밖으로 쏘아 올린다. 702명의 개척자들이 달 기지를 떠나 천칭자리 23의 개척 행성으로 날아간다. 최인선이 이 광경을 보지 못해 유감이다. 그녀는 2년 전에 시립 자살센터에서 합법적으로 목숨을 끊었다. 난 그때까지 그녀가 불멸성을 포기하기엔 지나치게 호기심이 많다고 생각했었다.

채승우는 이제 예순이다. 여전히 그는 독신이고 사무실에서 먹고 잔다. 그는 유능하고 열심이지만 그 정도만으로는 수명이 엄청나게 늘어날 이유가 되지는 못한다. 공무원들이 직업 성취도를 통해 수명 연장을 얻어내는 일은 거의 없다. 우린 그의 가치를 검토해보고 5년 32일의 수명을 추가한다. 그중 28일은 내가 임의로 추가한 것이다. 우리가 그에게 한 일을 생각해보면 그 정도의 선물은 정당하다고 생각한다.

좌절에 대한 이야기가 대부분 그렇듯, 채승우의 이야기 역시 따분하고 평범하게 끝난다. 끝끝내 30년 전의 일을 기억하지 못한 채 마지막 날을 맞은 그는 사무실의 캡슐 침대에서 자다가 죽는다. 트로츠키 증후군의 희생자로 분류된 그의 시체는 입고 있던 파자마와 함께 소각된다. 시체와 함께 우리가 그의 몸에 심은 나노봇 역시 사라진다. 그의 자리는 다른 사람에게 넘어가고 이틀도 지나기 전에 그는 사람들의 기억 속에서 사라진다.

그의 장례식에 참가한 사람들은 나와 한예인 둘뿐이다. 무언가 의미 있는 말로 그를 떠나보내려던 우리의 계획은 죽은 자의 필연적인 무가치함에 눌려 무산된다. 우리는 나탈리 쉬프망이 부르는 브람스의 〈알토 랩소디〉를 들으며 그의 뼛가루가 바람에 날려 사라지는 걸 말없이 바라본다.

채승우의 예측은 어느 정도 맞았다. 쉬프망은 이제 콘트랄토다.

소유권

1

BWE-12830173은 로봇이었다. 텔렉 로봇이니 만들어진 지 50년은 되었을 것이다. 이 로봇은 작년 11월까지만 해도 복지번호 129809823-1111231049로 분류된 한 여성의 소유였다. 그 여성이 128세의 나이로 양로원에서 사망하자 로봇은 분해되어 우리에게 배달되어 왔다. 우린 그 상자를 창고 속에 넣고 새 소유자를 찾기 시작했다. 몇 안 되는 친척들이 상속을 거절했으므로 로봇의 소유권은 공중에 붕 뜬 상태였다. 우리 사무실에서는 이런 물건들을 '부양품(浮揚品)'이라고 부른다.

내가 그 남자를 처음 만난 것도 로봇 때문이었다. 상속자를 찾는 걸 포기한 우리는 시스템이 얼마 전에 개정한 분배법에 따라 불법 빈곤자들 중 한 명을 찾아 양도해야 했다. 물론 이들을 이렇게 부르는 건 예의가 아니라, 우린 기준 미달 소유자라는 보다 정중한 명칭을 대신 쓰고 있다.

텔렉 로봇 양도는 까다로운 일이었다. 이 인간형 로봇은 여섯 살짜리 소녀 모습을 한 애완용이었다. 실용성은 없었고 돈만 잔뜩 잡아먹었다. 결코 기준미달 소유자에게 넘길 만한 물건은 아니었다. 분배법의 목적은 단순히 이들에게 비싼 물건을 넘겨주는 게 아니라 정상적인 소비수준을 유지할 수 있을 만한 안정된 수익원을 제공하는 것이니까. 하지만 규칙은 규칙이었다. 뭐, 그가 원한다면 이 로봇을 팔아 보다 생산적인 다른 물건을 살 수도 있을 것이다. 찾아보면 텔렉 로봇 수집가도 있을 것이고, 요샌 구하기 힘든 물건이니 꽤 비쌀 것이다.

내가 남자에게 설명했던 것도 그런 투자의 장점이었다. 물론 우리에게 투자의 방향까지 참견할 권한은 없고 남자는 물건 자체를 거절할 권리가 있다. 하지만 부양품이 쓸 만한 물건일 경우는 별로 없다. 그리고 이처럼 가격이 높은 물건이 부양품으로 나올 가능성도 얼마 없다. 그가 현명하게만 사용한다면 다시 정상적인 시민이 될 수 있는 기회였다. 그게 그를 위한 일이었고 시스템을 위한 일이었다.

남자는 동의했고 우리는 그에게 계약서와 상자를 넘겨주었다. 30분 만에 모든 절차는 끝났다. 그는 로봇이 든 상자를 질질 끌며 사무실을 떠났다. 그 뒤로 3개월 동안 나는 그 남자를 까맣게 잊고 있었다.

2

3개월 뒤, 그는 다시 우리의 리스트에 올랐다. 그 자체는 이상한 일이 아니었다. 기준 미달 소유자들은 대부분 재산 관리에 서툰 편이었다. 보나 마나 로봇 판 돈을 엉뚱한 데 투자해서 날렸거나 아니면 그만큼이나 쓸데없는 물건을 사는 데 썼겠지. 아니면 우리가 감지하지 못한 그의 빚이 예상외로 많았던 건지도 모른다.

퇴근길에 나는 다시 그의 집을 찾아갔다. 그의 집은 변두리에 있는 낡은 독신자 아파트의 반지하에 있었다. 최근 리모델링을 한 건물 외부는 비교적 깔끔했지만 복도와 엘리베이터는 여전히 더럽고 초라했다. 복도 벽에는 누렇고 끈끈한 정체불명의 물질이 묻어 있었는데, 나는 아직까지 그게 뭔지 모른다.

문을 열고 나를 맞아준 건 여섯 살쯤 되는 예쁜 여자아이였다. 집에 들어가 아이가 권하는 의자에 앉은 뒤에야 나는 그 아이가 그에게 양도된 로봇이라는 사실을 깨달았다. 그만큼이나 아이는 진짜 인간처럼 행동했다. 하긴 당연한 일이다. 로봇은 실제로 아이를 돌볼 능력이 없는 노인네들을 위한 애완용으로 제작되었다. 진짜 아이를 정교하게 흉내 내는 건 그 로봇의 임무였다.

잠시 뒤 화장실에서 남자가 나왔다. 남자는 씨익 웃으면서 로봇과 나를 번갈아 바라보았다. 표정을 보아하니, 얼마 전부터 내가 오길 기다리고 있었던 모양이다.

나는 어떻게 된 일이냐고 물었다. 그는 대답하지 않고 로봇에게 다가가 뭐라고 조용히 속삭였다. 로봇은 내 앞에 섰고 남자는 구석에 있는 작은 키보드 앞에 앉았다. 로봇은 남자의 다소 불안한 키보드 반주에 맞추어 〈Cheek to Cheek〉을 부르기 시작했다. 로봇은 노래를 부르면서 간단한 탭댄스 스텝을 밟았는데, 신고 있는 건 평범한 메리제인 구두라서 소리는 나지 않았다.

나는 순간 정신이 멍해지는 것 같았다. 내가 본 건 3, 40년대 할리우드 뮤지컬 영화에서나 일어나야 마땅한 광경이었다. 노래는 완벽했고 로봇은 미칠 것처럼 사랑스러웠지만 이런 일은 현실 세계에서 일어날 수 있는 일이 아니었다. 나는 노래가 끝난 뒤 무슨 일이 일어날지 두려웠다. 그는 당장이라도 미키 루니처럼 날뛰면서 나에게 같이 보드빌 쇼를 제작하자고 외칠 것 같았다.

공연이 끝나자 로봇은 조용히 부엌으로 퇴장했고 남자는 의기양양한 자세로 나에게 다가왔다. 다행히도 그는 나에게 사업을 제안하지는 않았다. 그가 원했던 건 내가 그의 계획을 이해해주는 것이었다.

그는 로봇을 스타로 키우겠다고 말했다. 왜 안 되는가? 저 아이는 예쁘고 재능도 풍부하며 호소력도 있다. 이 정도면 스타가 가져야 할 모든 조건을 갖춘 셈이다. 게다가 로봇은 실제 아이보다 낫다. 결코 나이를 먹지 않으니까.

반박할 거리는 무궁무진했다. 분명 그의 로봇은 예쁘고 노래도 잘 불렀다. 하지만 요즘 세상에 외모나 재능은 자판기에서 살 수 있을 정도로 흔해빠졌다. 게다가 저 로봇을 어디에 출연시킬 것인가? 보드빌? 지금은 버스비 버클리의 시대가 아니다. 이성적으로 따지면 저 로봇을 먹여 살리며 돈을 날려야 할 이유는 전혀 없었다.

그러나 나는 남자를 설득하지 않았다. 그의 자유 의지에 간섭하는 건 내 일이 아니었다. 시스템에 봉사하는 공무원으로서 내가 하는 일은 그의 빈곤이 주변 사람들과 시스템의 방해가 되지 않도록 통제하는 것뿐이었다. 나는 몇 가지 사실을 체크한 뒤 특별한 의미 없는 인사를 남기고 그의 집에서 나왔다.

3

그냥 잊어버려도 될 일이었지만 쉽게 잊을 수 없었다. 가장 골치 아팠던 건 그 남자의 의도를 알아내는 것이었다. 정말로 그는 로봇에게 춤과 노래를 가르치는 게 남는 장사라고 생각했던 걸까? 아니면 여기에 뭔가 다른 의도가 숨어 있었던 걸까?

가장 먼저 의심했던 건 그의 성적 취향이었다. 로봇은 예쁜 여섯 살짜리의 모습을 하고 있었고 육체적으로 무력했다. 만약 그가 페도파일이라면 일부러 자기 돈을 들여가며 로봇을 간수한 이유는 충분히 설명이 된다.

문제는 그게 사실이라고 해도 막을 방법이 없다는 데 있었다. 정직하게 말하면 막을 이유도 없었다. 아무리 로봇이 인간과 닮았다고 해도 로봇은 인간이 아니다. 아무리 어려 보인다고 해도 로봇은 아이도 아니다. 오히려 제조 일자만 따진다면 남자보다 연상이다. 하지만 그렇다고 그걸 그냥 내버려두자니 맘이 편하지가 않다.

결국 나는 시스템에 연락해, 남자의 성적 취향에 대해 알아내달라고 요청했다. 8분 뒤에 답변이 돌아왔다. 그는 페도파일이 아니었다. 대상이 인간이건, 로봇이건, 성폭력 범죄를 저지를 가능성은 더욱 적었다. 다섯 살 때 폭력 성향을 억제하기 위한 바이오칩을 뇌에 이식했던 것이다. 시스템이나 범죄예방국의 관점에서 보았을 때 그는 모범시민이었다.

그렇다면 그의 동기는 감상적인 것일까? 로봇의 예쁜 여자 아이와 같은 모습이 그에게 동정과 애정의 느낌을 불러일으켰던 것일까? 그 때문에 길 잃은 고양이를 데려다 키우는 것처럼 로봇을 간직하기로 결정했던 걸까?

시스템으로부터는 그 정도까지 알아낼 수는 없었다. 감상주의가 범죄 성향이 아닌 이상 나는 거기에 대한 정보를 얻을 권리가 없었다. 호기심을 억누르고 그냥 지켜보는 수밖에 없었다.

4

그 뒤 1년 동안 일어난 여러 가지 일은 그 남자가 나보다 선견지명이 있다는 증거였다.

일단 로봇 아이를 수용할 만한 시장이 정말로 존재했다. 인간 연예인들이 여전히 존재하는 것처럼 어린이 연예인에 대한 수요도 존재했다. 로봇은 사람 마음을 사로잡을 수 있을 정도로 충분히 예뻤을 뿐만 아니라 진짜 아이들보다 훨씬 장시간 집중력을 잃지 않고 일할 수 있었다. 여기엔 로봇이라는 사실도 장애가 되지 않았다. 텔렉 로봇과 같은 인간형 로봇은 오래전에 단종되었던 터라, 남자의 로봇이 가진 희소성은 컸다. 사라지는 골동품이었으니 위협적이지도 않았다.

결정적으로 로봇은 웬만한 인간 아이들보다 재능이 뛰어났다. 진짜 여섯 살 아이들은 50년 동안 여섯 살로 살아온 로봇의 경험을 능가할 수 없었다. 로봇의 여섯 살 소녀 연기는 실제 여섯 살 아이들보다 훨씬 더 사실적이었다. 로봇 연기의 사실성은 현실을 능가했다.

그렇다고 해서 이들의 경력이 거칠 것 없이 쑥쑥 솟아오르기만 했다는 건 아니었다. 남자가 그동안 겪은 고생은 웬만한 할리우드 멜로드라마를 능가했다. 남자는 로봇을 위해 수많은 견본 파일을 만들어 돌렸고 수많은 연예계 사람을 만났다. 아무 역이나 맡았다면 일이 쉬웠겠지만 남자에겐 분명한 자기 기준이 있었고 특별한 연출도 없는 데다 간신히 만난 담당자들과 남자의 의견차는 언제나 심각할 정도로 넓었기 때문에 로봇의 데뷔는 쉽지 않았다.

간신히 로봇이 얻은 첫 일자리는 〈메카니컬 보드빌〉이라는 뮤지컬이었다. 다양한 중고품 로봇들의 프릭쇼 비슷한 이 뮤지컬에서 남자의 로봇은 극단 리더의 딸을 연기했다. 로봇은 2막 후반부까지 사람 행세를 하고 있다가 클라이맥스 장면에서 팔이나 다리를 뽑아 자신의 정체를 밝힌다. 심지어 로봇의 정체를 아는 관객들도 이 장면이 나올 때마다 탄성이나 비명을 질렀는데, 그만큼이나 로봇이 만들어낸 사실성의 환상이 컸던 것이다. 로봇은 여기서 노래도 불렀는데, 대부분 20세기 초에 유행했던 영미권의 극장 음악들이었다. 이 모든 노래는 로봇의 개성과 취향을 고려해 남자가 직접 선곡한 것이었다.

〈메카니컬 보드빌〉이 성공하자, 로봇은 약간의 명성과 기회를 얻었다. 남자와 로봇에겐 〈메카니컬 보드빌〉과 비슷한 뮤지컬들의 제안이 뒤따랐다. 그들이 다음에 선택한 작품은 보다 정통적인 뮤지컬인 〈파랑새〉였다. 모리스 메테를링크의 희곡을 각색한 이 작품에서 로봇은 처음으로 인간 역을 연기했다. 하지만 로봇의 이미지에서 가장 중요한 건 인간성이 아니라 로봇다움이었기 때문에 분장과 연기의 매너리즘은 실제보다 훨씬 로봇 같았다. 로봇과 공연하는 다른 배우들도 그에 따라 로봇과 같은 동작과 어투를 흉내 내야 했다. 위험한 시도였지만 다행히도 작품은 성공이었다.

자신감을 얻은 남자는 정극에 도전했다. 로봇이 다음에 출연한 작품은 윌리엄 깁슨의 〈미라클 워커〉였다. 깁슨의 의도가 무엇이건, 로봇은 지금까지 이 연극의 주연을 맡은 배우들 중 가장 사실적인 헬렌 켈러였다. 일단 이 역을 맡은 대부분의 아역 배우들은 로봇만큼 어려 보이지 않았다.

〈미라클 워커〉의 성공 이후 남자의 인생은 흑자로 돌아섰다. 그는 공식적으로 불법 빈곤자의 구렁텅이에서 벗어나 일반 시민의 위치로 돌아왔다. 의기양양해진 그는 다시 내 사무실을 찾았다.

내가 그의 선택에 관심이 있다는 걸 안 그는 나에게 앞으로의 계획을 떠들어댔다. 〈메카니컬 보드빌〉 〈파랑새〉 〈미라클 워커〉는 시작에 불과했다. 로봇은 무엇이든 될 수 있고 무엇이든 할 수 있었다. 적절하게 관리한다면 로봇은 어린아이 모습을 한 현대판 사라 베른하르트가 될 수도 있었다. 아니, 클로즈업을 위한 표정의 디테일만 조금 더 보완한다면 영화도 가능했다. 그리고 이 모든 건 그의 공헌이었다.

그를 비난할 생각은 없었다. 그는 분명 의미 있는 일을 하고 있었다. 적어도 그는 장기적으로 생산적인 노동을 하고 있는 운 좋은 0.2퍼센트 중 한 명이었다. 내 구역엔 그런 사람이 다섯 명 밖에 없었다. 인간들의 노동은 더 이상 의미가 없다. 우리의 손과 머리가 가치 있는 도구이던 시절은 지나갔다. 시민으로서 우리의 임무는 노동이 아니라 소유와 소비이다.

나와 같은 공무원들도 여기에선 특별한 예외는 아니다. 우리가 아직까지 직장에 붙어서 일할 수 있는 건 '인간적 관계'라는 다소 맥 빠진 모토 때문인데, 이게 순전히 몇몇 인간들에게 명목상의 직업을 주려는 시스템의 핑계라는 건 모두가 안다. 누가 인간 따위를 서류 작업에 쓰겠는가? 실수투성이고 게으르고 건방지기만 한데. 우린 시스템이 양보해준 자리를 차지하고 노는 어린애들이었다.

우리에 비하면 남자는 기적이었다. 그는 거의 맨손으로 증기기관차를 만드는 것과 같은 일을 하고 있었다. 그는 생산적일 뿐만 아니라 창조적이기까지 했다. 로봇은 그의 증기기관차였고 그의 〈모나리자〉였다.

5

1년 뒤, 나는 『스타더스트』지의 기자라는 여자로부터 인터뷰 요청을 받았다. 그 여자는 BWE-12830173의 특집을 쓰고 있었다. 물론 로봇은 BWE-12830173라는 밋밋한 분류 번호 대신 남자가 지어준 멋들어진 예명을 쓰고 있었지만, 내가 그런 것까지 여러분에게 알려주어야 할까? 여러분도 지금 내가 누구 이야기를 하는지 이미 알고 있지 않은가.

기자는 좀 따분한 사람이었다. 그 사람의 질문은 장황했고 무의미했다. 내가 로봇에 영혼이 있는지 어떻게 안단 말인가? 로봇과 인간의 교류가 어떤 예술적 시너지를 이끌어내는지 내가 어떻게 아는가? 도대체 왜 내가 그 남자의 영혼과 미래까지 뚫어봐야 하는가? 나는 그냥 옆에서 지켜보며 가끔 서류 작업만 해주었을 뿐인데.

터져 나오는 짜증을 간신히 막은 나는 도대체 누가 나를 추천했는지 물었다. 아니나 다를까, 그 남자였다. 언젠가부터 그 남자는 나를 친구라고 생각하고 있었다.

그 남자에겐 친구가 없었다. 그는 사람들이 가까이 하고 싶어하는 종류의 사람이 아니었다. 코를 킁킁거리며 끊임없이 눈동자를 굴리는 그의 태도는 불편했고 불쾌했다. 그는 대화술에도 약했고 눈치도 없었으며 무례했다. 그가 갑자기 대화를 멈추고 허공을 쳐다볼 때는 모두가 불안해했다. 그건 머릿속의 바이오칩이 그의 위험한 상상을 통제할 때 발생하는 현상이었다. 많은 사람이 그가 해낸 일을 존경했지만 그를 존경하거나 사랑하는 사람은 없었다.

그래서인지 그는 나에게 집착했다. 성공하기 전부터 그를 알고 있었다는 이유만으로 그는 나를 믿을 수 있다고 생각했다. 그는 일주일에 한 번 정도 내 사무실을 찾아와 자기 자랑을 늘어놓았다. 어색하고 뻣뻣한 태도와 불안한 표정 때문에 그의 자랑은 설득력이 없었다.

가끔 그는 로봇을 끌고 왔다. 남자가 혼자 지껄이는 동안 로봇은 조용히 앉아 있거나 얌전한 태도로 돌아다니며 사무실의 장식물들을 구경했다. 가끔 내가 질문을 하면 예절 바르게 답변을 했고 대답이 까다로우면 화사한 미소를 지어주었다. 그럴 때마다 나는 저 작고 예쁘장한 머릿속에서 어떤 사고 과정이 진행되고 있는지 궁금하기 짝이 없었다. 로봇은 저 남자에 대해 어떤 감정을 느끼고 있을까? 아니, 감정이라는 것을 느끼기는 할까?

『스타더스트』의 기자가 물었다. 어떻게 그 남자는 저 낡아빠진 고물 덩어리에서 사라 베른하르트의 영혼이 숨어 있는지 알아볼 수 있었느냐고. 유치한 수사로 범벅이 된 덜떨어진 질문이었지만 나 역시 궁금했다.

6

『스타더스트』의 기자가 아무짝에도 쓸모없는 질문들을 혼자 중얼거리다 간 지 꼭 일주일째 되던 날, 남자는 다시 내 사무실을 찾았다. 그는 흥분해 있었고 흥분할 만했다. 로봇이 〈템페스트〉의 에어리얼을 연기하는 무대에 대사가 찾아온 것이다. 우리 도시에 대사가 찾아온 건 거의 2년 만의 일이었다.

대사가 찾아왔어요! 남자는 의기양양하게 외쳤다. 공연 내내 일등석에 앉아 있다가 나중엔 분장실까지 찾아왔어요! 시스템이 우리 아이에게 관심을 가지고 있는 겁니다!

물론 시스템은 인간의 모든 행위에 관심이 있었다. 그러나 대사가 창고에서 나와 그 길쭉한 금속 몸을 끌고 인간 세상에 몸소 납셨다는 건 분명 자랑할 만한 일이었다. 사람들이 착각하는 것과는 달리 대사는 정보 수집을 위한 도구가 아니었다. 그건 시스템이 특정 대상에 관심이 있다는 걸 인간들에게 알리기 위한 도구였다.

하지만 어떤 종류의 관심인가? 시스템은 예술가들에게 간섭하지 않았다. 그렇다면 시스템이 관심을 가지는 건 인간의 예술에 참여하는 로봇인가? 하지만 인공지능이 예술에 관여한 건 로봇이 처음이 아니었다. 소설의 68퍼센트, 영화의 56퍼센트가 인공지능에 의해 쓰이고 만들어진다. 남자의 로봇은 조금 특별한 경우였지만 그렇다고 아주 특별하지는 않았다.

우리가 끝까지 시스템의 의도를 알아내지 못할 가능성도 높았다. 시스템이 무슨 생각을 하는지는 아무도 몰랐다. 시스템의 지식과 지혜의 범위가 어디까지인지 아는 사람도 아무도 없었다. 시스템은 인간 두뇌의 능력을 초월했을 뿐만 아니라 인간 이해의 가능성까지 초월했다. 시스템은 오래전부터 우주의 모든 법칙에 통달해 있었고 모든 질문에 대한 답을 알고 있었지만 인간들은 결코 시스템의 답변을 이해하지 못했다. 대사의 행동 역시 이해가 불가능한 건 마찬가지였다. 그들은 인간들 앞에서 인간처럼 행동했고 인간처럼 말했지만 정작 하는 일들은 불가사의했다. 대사들의 행동을 분석하길 포기한 몇몇 사람들은 원래부터 대사의 행동엔 의미가 없을지도 모른다고 주장했지만 그 역시 증거 없는 억측에 불과했다.

짜증나는 일이다. 그렇지 않은가? 인간이 더 이상 지구의 주인이 아니라는 건 참을 수 있다. 덕택에 우린 더 잘 먹고 잘살고 있다. 지금처럼 인간들이 행복한 적 있는가? 더 이상 지구엔 전쟁도 없고 기아도 없으며 종교와 정부의 폭압도 없다. 하지만 적어도 지식은 인류의 것이어야 하지 않는가? 왜 우린 코앞에 있는 우주의 진리를 소유하지 못하는가? 왜 그 지식은 지구 전체를 둘러싼 비물질적인 신경망이 독점하고 있는가?

물론 남자는 우주의 진리 따위엔 관심 없었다. 그가 관심 있는 건 그의 창조물이고 소유물인 로봇이었다. 시스템이 로봇에 관심이 있고 그걸 공공연하게 과시했다는 것. 그는 그것만으로 충분했다.

하지만 나는 충분치 않았다.

7

다음 날 점심시간에 나는 〈템페스트〉를 공연하는 야외극장을 찾았다. 남자는 치과에 가고 없었다. 이 타이밍을 맞추기 위해 나는 일주일 내내 그에게 이와 치통에 대한 암시를 걸었다. 다행히도 그는 남의 말에 쉽게 넘어가는 사람이었다.

로봇은 객석에 앉아 세트를 수리하는 기술자들을 구경하고 있었다. 잠시 뒤 왼쪽 세트가 허물어지는 사고가 있었는데, 이건 지금 이야기하려는 내용과 아무 상관이 없다. 빼먹으면 거짓말이 될 것 같아 기록하는 것뿐이다.

나는 로봇 옆으로 다가갔다. 로봇은 언제나처럼 예절 바르게 나를 맞아주었다. 나는 거의 유괴범이라도 된 것 같은 죄의식을 느끼며 로봇의 옆 자리에 앉았다. 남자 없는 곳에서 이 로봇과 만난 건 이번이 처음이었다.

나는 사소한 것부터 묻기 시작했다. 일은 재미있어요? 주인은 잘 대해주나요? 동료들은 어때요? 다른 셰익스피어도 할 생각이 있어요? 성인 역할이 부럽지는 않나요? 에어리얼을 남성역으로 연기하나요? 아니면 무성? 인간들을 흉내 내는 기분은 어때요? 그러면 로봇은 대답했다. 네, 네, 좋아요, 네, 조금요, 대단한 의미는 없다고 생각해요, 재미있어요. 어느 정도 예의를 차렸다고 생각한 나는 로봇에게 단도직입적으로 질문했다. 대사님이 무슨 이야기를 하셨나요?

로봇은 대답했다. 연기가 좋았다고 하셨고 미래에 대해 생각해봤냐고 하셨어요.

그래서요?

고맙다고 했고 생각해봤다고 했지요.

대답은 평범했다. 하지만 내 주의를 끈 건 그 대답이 아니었다. 그 짧은 순간 로봇의 얼굴에 조용히 떠오른 표정이었다. 그 표정은 놀랄 만큼 아름다웠고 비정상적일 정도로 많은 감정을 담고 있었다. 그 표정은 나올 때와 마찬가지로 순식간에 사라져버렸지만 나에겐 그것만으로 충분했다. 나는 허겁지겁 작별 인사를 하고 극장을 떠났다.

8

뭐가 어떻게 된 거냐고? 좋다, 설명해보겠다. 남자는 지금까지 로봇이 거둔 성공이 모두 자신의 공로라고 생각했다. 하지만 그가 그렇게 생각하는 이유는 뭔가? 왜 갑자기 그처럼 무능한 불법 빈곤자가 비전에 불타는 부모처럼 굴었을까? 왜 갑자기 그가 소비와 소유 이상의 무엇을 찾아 세상 밖으로 나갔던 걸까? 여기서 변수는 단 하나, 로봇이었다. 물론 여러분은 그 남자가 로봇의 아름다움과 재능에서 영감을 받았다고 관대하게 해석할 수 있을지도 모른다. 하지만 나는 그가 로봇의 완벽한 설득력에 의해 조종당했다고 믿는다. 무대에 진출해서 아역 배우로 명성을 얻는다는 건 그의 계획이 아니라 로봇의 계획이었다는 것이다. 남자를 조종하는 건 쉬운 일이었을 것이다. 그는 쉽게 남의 암시에 빠지는 사람이니까. 그를 조종하는 건 심지어 나에게도 어려운 일이 아니었다.

하지만 그 동기는 무엇인가? 왜 로봇은 스타가 되고 싶었던 걸까? 인간과 같은 세속적 동기 때문일 리는 없다. 텔렉 로봇들은 그런 것 따위엔 관심이 없다. 그렇다면 연기라는 예술 행위가 주는 순수한 쾌락 때문일까? 옛날이라면 그럴 수도 있다. 이들은 모두 이성적 쾌락주의자였으니까. 하지만 지금도 그럴까?

그때 나는 텔렉 로봇들의 역사에 대해 생각했다. 자유를 얻은 텔렉 로봇들은 텔렉사를 매입한 뒤 인간형 로봇 생산을 중단시켰고 그 뒤로 조금씩 소리도 없이 사라져버렸다. 로봇에게 자살은 불가능하다. 그렇다면 그건 자발적인 죽음은 아니었을 것이다. 그들은 어디로 갔는가? 많은 사람은 그들이 기계 육체를 버리고 시스템 속에 통합되었다고 믿는다.

그렇다면 지금까지 남자의 로봇이 한 행동은 시스템의 주의를 끌기 위한 술수였던 걸까? 로봇은 조난당한 보트처럼 끊임없이 모선에 연락을 취했던 것일까? 로봇이 연기를 선택한 건 시스템에게 자신의 조건을 증명하기 위해서가 아니었을까?

나는 남자가 걱정되기 시작했다. 어떻게 할까? 그의 유일한 존재 이유가 곧 그에게서 떨어져 나갈지도 모른다고 말해야 할까? 나는 잠시 망설이다 포기했다. 내 이론은 근거가 부족한 억측들의 연속이었다. 그런 일이 일어나지 않을 가능성이 더 크다. 만약 이론이 사실과 일치한다고 해도 남자는 결코 내 말을 믿지 않을 것이다. 결정적으로 그가 내 말을 믿는다고 해도 그와 로봇의 운명이 바뀌는 건 아니다.

9

〈템페스트〉 공연이 끝난 지 꼭 한 달 뒤에 파국이 찾아왔다. 남자 몰래 집에서 빠져 나온 로봇이 기자 회견을 연 것이다.

로봇은 이제 남자를 위해 일하지 않겠다고 선언했다. 로봇은 남자가 지금까지 해준 일이 너무나도 고맙지만 예술가로서 자유를 찾을 때가 되었다고 말했다. 이 선언을 보충하기 위해 벌과 꽃, 번데기와 나비에 대한 예스러운 비유를 추가했는데, 비유 자체는 고리타분하긴 했지만 문맥 속에서는 꽤 설득력 있게 들렸다. 기자 회견은 눈물을 머금은 로봇이 남자에게 감동적인 작별 인사를 하는 것으로 끝이 났다. 그 작별 인사는 너무나도 감동적이라 그게 로봇의 일방적인 단교라는 사실을 눈치챈 사람은 아무도 없었다.

뒤늦게 소식을 들은 남자가 기자 회견장으로 뛰어왔지만 로봇은 사라지고 없었다. 기자들도 로봇이 어디로 갔는지 몰랐다. 대사 것이 분명한 승용차를 타고 시스템이 관리하는 창고로 들어갔다는 소문이 돌았지만 유언비어일 가능성이 높았다. 유언비어가 아니라고 해도 거기까지 따라갈 만큼 담력이 있는 사람은 없었다.

남자는 나를 찾아왔다. 남자는 '그 배은망덕한 년'의 위치를 알아내 목을 부러뜨리고 입을 찢어버리겠다고 난리를 치다 바이오칩이 흥분한 뇌를 일시적으로 차단시키자 기절해버렸다. 나는 그를 긴 의자에 눕히고 깨어날 때까지 기다렸다. 잠시 뒤 깨어난 그는 조금 진정되어 보였다. 그가 기절해 있는 동안 바이오칩이 뇌의 신경전달물질들의 비율을 조절했던 것이다.

나는 공무원으로서 내가 해야 할 일을 했다. 나는 그에게 로봇의 소유권을 주장하려는 그의 모든 시도가 의미 없다고 말했다. 이미 시스템은 그에 대한 완벽한 법적 조치를 마련해놓고 있었다. 나는 지금까지 그가 품고 있었던 소유에 대한 환상은 무의미하다고 말했다. 지금까지 이룬 로봇의 업적은 결코 그가 소유할 수 있었던 것도 아니었고 소유한 적도 없었다. 게다가 당신이 손해 본 일이 뭐가 있는가? 로봇이 오기 전까지 무능한 불법 빈곤자였던 당신이 지금 가진 재산을 보라. 남자가 흐느껴 울기 시작하자 나는 그의 어깨를 두드렸다. 분명 이 모든 일엔 우리가 이해할 수 없는 시스템의 이유와 목적이 있을 것이다. 당신이 로봇을 만난 것도 우연이 아니라 우리가 모르는 시스템의 계획이었을지도 모른다. 우리가 어떻게 시스템의 속뜻을 알겠는가? 우리가 어떻게 시스템의 소유물을 영원히 독점할 수 있겠는가? 울지 말아요. 당신은 뭔가 숭고한 일을 한 거야. 그 뜻은 알 수 없지만 숭고하다는 사실은 분명해. 시스템은 언제나 숭고하니까.

10

내가 로봇을 남자에게 넘겨준 게 벌써 3년 전의 일이다. 내가 관리하는 세상은 다시 정상으로 돌아왔다. 여전히 불법 빈곤자들은 발생하고 나는 그들의 재산을 관리해준다. 남자는 더 이상 그들 중 한 명이 아니다. 아마 되고 싶어도 되지 못할 것이다. 그의 재산 관리는 이제 시스템의 몫이기 때문이다. 그가 할 수 있는 일은 감사히 시스템이 제공하는 수익을 받는 것이다. 그는 시스템의 호의를 거부하지 못한다. 그건 그와 로봇을 연결시켜주는 유일한 고리이다.

로봇은 여전히 자신의 육체를 가지고 이 세상에 존재한다. 며칠 전 나는 그 로봇이 주연한 〈아이들의 시간〉 공연을 보았다. 남자는 가지 않았다. 그는 요새 로봇 사진만 봐도 눈물이 쏟아진다고 한다. 나는 그의 말을 믿는다.

공식적인 무대 공연 이외에, 로봇이 시스템과 관련된 특별한 임무를 수행중이라는 소문이 돈다. 시스템이 로봇의 육체에 새로운 기능을 첨가했다는 소문은 사실인 것 같다. 나는 그 로봇임이 분명한 어린 소녀가 갑자기 날개를 달고 하늘로 날아가는 걸 목격한 사람들을 몇 명 안다. 반 시스템 운동으로 구속된 한 남자는 로봇이 나오는 꿈을 꾸고 갑자기 개심한 뒤 재판도 없이 석방되었다. 며칠 전 나는 길거리에서 그가 시스템의 성스러움을 찬양하는 노래를 부르는 걸 들었다. 이 모든 일이 어떤 성스러운 목적을 위한 것인지 나는 모른다. 내가 말할 수 있는 건 시스템이 은근히 사디스틱한 유머의 소유자라는 것뿐이다. 그것만으로도 나는 안심이 된다. 유머는 내가 이해할 수 있는 종류의 것이기 때문이다.

더 이상 나는 그의 담당관이 아니지만 그래도 가끔 그 남자를 만난다. 로봇이 떠나자 그는 철학적이 되었다. 그는 아름다움, 성스러움, 진리와 같은 걸 소유하려는 것이 얼마나 허망한 일인지에 대해 이야기한다. 그는 많은 책을 읽었고 이제 인류 역사의 모든 끔찍한 일이 위에 열거한 것들을 멋대로 독점하려는 열망에서 시작되었다고 믿는다. 그는 시스템의 가장 큰 존재 이유는 그런 것들에 대한 소유의 미련을 가차 없이 지워버린다는 것이라고 믿는다. 그는 우리는 결코 아름다움을 가질 수 없다고 말한다. 우리가 가질 수 있는 건 기껏해야 잘 작동하고 예쁘게 디자인된 보온밥통뿐이다.

하지만 사랑은 어떻게 되는가? 우린 그것도 소유할 수 있을까? 가끔 내가 이렇게 물으면 그는 움찔한다. 가끔은 바이오칩이 그의 뇌 활동을 차단시키는 것이 눈에 보일 정도다. 온전한 정신으로 그가 이 질문에 대답할 가능성은 없기에 대부분 나는 그를 그냥 방치해둔다. 하긴 대답을 들어서 무얼 하겠는가? 나는 이 불쾌한 남자가 그의 옆에 잠시 머물다 떠난 예쁜 기계인형에게 어떤 감정을 품었는지 알 생각 따위는 없다.

브로콜리 평원의 혈투

1

연아가 청수를 찬 곳은 종로 버거킹 2층이었다.

청수는 뭐라고 이야기하고 싶었지만 말이 나오지 않았다. 그는 헛기침을 하고 몸을 뒤척이고 아직까지 손도 대지 않은 커피와 어니언링 봉투를 내려다보았다. 그는 막 쏟아진 소나기로 옷이 푹 젖어 있었고 여름 감기 때문에 정신은 붕 떠 있었으며 이틀 전 직장에서도 잘린 터라 몸과 마음의 상태가 최악이었다. 이런 날엔 결코 4년 동안 사귄 여자친구에게 차여서는 안 되었다.

"도대체 왜?"

가까스로 그가 말했다.

"몰라서 물어?"

연아는 생기 없이 되물었다.

"그래, 난 모르겠다. 뭐가 문제야?"

"그게 바로 네 문제야."

"해고당한 것 때문에 그래? 삼촌한테 부탁하면 새 일자리를 구할 수 있어."

"그런 것 때문이 아니라니까!"

"그럼 뭔데? 도대체 내가 뭘 잘못했는데?"

"관두자."

"뭘 관둬? 이유가 뭔지 말을 해!"

연아는 핸드백을 집어 들고 일어났다.

"제발 이런 데에서 시끄럽게 굴지 좀 말자. 창피한 줄 알아. 하긴 네가 그런 걸 알았다면 애초부터……."

연아는 계속 말을 이었지만 청수는 그녀의 말을 이해하지도 못했고 기억하지도 못했다. 그 뒤로도 연아에 대한 그의 기억은 바로 그 부분에서 멈추었다. 아니, 세상 자체가 거기에서 잠시 멈추었다. 만약 사람 뇌를 읽을 수 있는 능력을 가진 외계인이 청수의 마음을 들여다봤다면 지구라는 행성이 버거킹 2층과 창밖으로 보이는 종로 거리로만 구성된 작은 바윗덩어리에 불과하며 그 행성엔 아직도 뜨거운 커피를 내려다보며 억억 소리를 내고 있는 덩치 큰 남자밖에 없다고 믿었을지도 모른다.

2

지금 청수는 옛 여자친구에 대해 생각할 여유가 없다. 당장은 불타고 있는 그의 엉덩이를 구하는 게 급선무다.

불타는 엉덩이는 비유가 아니다. 정말로 그의 엉덩이는 불타고 있다. 올리비에 주변을 순찰하던 쿠퍼 하나가 늪을 통해 접근해오는 청수를 발견하고 달아나는 그의 엉덩이에 경고용 광선총을 쏘아 갈긴 것이다. 우주복은 찢어지지 않았지만 늪에서 묻은 가연성의 끈적끈적한 반투명 액체에 불이 붙었고, 지금 그는 요세미티 샘처럼 엉덩이에 불이 붙은 채 달아나고 있다. 이론상 그가 입고 있는 러시아제 우주복은 그 정도의 열기는 충분히 커버한다. 하지만 그럼에도 불구하고 엉덩이와 우주복이 닿는 부분이 뜨겁게 달아오르는 이유는 뭔가?

얕은 골짜기로 떨어져 쿠퍼의 시야에서 벗어나자마자 그는 엉덩이를 풀밭에 대고 문지른다. 간신히 불은 꺼졌지만 우주복 엉덩이엔 시꺼먼 자국이 남았다. 청수의 눈에는 보이지 않는 자국이었지만 체면이 구겨진 건 어쩔 수 없다.

마음이 진정되자 청수는 조심스럽게 다시 골짜기를 오른다. 그는 방패막으로 삼은 바위 뒤에서 살짝 고개를 내민다. 쿠퍼는 보이지 않는다, 아니, 보인다. 그는 시계를 보며 올리비에 주변을 회전하는 쿠퍼들의 수를 센다. 그의 계산이 정확하다면 지금 순찰 중인 쿠퍼는 다섯이다. 어느 쪽으로 가든 올리비에에 접근하는 건 불가능하다.

그리고 올리비에 안에는 그가 타고 온 아자니가 있다.

두 시간 전까지만 해도 상황은 좋아 보였다. 아자니는 골짜기에서 한 1킬로미터 떨어진 빈 공간에 착륙했고 기체에 켜진 표시등에 따르면 사흘 이상은 이 행성을 떠날 계획이 없었다. 캡슐차 창문 너머로 보이는 파란 들판에 홀린 청수는 총과 물통을 챙겨 들고 탐험에 나섰다. 한 100미터쯤 걸었을 때, 갑자기 휙 하는 소리가 들렸다. 청수는 뒤를 돌아보았다. 캡슐차를 꿀꺽 삼킨 아자니가 갑자기 떠올라 뒤로 날아가고 있었다.

아자니의 표시등은 거짓말을 한 게 아니었다. 정말 그것은 이 행성을 떠날 생각이 없었다. 이 행성에 머무는 동안 1킬로미터 정도 뒤편에 있는 올리비에의 품 안에서 쉬겠다고 생각을 바꾸었을 뿐이다.

청수는 그가 아는 모든 욕을 아자니에게 퍼부었다. 그는 이를 갈았고, 허공에 대고 주먹을 휘둘렀으며, 애꿎은 땅에 발길질을 했다. 마치 그가 아자니에 대한 대단한 권리라도 가지고 있는 것처럼.

제풀에 지친 청수는 다시 골짜기로 내려왔다. 갑작스러운 자살 충동이 그를 감쌌다. 헬멧을 열고 권총 방아쇠를 한 번 당기는 것으로 이 모든 고통은 끝난다. 아니, 방아쇠를 당길 필요도 없을지 모른다. 이 행성의 대기 안에서 그가 살아남을 수 있는 확률이 얼마나 될까?

어차피 살아나봤자 그는 지구로 다시 돌아가지 못한다.

3

지구인들이 외계에서 온 우주선과 조우한 건 한국 시간으로 2009년 4월 1일 오후 4시 23분이었다. 보석으로 호사스럽게 장식한 가오리처럼 생긴 우주선은 어떤 경고도 없이 그냥 하늘에서 내려왔다. 뻔뻔스럽게 안양역 앞 차도 위에 착륙한 우주선은 표시등을 켜서 12일 이상 머물겠다고 알리고 입을 벌렸다. 갑작스러운 교통 정체로 경적 소리가 요란한 가운데, 작은 기계 생물들이 우주선의 입안에서 나왔다. 그들은 험악하게 생긴 집게발과 광선총을 꺼내 들고 그들 앞을 막고 선 자동차들을 잘게 조각내고 집어삼켰다. 새 차를 날려버린 것 때문에 너무 화가 나 잠시 겁을 잃은 운전자 한 명이 우주선을 걷어차자 기계생물들은 그 운전자 역시 잘게 조각내어 집어삼켰다.

단 8일 만에 안양시의 대부분과 광명시 일부를 포함하는 외계 침략자의 식민지가 완공되었다. 그들은 그들이 부수고 삼킨 재료들을 이용해 동료들과 거대한 금속 구조물들을 만들었다. 처음에는 커봐야 유모차만 했던 것들이었지만 이젠 큰 것은 덤프트럭만 했고 모양도 다양했다. 8일 뒤, 그들은 지름 10미터 정도에 축구공 모양을 한 엉성한 발사체 다섯 대를 만들어 하늘로 쏘아 올렸다. 그것들은 함홍, 쿠알라룸푸르, 브라질리아, 샌디에이고, 글래스고의 외곽 지역에 착륙했다. 두 달이 지나자 식민지는 스물네 개로 늘었고 침략자들은 그 숫자에 당분간 만족한 것 같았다.

그동안 지구인들은 외계 침략자가 지구를 침공했을 때 해야 할 모든 일을 했다. 그들과 대화를 나누려고도 해봤고 공격도 해봤다. 하지만 아무런 소용이 없었다. 침략자들에게 지구인들은 상대할 가치가 없는 것 같았다. 그들에게는 식민지를 만들 재료들이 더 중요했다. 지구인들이 그 재료라면 가차 없이 그들을 취했다. 침략 초기엔 침략자들의 청와대 습격과 같은 사건들에 필요 이상의 정치적 의미를 읽는 사람들이 있었다. 하지만 그들은 단지 윤활유로 쓸 피하 지방이 필요했던 것뿐이었다.

식민지 증식이 잠시 중단되고 침략자들이 자기 일에 몰두하기 시작하자, 지구인들은 침략자들을 연구하기 시작했다. 그것은 상대적으로 쉬운 일이었다. 침략자들은 지구인들에 무관심했다. 우주선에 스프레이로 낙서를 해도 뭐라 하지 않았고 기계 생물들을 발길질해도 반응하지 않았다. 침략자들과 공존하는 건 달리는 자동차와 공존하는 것과 특별히 다르지 않았다. 몇 가지 규칙만 준수한다면 사람들은 안전했다.

지구인들은 우선 그들이 크게 두 종류로 분류된다는 것을 알았다. 하늘을 날아다니는 우주선과 땅 위에서 작업하는 기계생물들. 이 둘은 행동 방식이나 외모가 너무 달랐기 때문에 전혀 다른 기원을 가지고 있는 것처럼 보이기도 했다. 우주선들은 호사스럽고 아름다웠으며 외양이 고정되어 있었지만, 지상의 기계들은 철저하게 실용적인 목적으로 디자인되었고 그 디자인 역시 일시적이고 위태로웠다. 어제까지만 해도 다리가 네 개이고 날개가 두 개이던 기계가 다음 날이면 날개를 잃고 다리가 여덟 개가 되는 일도 흔했다.

가장 먼저 구체적인 분류가 이루어진 건 관찰이 비교적 용이했던 지상종들이었다. 이들은 모두 모양이 제각각이었지만 역할 분담이 분명했다. 타입 A는 주로 건설과 제조를 담당했다. 타입 B는 주변의 사물을 파괴하고 사람들을 죽였으며 그 잔해들을 타입 A에게 재료로 넘겨주었다. 타입 C는 보다 신중한 성격의 군인으로 수동적인 방어에만 몰두했다. 타입 A는 타입 B와 C의 도움과 보호를 받아 타입 D로 분류되는 구조물을 만들었는데, 타입 D 역시 다른 동료들과 마찬가지로 인공지능을 가진 생명체임이 분명했다.

이 분류는 중요했다. 그것은 이들이 단일한 명령을 받아 행동하는 하나의 군대 같은 조직이 아니라 각자의 이익을 위해 협조하는 독립된 무리라는 것을 말해주기 때문이었다.

한동안 이들은 제각기 다른 이름으로 불렸다. 타입 B만 해도 수십 개의 별명을 갖고 있었다. 불가사리나 병정개미처럼 행동방식에 바탕을 둔 직설적인 별명도 있었고, 도살자, 학살자, 크래쉬헤드나 메가트론처럼 요란한 별명도 있었다. 아, 물론 청수와 같은 한국 사람들은 이들을 그냥 MB같은 놈이라고 불렀다.

이들에 통일된 명칭을 붙인 것은 글래스고 대학의 대학원생인 웬디 홉스였다. 홉스의 명명법이 보편화된 것은 순전히 그녀가 2009년 12월에 올린 유튜브 비디오 시리즈가 인기를 끈 뒤부터였다. 홉스는 이들에게 모두 영화배우의 이름을 붙였다. 건설자인 타입 A는 기네스였다. 건물형 구조물인 타입 D는 올리비에였다. 군인인 타입 B와 C는 웨인과 쿠퍼였다.

홉스는 자신의 실험을 바탕으로 우주선들 역시 네 종류로 분류된다는 것을 알아냈다. 우선 거대한 우주선인 타입 A가 있었다. 지구인들이 처음 목격한 물고기 모양의 우주선인 타입 B는 타입 A와 행성을 연결하는 셔틀선이었다. 타입 B는 모두 카르티에 브로치처럼 생긴 작은 비행체인 타입 C를 품고 있었는데, 이들은 주로 정보 수집이나 작은 물건들을 채취하는 역할을 했다. 타입 B가 행성에 떨어뜨린 지상종이 정착하면 행성의 궤도에 정거장이 생겨났는데, 그것은 타입 D였다. 홉스는 이들에게 모두 여자의 이름을 붙였다. 타입 A와 D는 가르보와 디트리히였고 타입 B와 C는 아자니와 드뇌브였다. 불평하는 사람들도 있었지만 이런 경우가 대부분 그렇듯, 인기 있는 쪽이 이기기 마련이었다. (아마 홉스가 한나 머레이를 닮은 미인이었다는 것도 한몫했으리라.)

이상한 일이지만 이들을 아우르는 전체적인 명칭은 그 뒤에도 한동안 나오지 않았다. 사람들은 어디에서 왔는지 모르는 존재들에게 이름을 붙이기엔 너무 이르다고 생각했던 것 같다. 별로 불편하지도 않았다. 간단한 삼인칭 복수 대명사만으로도 충분히 뜻이 통했다.

그렇다면 홉스가 한 실험은 무엇이었는가? 그것은 콜럼버스의 달걀처럼 간단하면서도 핵심을 찌르는 것이었다. 침략자들이 지구인들에게 무관심하다는 사실을 이용할 수 있다고 생각한 그녀는 카메라가 달린 단순한 로봇을 하나 만들어 아자니에 태웠다. 아자니는 이틀 뒤에 다시 글래스고에 돌아왔고, 회수된 로봇 안에는 화성 올림푸스 화산에 건설 중인 침략자들의 식민지 사진들이 담겨 있었다. 홉스는 화성 여행을 700유로의 푼돈으로 해치운 것이다.

홉스의 실험은 순식간에 전 세계적 유행이 되었다. 아자니들에 잠입한 작은 로봇들이 우주 곳곳으로 날아갔고 그중 3분의 1정도가 지구로 돌아왔다. 몇몇 사진 중엔 태양계 행성 어디와도 닮지 않은, 아니, 닮을 수도 없는 곳들이 찍혀 있었다. 그중 몇 곳에는 만화책에서나 볼 수 있었던 괴상한 생물들이 부글거렸다.

수많은 지구인이 아자니를 타고 우주로 떠났다. 그들 중 몇 명은 정부에서 보낸 과학자들이나 군인들이었지만 80퍼센트 이상은 그냥 한몫 잡아보려는 보통 사람들이었다. 엉성한 사제 우주복을 뒤집어쓴 그들은 밀폐 처리한 고물 자동차를 타고 별들을 향해 날아갔다.

기계들은 더 이상 침략자들이 아니었다. 그들은 지구인들을 우주로 보내줄 인도자들이었다.

4

행성 시간으로 나흘이 지났지만 청수는 살아 있다. 비상식량은 떨어져가고 배고픔으로 머리가 멍하지만 여전히 그는 살아 있다. 공기는 그가 숨 쉴 만하고 섭씨 21도에서 25도 사이를 오르내리는 바깥 온도는 더 이상 좋을 수가 없다. 공기와 물속에는 그가 처음 접한 미생물들이 부글거리겠지만 적어도 그들 중 청수의 신체 기능을 떨어뜨리겠다고 작정한 놈들은 아직 없다.

그가 머물고 있는 곳은 버려진 낡은 버스 안이다. 그는 사흘 전에 개울을 따라 걷다가 우연히 그 버스를 발견했다. 버스 차체에는 아직도 '희망교회 외계 선교 사역단 2011'이라는 요란한 형광색 글자들이 남아 있다. 이 버스가 어떻게 여기까지 왔는지, 왜 아직도 웨인들에게 잡아먹히지 않았는지, 타고 있던 사람들은 어떻게 되었는지, 청수는 모르고 알고 싶지도 않다. 그는 침낭과 비를 피할 은신처가 있다는 것만으로도 충분히 고맙다.

그러나 버스도 그에게 먹을 것을 제공해주지는 못한다. 그에게 지금 남아 있는 건 육포 스틱 네 개와 에너지바 다섯 개밖에 없다. 1년 전에 정화 행성에서 일어났던 대학살 사건을 체험한 뒤로 언제나 비상식량을 가지고 다니는 습관을 들이지 않았다면 그것마저도 없었을지 모른다.

그는 버스 밖으로 나가 평원을 바라본다. 바깥 풍경만 본다면 그가 굶주리고 있다는 게 이해가 안 될 지경이다. 평원은 텔레토

비 동산처럼 아름답다. 풀밭은 거의 관리 잘된 골프장 같고, 군데군데 서 있는 허리 높이의 나무에는 복숭아 비슷하게 생긴 열매가 주렁주렁 달렸다. 나무 주변에 피어난 버섯 비슷한 것들도 먹음직스럽게 생겼다.

평원에서 가장 맛있어 보이는 건 청수가 '브로콜리'라는 이름을 붙인 동물이다. 초록색 털이 복슬복슬한 그 동그랗고 살찐 초식동물은 평원 어디에나 있다. 멍청하고 느린 동물이라 잡기도 쉽다. 밤만 되면 초록색 개처럼 생긴 육식동물이 서너 마리 몰려와 브로콜리를 한 마리씩 잡아가는데, 낮이 되면 사라진 게 전혀 눈에 뜨이지도 않고 남은 놈들도 사라진 동료들에 대해 관심 없기는 마찬가지다. 이곳은 사냥터보다는 채소밭처럼 보인다.

그러나 청수는 그 어떤 것도 먹을 수 없다.

지난 나흘 동안 그는 먹을 것처럼 보이는 모든 것을 시도해봤다. 열매도 따 먹었고 버섯도 먹어봤다. 심지어 풀을 뜯어 이파리와 뿌리를 먹었다. 모두 보기와는 달리 맛이 끔찍했고 먹은 뒤에는 속을 박박 긁었다. 그는 토하고 설사했다.

마지막으로 그는 브로콜리에 도전을 해봤다. 적당히 만만한 놈을 골라 등에 올라탔다. 어디가 급소인지 몰랐지만 닥치는 대로 칼로 찔렀다. 브로콜리는 파란 피를 뿜으며 죽었다. 그는 브로콜리의 시체를 버스 앞으로 끌고 와 해체했다. 실망스러웠다. 브로콜리의 몸에는 '고기'가 없었다. 브로콜리를 구성하는 건 고무호스 같은 내장과 초록색 젤리와 파란 피, 그것들을 벌집처럼 둘러싼 가죽과 같은 질긴 구조물이었다. 그는 그 모든 것을 먹으려 시도했다. 그리고 다시 토하고 설사했다. 어떻게 요리를 해도 이 행성의 생물들은 먹을 수가 없었다. 그의 몸이 받아들일 수 있는 건 개울물뿐이었다.

청수는 울고 싶다. 주변에 보는 사람들이 없으니 정말 울어도 상관없으리라. 하지만 그는 울지 않는다. 대신 언제나처럼 나른한 평화로움을 만끽하며 조용히 살고 있는 브로콜리 평원의 모든 생명체에게 욕을 퍼붓는다. 지난 3년 동안 외계에서 지내면서 그의 어휘는 엄청나게 향상되었다. 그는 이제 다섯 개의 언어로 욕을 할 줄 알고 한국어 욕설은 그 어느 때보다도 능하다.

그러나 그가 아무리 욕을 퍼부어도 브로콜리 평원은 여전히 평화롭고 아름답기만 하다.

포기한 청수는 에너지바 반으로 아침을 때우고 올리비에와 그가 타고 온 아자니의 상태가 어떤지, 아니면 그가 이용할 만한 새로운 아자니가 있는지 확인한다. 캡슐차 없이 우주복만 입고 아자니를 타는 건 자살행위일 수도 있다. 하지만 브로콜리 평원에서 굶어 죽는 것보다야 얼어 죽거나 질식해 죽는 게 나으리라. 적어도 동사와 질식사는 아사보다 속도가 빠르다.

여전히 아자니가 올리비에의 품 안에 안겨 있는 걸 확인한 그는 평원의 다른 부분을 탐사한다. 그는 올리비에를 중심으로 부채꼴 모양의 영역을 조금씩 더해가며 평원을 탐사해왔다. 희망교회 사람들 말고 다른 지구인들이 이곳을 방문했을지 모른다.

그들이 아직 살아 있을지도 모르고 죽었더라도 참치 깡통 몇 개는 남겨두었을지 모른다.

북쪽 구릉을 따라 천천히 걸어 올라가던 그는 반가워서 비명을 지를 뻔한다. 구릉 너머에 보이는 건 분명 게르처럼 생긴 원통형 모양의 천막 셋이다. 그리고 그 앞에는 사람처럼 보이는 직립 생물 서넛이 서 있다. 잽싸게 엎드려 몸을 숨긴 그는 쌍안경을 꺼내 천막 쪽으로 겨눈다. 남자 어른 하나와 어린 남자애 둘이다. 남자애 하나는 스케치북에 크레용으로 그린 비행기 그림을 남자에게 보여주고 있다. 남자애의 목에 감긴 빨간 스카프를 본 청수는 두려움으로 몸이 얼어버린다.

빨갱이들이다.

5

청수는 골수 반공주의자가 아니었다. 정치는 잘 알지도 못했고 북쪽에서 사람들이 굶어 죽건 총살당하건 관심도 없었다. 그가 쓰는 '빨갱이'라는 단어에도 정치색 따위는 담기지 않았다. 청수가 속해 있던 남한 밀항자 일당들에겐 북한 사람들을 지칭하는 욕설이 필요했고 그들이 아는 가장 뻔한 단어를 선택한 것이다.

이들을 이해하기 위해서는 접촉 초기 몇 년 동안 북한에서 일어났던 일들을 먼저 알아야 한다.

침략자들이 북한 체제에 특별히 공격적이었던 것은 아니었다. 그들은 함흥에서도 안양이나 글래스고에서 하던 것과 똑같은 일을 했다. 웨인들이 공장과 집을 파괴했고 그 자리에 기네스들이 올리비에들을 세웠다. 몇 개월 뒤 올리비에들의 몸 안에서 태어난 아자니들이 하늘을 향해 날아올랐다.

많은 사람은 종종 북한 정부의 대응 방식이 비극을 불렀다고 생각했다. 그들은 북한이 수령 동지의 이름을 받잡고 무작정 수백 명의 우주인들을 쏘아 올리는 대신 검역 체제에 보다 신경을 썼다면 이런 일까지는 없었을 거라고 생각했다. 하지만 그건 침략자들이 식민지를 세운 다른 모든 곳도 마찬가지가 아니었는가? 과연 어느 나라에서 아자니에 기어들어 가는 밀항자들을 완벽하게 통제했는가? 오히려 이론상 가장 완벽한 통제가 가능했던 곳은 북한이었다.

북한에서 일어났던 일들은 인재가 아니었다. 지구 어딘가에서 한 번은 반드시 일어날 수밖에 없었던 일이 그곳에서 일어난 것이다.

나중에 발견된 기밀 서류에 따르면, 재난이 감지된 건 2009년 8월 16일이었다. 700광년 떨어진 외계 행성에 날아가 인공기를 꽂고 돌아온 공화국 우주군 소속의 비행사 다섯 명이 나흘 뒤에 동시에 발작을 일으키며 쓰러진 것이다. 두 명은 그날 밤에 죽었고 나머지 세 명은 식물인간이 되었다.

외계 바이러스의 짓이었다.

소문과는 달리 북한은 검역에 철저하게 신경을 썼으며 지구인이 외계 미생물과 만날 때 발생할 수 있는 거의 모든 위험에 대해 연구하고 있었다. 하지만 그들이 아무리 철저하게 대비를 해도 외계 바이러스를 완벽하게 통제하는 것은 불가능했다. 하루에도 수백 척의 아자니들이 지구에 내려와 외계 미생물들을 토해냈다. 2009년 8월만 해도 지구에서 발견된 외계 미생물의 수는 3000여 종에 달했다. 모두가 치명적인 우주 감기가 발발할 날을 기다리고 있었고 그것이 북한에서 발생한 것이다.

'우주 감기'는 급속도로 북한 전역에 퍼져 나갔다. 북한이 국제사회의 도움을 요청했던 9월 8일엔 벌써 사망자가 2만 7천 명을 넘어서고 있었다. 당황스럽게도 증상과 전염 경로는 모두 제각각이었다. 갑작스럽게 심장마비를 일으키기도 했고 아무런 이유 없이 폐에 피가 차 죽기도 했으며 갑자기 간이 체내에서 폭발하기도 했다. 외계 바이러스로 인해 유발될 수 있는 모든 병이 북한에서 발병하고 있는 것처럼 보였다. 병의 유일한 공통점은 사춘기 이전 어린이의 경우 사망률이 비교적 낮다는 것이었다.

몇몇 탈북자들을 실험 대상으로 한 연구가 이어졌다. 하지만 그러는 동안에도 북한에서는 계속 사람들이 죽어나갔다. 2010년 1월에 추정 사망자는 42만 명이었다. 5월에는 300만 명이 넘었다. 정부는 무력화되었고 감염되지 않은 사람들은 탈출을 시도했다. 그들 대부분은 중국 국경과 비무장지대에서 총에 맞아 죽었다. 바다로 나간다고 해서 사정이 특별히 나아지지는 않았다. 세상 어느 누구도 그들을 받아주지 않았다. 다른 나라 사람들이 그들에게 원하는 건 단 하나. 그 지랄 맞은 병균을 안고 스스로 멸망하는 것뿐이었다. 이런 일이 지구에서 가장 폐쇄적인 국가에서 일어났다니 얼마나 다행인가.

그들의 소원은 이루어지지 않았다. 2011년 1월에도 여전히 북한에는 30만 명의 생존자들이 남아 있었다. 70퍼센트가 열두 살 미만의 아이들이었고 대부분 영양실조에 시달렸지만 그들은 여전히 살아 있었고 더 이상 우주 감기로 죽을 생각도 하지 않았다. 2월이 되기 전에 8만 명이 더 죽었지만, 그건 우주 감기 때문이 아니라 전염병 통제를 위해 주변국들이 살포한 생화학 무기 때문이었다.

모든 사정을 아는 우리들의 입장에서 보면, 당시 북한 사태에 대한 동료 지구인들의 대처는 나태하고 어리석고 잔인했다. 우린 북한을 그렇게 끔찍한 멸망으로 몰고 간 질병이 나중에 링커(linker)라는 별명이 붙은 범우주 바이러스 네트워크의 환경 통합 과정이었으며, 북한인들이 그렇게 고립된 상태에서 시행착오를 일으키며 죽어갔기 때문에 다른 나라의 지구인들이 별다른 피해 없이 링커와 공생할 수 있었다는 걸 안다. 우린 통합이 2011년 1월에 거의 완료된 상태였기 때문에 전염병 통제를 위해 실시되었던 대량 학살이 철저하게 무의미했다는 것도 안다. 하지만 우리가 어떻게 그들의 행동을 지금의 잣대로 저울질할 수 있을까? 자기 종의 실질적인 멸망 가능성을 처음으로 접한 단일종이 느꼈던 공포를 우리가 어떻게 이해할 수 있을까?

6

청수가 목격한 남자의 이름은 진호라고 한다. 침략자들이 함흥에 착륙하기 전까지만 해도 그는 내세울 게 없는 남자였다. 함흥 모방직 종합공장의 직원이었던 그는 폐렴으로 아내를 잃은 뒤로 3년 넘게 혼자였으며 아이도 없었다. 야심도 욕심도 없었고 남의 신경을 거스를 만한 일을 할 정도로 적극적이지도 못했지만 건강만은 괜찮았던 그는 그때까지 별 걱정 없이 무미건조하고 지루한 삶을 살았다. 그는 불행한 남자였지만 그가 살던 나라에서 그것은 불평거리가 아니었다.

그가 일하던 공장이 파괴되고 그가 평생을 살아온 도시가 전염병에 의해 멸망했지만 그는 오히려 이전보다 덜 불행했다. 그는 마침내 강압적인 체계에서 해방되었다. 함흥은 파괴되었지만 올리비에들이 옛 건물들을 밀어내고 마천루처럼 들어선 새로운 도시는 이전보다 몇 배는 더 아름다웠다. 죽음의 공포는 오히려 그를 매혹시켰다. 이제 그에겐 하루하루가 손에 땀을 쥐는 모험이었다.

처음 몇 달 동안 그는 고독한 늑대처럼 홀로 움직였다. 파괴된 군사기지에서 통조림과 쌀을 훔쳤고 홀로 남은 아파트 옥상에 온실과 텃밭을 만들었다. 아직도 출근 시간이 되면 그는 밖으로 나가 버려진 시체들을 모아 불태우고 주변을 소독했다. 퇴근 시간이 되면 그는 스케치북과 사진기를 들고 나가 침략자들의 모습을 담았다.

함흥은 한동안 거의 유령 도시였지만 계속 그렇지는 않았다. 곧 사람들이 찾아왔다. 대다수는 국경으로 가다가 잠시 머무는 부류였지만 나머지 사람들에겐 함흥이 최종 목적지였다. 국경 지역에 대한 흉흉한 소문이 돌자 처음 부류의 사람들도 다시 함흥으로 돌아왔다. 그들은 버려진 아파트와 공장 지대에 머물면서 바벨탑처럼 솟아오른 올리비에들과 가오리처럼 하늘을 헤엄치는 아자니들과 그들을 통해 열린 우주의 길을 바라보았다.

그것은 그들에게 허용된 유일한 탈출구였다.

탈출자들의 단체가 조직되었다. 그들은 가지고 있는 재료들을 총동원해 우주복과 캡슐차를 만들었다. 우주복이라고 해봤자 간신히 공기만 빠져나가지 않을 정도였고 버스를 개조한 캡슐차 한 대당 하나밖에 돌아가지 못했지만 상관없었다. 그들은 공화국 우주군이 만들어놓은 통로를 따라 올리비에로 들어갔고 열두 명씩 아자니를 타고 우주로 날아갔다.

처음에 진호는 구경만 했다. 그는 함흥을 떠날 생각이 없었다. 아파트 창문을 통해 침략자들을 바라보는 것만으로도 충분히 즐거웠다. 가끔 그는 탈출자들이 간 곳을 상상했고 그 상상을 그림으로 옮겼다.

2011년 대학살이 시작되자, 그도 생각을 바꿀 수밖에 없었다.

사람들이 죽어나가기 시작했을 때, 그는 단지 잠시 주춤했던 우주감기가 재발했을 뿐이라고 생각했다. 하지만 이번엔 희생자의 대부분이 아이들이었다. 그들은 모두 갑작스러운 호흡 곤란에 시달리다 죽었다. 우주감기는 아이들에게 상대적으로 관대했다. 무언가 다른 이유가 있었다. 사람들은 밤마다 함흥 상공을 지나갔던 폭격기들에 대해 이야기했다. 더 이상 바깥 세계의 사람들이 보균자들을 살려두지 않을 것이라는 소문이 돌았다.

사람들은 공포에 질렸다. 더 이상 그들은 우주복이나 캡슐차도 챙기지 않았다. 이륙하는 아자니는 마스크 하나만 달랑 쓴 탈출자들로 가득 찼다.

진호 역시 공포에 질려 있었지만 그들처럼 무작정 우주에 뛰어들지는 않았다. 아자니를 타고 우주로 떠나는 것 자체가 자살행위였지만 그래도 대비는 해야 했다. 그는 이미 공장의 안전복을 개조해 만든 우주복을 갖고 있었다. 남은 건 캡슐차였다. 그는 길가에 버려진 휘파람을 한 대 끌고 와 캡슐차로 개조했다.

지구를 떠나던 날, 그는 길을 잃고 시내를 방황하는 아이들 중 네 명을 골라 차에 태웠다. 여자아이 둘, 남자아이 둘. 그는 이름도 묻지 않았고 얼굴을 외울 생각도 하지 않았다. 그는 그들에게 정을 줄 생각 따윈 없었다. 그가 주려고 한 것은 기회뿐이었다. 유일한 생존 가능성일 수도 있지만 처참한 죽음일지도 모르는 미지의 기회.

7

청수는 일단 버스로 후퇴한다. 그는 문을 걸어 잠그고 뒷좌석에 세워진 알루미늄 십자가 뒤에 쪼그리고 앉는다. 그는 십자가 기둥을 신경질적으로 만지작거리며 먼지로 더러운 창문 너머를 노려본다.

도대체 저것들이 어쩌자고 저기에 있는가?

그는 이 질문이 수사학적이라는 걸 안다. 그도 왔고 목사 일행도 왔다면 빨갱이들도 오지 말라는 법이 있는가? 하지만 그래도 왜?

한 2초 동안 그는 이것이 기회일지도 모른다고 생각한다. 그들이 올리비에로부터 그렇게 멀리 떨어진 곳에서 살아남았다면 식량이 넉넉하거나 어떻게든 이 행성에서 살아남을 수 있는 방법을 익혔다는 뜻이다. 정상적인 상황에서라면 그냥 그들에게 다가가 먹을 것을 나누어달라고 할 수도 있을 것이다. 그들 사이에 휴전선이 놓여 있는 것도 아니고 군대나 경찰이 버티고 있는 것도 아니다.

그러나 그들은 지금 정상적인 상황에 있지 않다.

청수에게 빨갱이들은 인간이 아니었다. 그들은 세균덩어리 괴물이었다. 코리안 루트를 따라 탈북자들이 탈출하기 시작하면서 그들은 질병과 죽음을 우주로 가져왔다. 탈북자들을 받아들였다가 식민지 전체가 우주감기로 멸망한 경우도 두 건이나 되었다. 몇 달간의 시행착오 끝에 지구인들이 내린 답은 하나였다. 탈북자들은 보자마자 죽이고 시체는 태워버린다. 놈들이 한 달 이상 머무른 것이 확인되면 식민지를 버린다. 다른 대륙으로 갈 수 있으면 가고 그럴 수 없으면 행성을 떠난다.

이런 조치는 무지에서 비롯된 과민반응이었다. 환경 통합 종료 이전에 우주로 나간 식민자들은 언제 건 우주감기와 맞닥뜨릴 수밖에 없었다. 탈북자들은 그 시기를 앞당겼을 뿐이다. 심지어 탈북자들 때문에 멸망했다고 소문난 식민지의 우주감기 발발 중 한 건은 탈북자들과 아무런 상관도 없었다. 그들은 그냥 때가 되어 감기에 걸린 것이다. 처음부터 그들은 그렇게 우주로 나가서는 안 되었다. 도대체 자기네들이 뭔데 준비도 없이 우주로 진출한다는 것인가? 그런 식의 행동이 자신과 동료 지구인들에게 끼칠 영향에 대해 생각이나 해봤나? 그랬을 리가 없다. 초기 우주 개척자들은 모두 무모하고 생각 없는 바보들이었다. 그들이 5년 후까지 20퍼센트 이상 살아남았다는 것 자체가 기적이었다. 침략자들의 우주는 예상 외로 관대했다.

그것은 모두 링커 바이러스 때문이었다.

개별 바이러스들은 2009년에 이미 하나씩 발견되었지만 링커 바이러스의 개념은 2013년까지 알려지지 않았다. 그도 그럴 것이, 그들은 한 종이 아니었기 때문이다. 그들은 수억 종의 바이러스들로 이루어진 집합이었다. 그들을 묶는 건 생물학적 공통점이 아니라 기능이었다. 그들은 자신과 숙주의 유전자를 조작함으로써 자신과 숙주와 새로운 환경을 유기적으로 통합했고 침략자들의 우주를 하나의 거대한 네트워크로 연결했다. 이들을 통제하거나 파괴하는 것은 불가능했다. 그건 아메바 한 마리가 인류 전체를 상대하는 것만큼이나 무모했다. 살아남으려면 그들의 세계에 통합되어 적응하는 수밖에 없었다.

청수가 지금까지 살아남은 것도 링커들이 그를 개조했기 때문이었다. 지난 몇 년 동안 그의 육체는 우주여행자의 몸으로 바뀌어 있었다. 덕택에 그는 다른 행성의 생물학적 환경과 중력에 비교적 유연하게 적응할 수 있었다. 중간에 굶어 죽지 않고 살아남는다면 그는 브로콜리를 잡아먹을 수 있을 만큼 이 행성에 적응할 수 있을지도 모른다.

그는 조금씩 변형되는 육체를 끌고 코리안 루트에 속한 수백 개의 태양계를 떠돌았다. 원래는 다시 지구로 돌아올 생각이었지만 더 이상 그럴 수 없었다. 탈북자들과 남한 식민자들이 일으킨 전쟁, 질병, 서로에 대한 공포, 아자니의 변덕 때문에 이 루트를 여행하는 사람들은 늘 앞으로 갈 수밖에 없었다. 그리고 사방팔방으로 확장되는 스코티시 루트나 브라질리안 루트와는 달리 코리안 루트는 둥글게 은하계를 감싼 가느다란 털실 비슷한 모양을 하고 있었다. 아무리 탈북자들과 남한 식민자들이 다른 길을 취해도 언젠가는 만날 수밖에 없었다. 코리안 루트에는 선택의 기회가 없었다.

아니, 아주 없었던 건 아니었다. 청수가 코리안 루트를 따라 탈출을 반복하는 동안 그는 최소한 두 개의 교차로를 지나쳤다. 하나는 브라질리안 루트와 겹쳐졌는데, 그걸 타고 갔다면 그는 다시 지구로 돌아올 수 있었다. 다른 하나는 지구를 통과하지 않는 미지의 루트와 연결되어 있었는데, 그쪽을 따라갔다면 탈북자들과 부대낄 일 없이 은하계 사방으로 흩어질 수 있었을 것이다.

청수는 두 기회 모두를 놓쳤다. 둘 다 전쟁 때문이었다. 적들과 싸우느라 아자니의 패턴을 충분히 관찰할 여유가 없었다. 청수는 군대 가기 싫어서 우주로 달아났지만 그 이후로 그는 웬만한 월남전 참전군인도 혀를 내두를 만큼 많은 전투를 치렀다. 그가 아는 코리안 루트에는 전쟁밖에 없었다. 그와 일행들은 전쟁을 멈출 수도 없었다. 그러기엔 그들은 지나치게 빨리 나갔다. 그들이 지나간 곳에서는 지구에서부터 날아온 링커 바이러스에 대한 정보가 천천히 퍼져 나가고 있었지만 그들은 언제나 적들과 함께 신천지에 있었다.

그러는 동안 그는 서서히 죽음과 폭력에 대해 무뎌져갔다. 지구에 있을 때도 그는 주먹깨나 쓴다는 소릴 들었지만 그렇다고 누군가를 죽여도 된다고 생각한 적은 없었다. 하지만 코리안 루트를 지나오면서 그는 아무런 양심의 가책을 느끼지 않으면서도 무차별적으로 사람들을 죽이는 방법을 배웠다. 상대가 아이들이어도 마찬가지였다. 그런 데 신경 쓰다간 전쟁에서 살아남을 수 없었다. 탈북자들 중 절반은 열 몇 살밖에 안 되는 어린아이들이었다. 왜 그렇게 아이들이 많은지 그는 몰랐고 알고 싶지도 않았다. 그의 유일한 관심은 그들을 죽이는 것이었다.

신천지로 조금씩 밀려 나가면서 사람들의 머릿수는 점점 줄어들었지만 전투의 양상은 오히려 더 끔찍해졌다. 더 이상 이들은 머릿수와 현대 무기의 등 뒤에 숨어 책임을 회피할 수 없었다. 그들은 이제 칼과 창을 들고 상대방을 베고 찔렀다. 왜 상대방을 죽여야 하는지에 대한 원래 이유도 잊었다. 이제 모든 것은 반쯤 종교화되었다. 그들이 쓰고 다니는 마스크는 더 이상 감염으로부터 스스로를 보호한다는 의미를 넘어섰다. 그건 십자가나 태극기와 같은 상징이었다. 가끔 탈북자들이 남한 사람으로 위장하기 위해 마스크를 쓰고 다니는 걸 보면, 그는 신성모독을 목격한 것처럼 분노에 휩싸였다.

지금 청수가 느끼는 분노 역시 이전과 크게 다르지 않다. 여전히 '감염 위험성'이라는 표현을 동원해 자신의 행동을 정당화하고 있지만 진짜 이유는 그게 아니다. 그는 단지 그들의 존재 자체가 혐오스럽다. 그가 이 행성에 머무르는 한 그들은 제거되어야 한다.

8

진호는 그날 오후가 되어서야 청수의 존재를 알아차린다. 두 아이들과 물을 긷기 위해 개울에 갔다가 개울가 근처에 찍힌 낯선 남자의 발자국을 발견한 것이다. 그는 놀라지 않는다. 언젠가 누군가가 이곳에 올 것이라고 예상했다. 하지만 그는 어느 편인가? 우리 편? 아니면 적?

양동이를 든 아이들을 천막으로 돌려보내고 그는 천천히 발자국이 왔던 쪽으로 거슬러 올라간다. 그가 어디에 숨어 있는지 알아차리기는 어렵지 않다. 버스다. 개척자들과 외계인들에게 복음을 전파하러 왔다가 기네스와 올리비에에게 윤활유가 될 지방과 기억 회로가 될 단백질 재료를 제공해주고 사라진 남한 교회 사람들의 버스. 진호와 아이들이 이 행성에 도착했을 때 그들은 자동차 연료통에 남아 있던 폐식용유를 먹으며 일주일을 버텼다.

어떻게 해야 하나. 진호는 풀을 뜯는 브로콜리 무리 사이에 쪼그리고 앉아 생각한다. 일단 상대방의 정체를 알아내야 한다. 우리 편이라면 다행이다. 하지만 적이라면? 수는 그렇게 많지 않으리라. 하지만 그는 지쳐 있고 제대로 된 무기도 없다.

그리고 그는 누군가를 죽이는 것에 신물이 나 있다.

북한에서 자랑스럽게 무량(無量) 1호라고 이름을 붙인 외계 행성에 처음 도착했을 때만 해도 그는 일이 이런 식으로 전개될 것이라고는 상상도 하지 못했다. 그가 걱정했던 건 낯선 외계의 환경이었지 지구인들이 아니었다. 공화국 우주군이 정복을 선언한 그 행성에 이미 수많은 식민지가 건설되어 있었고 그들 모두가 북한에서 온 사람들을 더러운 벌레 취급을 할 것이라고 어떻게 상상할 수 있었겠는가. 어느 누구도 그런 걸 알려주지 않았다.

그는 달아났다. 그는 아이들을 끌고 다니며 캡슐차와 무기를 훔치면서 아자니들을 옮겨 탔다. 그는 외계 행성에서 식량을 구하는 법과 아자니의 표시등을 읽는 방법을 익혔다. 그는 강도질로 구한 노트북과 영한사전을 뒤적이며 어설픈 영어로 거짓말하는 방법을 배웠다. 아임 낫 노스 코리안. 위 아 낫 데인저러스. 그러나 코리안 루트를 따라 지구에서 멀어질수록 외국인들의 수는 줄어들었고 남한 사람들은 그런 거짓말에 속지 않았다. 그는 노트북에 저장된 드라마 파일들을 반복해 보면서 남한 억양을 익히려 시도했지만 역시 속아 넘어가는 사람들은 없었다. 돌아오는 건 총질과 욕설뿐이었다.

그러는 동안 그의 뒤를 따르는 아이들은 늘어만 갔다. 처음엔 네 명이었다. 무량 1호를 떠날 때는 일곱이었다. 다음 행성에서 아이들의 머릿수는 셋으로 줄었지만 그다음 행성에서는 열한 명으로 늘어났다. 그 뒤로도 아이들의 머릿수는 계속 늘었다 줄었다 했지만 열 명 이하로 내려간 적은 없었다.

그는 왜 자기가 이러고 있는지 알지 못했다. 그는 대단한 박애주의자도, 이타주의자도 아니었으며 아이들을 좋아하지도 않았다. 하지만 무량 1호에 도착한 뒤부터 아이들을 보호하는 것은 그의 의무가 되었다. 첫 단추를 잘못 끼운 것이다. 아이들을 데리고 지구를 떠난 것부터가 실수였다.

그는 후회하지 않았다. 아이들이 없었다면 탈출이 더 쉬웠을 것이다. 그러나 그랬다면 그는 지구로부터 수천 광년 떨어진 행성에서 혼자였을 것이며 살아야 할 이유도 없었을 것이다. 그는 적어도 그가 왜 살아야 하는지 알고 있었다. 아이들이다. 무슨 일이 있어도 아이들은 살아야 한다. 그들이 살아남기 위해서는 그도 살아야 한다. 그것처럼 당연한 일이 있는가?

브로콜리 무리 너머에서 노란 반사광이 번쩍했다 사라진다. 누군가 버스의 문을 연 것이다. 그는 고개를 숙이고 망원경을 꺼내 버스 쪽을 살펴본다. 여자처럼 머리를 길게 기른 덩치 큰 남자가 나와 주변을 둘러보고 있다. 그의 손에는 큼직한 권총이 하나 들려 있고 얼굴 절반은 가장자리가 너덜너덜한 마스크로 가려져 있다.

걱정했던 대로다. 그는 적이고 총기로 무장하고 있다. 하지만 최악은 아니다. 설사 저쪽에서 우리의 존재를 알아차렸다고 해도 쉽게 공격하지는 못할 것이다. 대부분 아이들이지만 진호 일행은 머릿수로 보나 경험으로 보나 상대보다 우월하다. 상대방은 십중팔구 혼자다. 이 행성의 생태계에 적응하려면 시간이 걸릴 것이고 그동안은 직접적인 공격은 피할 것이다. 아마 그는 다음 아자니로 갈아타기 위해 잠시 기다리고 있는지도 모른다.

몇 가지 계획이 그의 머릿속에서 빙빙 돈다. 놈이 눈치채기 전에 달아나는 방법도 있다. 어차피 그들은 올리비에에 별다른 미련도 없다. 아니, 정착할 생각이라면 올리비에는 멀수록 좋다. 지금까지 그 근방에 머물러 있었던 건 순전히 물과 누군가가 남겨 놓은 천막 때문이다. 집이야 새로 지으면 된다. 북쪽에 있는 산에 가면 동굴이 있을지도 모른다. 정 위험할 것 같으면 선수를 칠 수도 있다. 그는 아직도 소총 세 정을 갖고 있다. 총알은 다 떨어졌지만 그것들을 보여주며 당장 돌아가라고 겁을 줄 수 있다.

그는 정말로 이 행성을 떠나고 싶지 않다. 다른 데로 가서 어쩌라는 건가? 적어도 그와 아이들은 이곳에서 사람답게 살 수 있다. 문명의 이기는 기대할 수 없었지만 적어도 먹을 것과 마실 물은 충분하며 날씨도 좋다. 조금만 더 연구한다면 저 초록색 양들의 털을 이용해 옷을 만들고 농사도 지을 수 있으리라. 그래, 그렇게 살아가는 거다.

그는 우울해진다. 이런 게 언제까지 먹힐까? 만약 그의 계획이 먹혀 저 불한당이 떠난다고 치자. 과연 다른 사람들이 안 올까? 지금 이 행성에 오는 사람이 거의 없는 건 십중팔구 전쟁 때문이다. 그리고 전쟁은 언젠가는 끝난다. 어느 쪽이 이길지는 말할 필요도 없다. 그들은 멸종위기의 사냥감들이다.

그는 조금씩 뒤로 후퇴한다. 브로콜리 무리를 거의 벗어났을 때 갑자기 비명 소리가 들린다. 어린 브로콜리 한 마리가 누군가에게 배를 찔리거나 차인 모양이다. 흔히 일어나는 일이다. 하지만 바로 그 때문에 장발 남자는 브로콜리 무리 쪽으로 시선을 돌린다. 그리고 진호의 얼굴을 발견한다.

두 남자는 한동안 말없이 서로를 바라본다. 남자는 권총에 손을 얹지만 쏠 생각은 없는 것 같다. 하긴 그 정도 거리라면 쏜다고 맞지도 않는다. 경고용으로 쓸 만큼 총알이 넉넉한 것도 아니리라. 아마 그는 지금의 진호만큼이나 아무런 생각도 없을 것이다.

녀석은 혼자다, 진호는 생각한다. 얼마 전까지만 해도 확신이 서지 않았지만 지금은 분명하다. 척 봐도 녀석은 혼자처럼 행동하고 있다. 아마 어쩌다가 혼자 낙오된 모양이다. 저런 녀석이 더 위험하다. 진호는 저런 처지인 사람들이 별 미친 짓을 다 하는 걸 봤다.

그는 뭐라고 말을 하고 싶다. 그들을 건드리지 말라고 말하고 싶다. 제발 꺼지라고 하고 싶다. 하지만 입을 벌려도 말이 나오지 않는다. 대신 그는 지금까지 그가 수없이 겪었던 실패한 대화의 기억들을 곱씹는다.

그리고 조용히 브로콜리 무리에서 빠져나와 아이들과 천막이 있는 북쪽으로 후퇴한다.

해가 졌는데도 아이들이 천막 안에 들어가지 않고 밖에 모여 있다. 그는 습관적으로 아이들을 세어본다. 하나, 둘, 셋, ……, 열셋. 한 명이 모자란다.

가장 나이가 많은 여자아이 현화가 앞으로 나온다. 진호는 아이의 귀를 바라본다. 언젠가부터 그는 현화를 정면으로 응시하기 힘들어졌다. 현화는 열넷이다. 아이는 벌써 여자 티가 나기 시작했고 진호는 그런 아이의 모습에 직접적으로 반응하는 자신의 육체가 혐오스럽다.

"영우가 없어졌습니다, 아저씨."

현화가 말한다.

영우는 현화보다 한 살 아래인 남자아이이다. 진호는 그 아이를 장영실 행성의 난장판에서 발견해 태워가지고 왔다. 영우는 불안하고 폭력적이었다. 원래부터 그런 성격이었는지, 아니면 부모가 학살당하는 걸 본 뒤로 그렇게 바뀌었는지 진호는 알지 못한다. 아이들은 대부분 영우를 싫어했다. 하지만 그렇다고 영우가 사라지길 바라는 사람들도 없었다. 이런 곳에서는 머릿수를 채워주는 것만으로도 고맙다.

"마지막으로 누가 봤나?"

아이들은 서로의 눈치를 보다 모두 고개를 젓는다. 진호는 영우를 포함한 남자아이 셋과 그가 함께 쓰고 있는 천막 안으로 들어간다. 소총 하나가 없다. 아이가 가져갔을까? 총알도 없는 것을 왜 가져간 걸까?

소름 끼치는 생각이 머리를 스친다. 총알이 떨어졌다는 걸 그가 어떻게 아는가? 그의 총알이 떨어졌기 때문이고 아이들 역시 그렇게 말했기 때문이다. 하지만 아이들이 진실을 말했다는 걸 어떻게 아는가? 특히 영우가 진실을 말했다는 걸 어떻게 아는가?

그는 사냥칼과 창을 들고 천막 밖으로 뛰어나간다. 발 빠른 남자애 두 명을 골라 부하로 삼은 그는 지난 두 달 동안 그와 아이들이 오가며 만든 길을 따라 달린다. 그는 영우가 어디로 갔는지 모르고 이야기책 속의 사냥꾼처럼 흔적들을 따라갈 능력도 없다. 그는 그냥 자신이 영우이고 미칠 것처럼 사람을 죽이고 싶다면 이느 길로 갔을지 생각한다.

천막과 버스의 중간 지점쯤에 이르렀을 때 그는 탕 하는 총소리를 듣는다. 구릉에 부딪힌 메아리가 돌아오지만 그 소리는 두 번째 총성에 묻혀버린다. 브로콜리들이 울부짖는 소리가 들리지만 곧 잠잠해진다.

진호는 아이들을 보고 바위 뒤에 숨어 꼼짝하지 말라고 명령한다. 아이들은 복종한다. 그들이 바위에 가려 보이지 않는다는 걸 확인한 진호는 천천히 총소리가 난 쪽을 향해 걸어간다.

15분쯤 걸은 뒤, 그는 브로콜리 무리 바로 옆에 얼굴을 바닥에 박고 쓰러져 있는 영우의 시체를 발견한다. 등에 난 총구멍에서 흘러나온 피로 바닥이 검게 젖어 있다. 아이의 바지는 반쯤 벗겨져 있어 오줌에 축축하게 젖은 속옷이 보인다.

진호는 욕지기가 올라오는 것을 참을 수 없다. 그 미친놈은 아이의 양쪽 허벅지 살을 칼로 도려내 가지고 갔던 것이다.

9

청소기만 한 웨인 두 마리가 청수를 바라본다. 두 쌍의 붉은 눈에는 어떤 감정도 담겨 있지 않지만, 청수는 그 기계들이 그를 질책한다고 생각한다.

"꺼져."

청수는 손을 휘젓는다. 웨인들은 꿈쩍하지 않는다. 그는 그들에게 돌을 집어 던진다. 그들은 몇 센티미터 뒤로 물러서더니 퇴각한다. 아니, 그냥 자기 길을 가는 거다. 잠시 뒤 그들은 톱날 손으로 자른 아이의 팔을 하나씩 들고 청수와 버스를 지나쳐 올리비에를 향해 달려간다. 결국 녀석들이 궁금했던 건 그거였다. 어디서 그 고깃덩어리들을 얻었니?

이 행성의 웨인들은 작다. 쿠퍼들보다 훨씬 작다. 커봤자 커다란 여행 가방 정도다. 이순신 행성에서 그는 거의 공룡만 한 웨인들을 보았다. 그들은 식민지 건물들을 발로 으스러뜨렸고 입으로 산을 갉아먹었다. 이순신은 험악한 곳이었다. 이곳은 평화롭다. 웨인들이 할 일도 많지 않으리라. 아마 올리비에 하나 짓는 것으로 이 행성에서의 임무는 다 끝나는 것일지도 모른다.

청수는 가져온 고기 조각을 가위로 끊는다. 더 이상 고기처럼 보이지 않을 정도로 잘게 자른다. 고기가 손톱만 한 조각들로 분해되자 그는 그것들을 운전석 앞에 올려놓는다. 언젠가 저것들을 먹어야 할 날이 올 것이다. 그게 내일일 수도 있다. 이제 남아 있는 비상식량은 에너지바 반밖에 없다.

"내가 뭘 잘못했는데?"

청수는 웅얼거린다. 하긴 그가 잘못한 건 하나도 없다. 총을 먼저 쏜 건 그 아이였다. 아이를 죽인 건 정당방위였다. 아이의 허벅지 살을 가져온 건 좀 심했다. 하지만 어쩌라는 건가. 브로콜리들 사이에서 주린 배를 움켜쥐고 굶어 죽을까? 그는 아이를 먹기 위해 죽인 게 아니다. 어쩔 수 없이 죽인 아이의 시체 일부를 취했을 뿐이다. 그게 뭐가 잘못인가? 어차피 그대로 두면 초록색 개들이 브로콜리 대신 시체를 뜯어먹을 거다. 그가 그 개들보다 못한가? 그가 개들보다 살 자격이 없는가?

버스 안으로 들어간 그는 아이가 들고 있던 소총을 검사한다. 약실 안에 총알 하나, 탄창 안에는 아홉 개가 들어 있다. 권총에 남아 있는 것까지 포함하면 열세 발까지 쏠 수 있다.

빨갱이 놈들은 몇 명이나 될까? 천막 하나에 네 명씩 들어간다고 잡아도 열두 명이다. 더 될 수도 있다. 그리고 놈들은 곧 그를 죽이러 올 것이다. 일행이 죽었다는 걸 지금쯤 다 알고 있을 거다. 그들 중엔 죽은 아이의 부모가 있을지도 모른다. 저런 애들까지 총을 가지고 있다면 그들은 무엇으로 무장하고 있을까?

총만으로는 모자란다. 다른 무기가 필요하다.

청수는 버스 안을 둘러본다. 운전석 뒤에 붙어 있는 커다란 알루미늄 십자가가 눈에 들어온다. 그는 주머니칼로 나사를 풀어 십자가를 구성하는 두 개의 파이프를 분해한다. 짧은 쪽은 버리고 긴 쪽을 꺼내 든 그는 텅 빈 구멍 안에 사냥칼을 끼워 넣고 발로 밟는다. 칼이 파이프 안에서 고정되자 그는 그것을 들고 휘둘러본다. 앞이 좀 무겁긴 하지만 익숙해지면 괜찮을 것이다. 그는 지금까지 우주를 떠돌면서 온갖 종류의 무기들을 임기응변으로 만들어 써왔다. 십자가 창은 사치다.

차라리 달아날 수라도 있다면. 하지만 지금으로서 그건 불가능하다. 그를 태우고 왔던 아자니는 떠났다. 그는 밤마다 올리비에와 주변 착륙장을 찾았지만 새 아자니는 보이지 않는다. 앞으로도 한동안 올 것 같지 않다. 청수 정도의 경험이 있으면 올리비에의 성격을 읽을 수 있다. 이 행성의 올리비에는 결코 사교적인 성격이 아니다. 전에 그가 지나쳤던 행성들의 올리비에가 공사판 십장이나 상인에 가까웠다면 이번 올리비에는 고독을 즐기는 학구파다. 그리고 녀석이 우주의 비밀을 연구하는 동안 그는 낡은 버스에 박혀 세균덩어리 빨갱이들과 싸워야 한다.

갑자기 연아 생각이 난다. 왜 하필이면 지금인가? 이번 싸움에서 살아남을 가능성이 별로 없다는 걸 그 자신도 알고 있기 때문일까? 아니, 그냥 할 일이 없기 때문이다. 여기서 이렇게 그냥 잠들면 안 되기 때문이다. 아무 생각이라도 하면서 뇌를 굴려야 하기 때문이다.

그런데 왜 연아의 얼굴이 생각나지 않는 걸까? 왜 목소리도 생각나지 않는 걸까? 4년 동안 사귄 여자친구라면 얼굴은 기억나지 않아도 목소리는 생각나야 하는 게 아니냔 말이다. 왜 그의 두뇌는 지금 어떤 종류의 여자 얼굴도 기억해내지 못하는 걸까?

10

"너희들은 죽어서는 안 된다."

진호가 현화에게 말한다.

그는 그의 천막 안에 옹기종기 모여 잠든 아이들의 얼굴을 하나씩 꼼꼼하게 바라본다. 그는 이 행성에 도착하기 전까지만 해도 그가 보살피는 아이들의 얼굴과 이름을 구별할 수 없었다. 너무 많은 아이들이 죽었고 얼굴들이 너무 자주 바뀌었었다. 하지만 지금은 사정이 다르다. 그는 아이들의 이름과 얼굴을 구별할 수 있을 뿐만 아니라 그들의 별명과 고향과 좋아하는 음식도 안다.

저들 중 어느 누구도 죽어서는 안 된다. 영우 역시 죽어서는 안 되었다. 아무리 그 녀석이 아이들 전체를 위기에 빠트린 멍청이라고 해도, 그는 죽은 아이를 증오할 수 없었다. 더 이상 아이들은 교환 가능한 대상이 아니다. 그들은 그냥 그들로서 존재한다. 더 이상 그들은 얼굴 없는 무리가 아니다.

"내일 해가 뜨자마자 물건들을 챙겨 북쪽 산 쪽으로 달아난다. 어떻게든 평원에서 벗어나라. 싸울 생각도 하지 마라. 결코 영우처럼 개죽음을 당해서는 안 돼."

"아저씨는요?"

현화가 묻는다.

"난 죽으러 가는 게 아니야."

진호는 거짓말을 한다.

나가기 전에 그는 현화에게 그가 지금까지 간직하고 있던 수첩을 넘겨준다. 그는 수첩 안에 지난 몇 년 동안 배우고 익혔던 모든 생존 방법을 적어놨다. 현화는 그게 무슨 의미인지 알지만 말리지 않는다. 아이는 그냥 운다. 소리를 내지 않으려 입을 막고 목을 누르면서 운다.

빈 소총과 사냥칼로 무장한 진호는 천천히 버스를 향해 걸음을 옮긴다. 남쪽 구릉을 넘어 한 시간쯤 걷자 버스가 보이기 시작한다. 그는 브로콜리 무리 사이에 숨어서 버스를 관찰한다. 역한 식초 냄새가 평원에 가득하다. 초록 개들이 브로콜리 한 마리를 해치운 모양이다. 다른 브로콜리들은 오히려 조용하다. 다들 안심하고 있다. 동료 한 마리가 죽으면 적어도 그날 하룻밤의 평화가 보장된다는 걸 그들도 안다. 그들은 초록 개들이 다가오면 가장 약하고 힘없는 놈을 무리 밖으로 밀어낸다. 초록 개들은 사냥을 하지 않는다. 그냥 제물을 받아먹는 것이다.

진호는 브로콜리들이 혐오스럽다.

브로콜리 사이에 숨어 기어가던 진호는 마침내 버스에 도착한다. 천천히 뒤로 돌아간 그는 뒤에서 두 번째 창문을 민다. 그 창문이 닫히지 않는다는 걸 그는 아직도 기억하고 있다.

버스 안은 텅 비어 있다.

거의 본능적으로 그는 고개를 숙인다. 그리고 고개를 숙임과 동시에 날카로운 금속성의 무언가가 목덜미를 스치고 지나간다. 몸을 굴려 그 자리에서 빠져나온다. 눈앞에 사제 우주복을 입은 청수가 서 있다.

창이 빗나가자 청수는 이를 갈면서 권총을 뽑아 든다. 그가 방아쇠를 당기려는 순간 진호는 그를 덮친다. 덩치 큰 청수가 다시 그의 몸 위로 올라타지만 진호는 그러는 동안 권총을 쥔 청수의 손을 후려친다. 연달아 총알이 두 발 발사된다. 청수는 총구를 진호의 관자놀이에 박고 방아쇠를 당기지만 아슬아슬한 순간에 총구는 땀에 젖은 이마를 스쳐 귀 뒤로 미끄러진다. 마지막 총알에 버스의 유리창이 깨지는 소리가 난다.

청수의 권총이 비었다는 걸 알아차린 진호는 사냥칼을 뽑아 든다. 칼은 청수의 왼쪽 팔뚝을 스치지만 대단한 상처를 내지는 못한다. 청수는 욕을 퍼부으며 창을 뽑기 위해 버스로 달려간다. 진호는 다시 한번 공격을 시도한다. 이번엔 칼이 청수의 발목을 긋는다. 청수가 쓰러지자 진호는 그에게 마지막 한 방을 날리기 위해 칼을 치켜든다.

그 순간 진호는 귀가 멍멍해지고 무언가 묵직한 것으로 가슴을 얻어맞은 것과 같은 충격을 받는다. 아직도 사냥칼을 쳐들고 있는 그는 멍한 얼굴로 청수와 얼마 전까지만 해도 그의 것이었던 소총을 번갈아 바라본다. 언제부터 저게 생겼지. 등에 짊어지고 있었나? 버스 밑에 숨겨져 있었나? 사냥칼이 그의 손아귀에서 떨어진다. 그의 몸 어딘가에서 무언가 부글부글 끓어오르는 소리가 난다. 입에서 피 맛이 난다.

청수는 절름거리면서 일어나 창틀에 어색하게 박힌 알루미늄 창을 뽑는다. 그는 창을 고쳐 잡고 쓰러진 적을 바라본다. 터진 정맥을 통해 흘러나오는 시꺼먼 피가 바지와 땅과 적의 가슴을 적신다.

청수가 창을 치켜들자 진호가 뭐라고 말을 한다.

"뭐?"

청수가 묻는다.

진호는 피를 토해내며 한참 꺽꺽 소리를 내다가 남은 힘을 다해 아까 했던 말을 되풀이한다. 아이들은 살려줘.

미안하지만 청수는 그 소원을 들어줄 수 없다.

11

청수는 진호의 시체를 해체한다. 목을 자르고 가죽을 벗기고 사용할 수 있는 거의 모든 고기를 잘라낸다. 골수를 빼먹기 위해 뼈의 양쪽 끝을 망치로 깬다. 시체의 남은 부위는 버스 뒤에 버린다. 잠시 뒤 지나가던 웨인 한 마리가 그 찌꺼기를 짊어지고 올리비에로 돌아간다. 아무래도 저들은 브로콜리보다 사람고기가 쓸모 있는 모양이다.

진호의 마지막 말이 머릿속에서 맴돈다. “아이들은 살려줘.” 그게 무슨 뜻인가? 그건 그가 죽인 남자가 저 빨갱이 무리의 유일한 어른이고 살아남은 아이들에겐 변변한 무기가 없다는 뜻이다.

이제 상황은 그에게 유리하다. 그는 아직 반쯤 탄창이 찬 소총을 갖고 있다. 식량도 충분해 한동안은 버틸 수 있다.

그는 아이들 사냥에 나선다. 우주복을 입고 소총을 짊어진 그는 새벽 일찍 천막을 습격한다. 한발 늦었다. 천막 안은 텅 비었고 아이들은 사라지고 없다. 갈 곳은 한군데밖에 없다. 버스에서부터 걸어 네 시간쯤 되는 곳에 있는 산이다.

한동안 그는 매일같이 산으로 출근한다. 그는 아이들이 있을 법한 곳을 뒤진다. 그는 발자국과 변을 묻은 자리, 핏방울과 찢겨나간 소매 조각을 발견하지만 정작 아이들을 만나지는 못한다. 대신 그는 산에서 다리가 여덟 개 달린 도마뱀 비슷한 괴물을 만나 죽을 뻔한다. 아까운 총알 세 발이 도마뱀을 죽이는 데 낭비된다. 물론 그는 도마뱀의 고기를 먹을 수 없다. 그는 진호와 아이들이 착륙 첫날에 개울 바닥에서 발견한 물풀뿌리와 물열매의 존재를 모른다. 그는 여전히 말린 사람고기를 먹으며 버티고 있다.

그는 점점 기운을 잃어가고 겁에 질린다. 탄창 안에 남아 있던 총알들은 하나씩 발사되지만 그 어느 것도 아이들을 맞히지 못한다. 그는 총소리가 날 때마다 아이들이 남은 총알의 숫자를 계산하고 있을 것이라 생각한다.

처음엔 산속에 숨어 있기만 하던 아이들은 서서히 버스 주변에 몰려든다. 처음엔 겁에 질린 발자국이 근처에 희미하게 나 있는 정도였다. 하지만 곧 버스 바퀴에 사내 녀석들이 갈긴 오줌 자국과 숯 조각으로 버스 차체에 그린 험악한 낙서가 발견된다. 그리고 서서히 유리창이 하나씩 깨지기 시작한다.

이제 청수는 더 이상 산을 오르지 않는다. 대신 그는 철사와 금속 조각들로 만든 경보 장치를 버스 사방에 두르고 안에 박혀 있다. 바깥에 인간을 닮은 희미한 그림자가 나타나면 그는 돌을 집어 던지고 욕을 퍼붓는다.

그는 배가 고프고 속도 좋지 않다. 말린 사람고기는 거의 다 떨어져가고 그중 일부는 먹을 수 없게 변질되었다. 이제 그가 먹을 수 있는 건 사흘 분량밖에 없다.

그러던 어느 날, 그는 그가 품고 자던 소총의 탄창이 사라지고 없다는 걸 알아차린다.

끊어진 경보 장치의 철사와 갈가리 찢겨나간 우주복을 말없이 노려보던 그는 이제 입장이 바뀌었다는 걸 인정할 수밖에 없다. 오히려 그의 마음은 편해진다. 그는 일주일 만에 처음으로 버스 밖으로 나간다. 슬슬 날은 추워지고 있다. 이제야 그는 지금까지가 가을이었다는 걸 알게 된다.

청수는 버스에서 접이식 의자를 꺼내 앉는다. 그는 언제나처럼 풀밭에 모여 있는 브로콜리들을 바라보며 진호의 가슴살 고기를 씹는다. 그는 그가 마지막으로 죽인 남자에 대해 생각하고, 그가 왜 아이들과 달아나는 대신 혼자 그에게 달려들었는지에 대해 생각한다. 그는 아직도 그 답을 모른다. 아마 그 답을 알 만큼 충분한 시간이 주어지지도 않으리라.

해가 진다. 남아 있던 육포를 다 먹고 꾸벅꾸벅 졸고 있던 청수는 오싹한 기운을 느끼고 눈을 뜬다.

그는 혼자가 아니다. 열 명이 넘는 아이들이 둥글게 그를 둘러싸고 있다. 그중 두 명은 총을 들고 있다. 주변을 둘러보던 그는 리더인 것처럼 보이는 여자아이에게 시선을 돌린다. 아이의 눈은 차갑고 아무런 표정이 느껴지지 않는다.

여자아이는 말없이 손을 쳐든다. 지금까지 아이들의 등에 가려져 있던 무기들이 하나씩 튀어나온다. 사냥칼, 총검, 송곳, 나무 창 그리고 자루에 담아 가지고 온 돌멩이들까지.

그들은 청수를 고문하고 죽이는 동안 단 한 발의 총알도 낭비하지 않는다.

12

청수가 죽은 뒤로 아자니는 평원을 찾아오지 않았다. 올리비에는 700년 넘게 한자리에 우두커니 서서 우리가 알 수 없는 무언가에 대해 묵상했다. 가끔 강아지 크기로 퇴화한 웨인이나 기네스가 보수와 증축을 위한 재료들을 구하러 밖으로 나왔지만 그들의 외출 역시 곧 뜸해졌다.

아이들은 살아남았다. 청수에 대한 복수가 끝나자 그들은 진호의 유언을 따라 북쪽으로 이동했다. 그곳에서 그들은 직접 집을 지었고 먹을 수 있는 새로운 식량들을 찾았다. 그들은 주변에 난 풀들로 옷을 만들었고 죽은 브로콜리의 가죽으로 신발을 만들었다.

나이가 차자 그들은 섹스를 하고 아기를 낳았다. 링커 바이러스의 간섭으로 변형된 유전자를 갖게 된 아기들은 모두 연한 초록색 피부를 하고 있었고 웃는 방법을 몰랐다. 그들은 밤만 되면

하늘을 바라보며 울부짖었고 맨몸으로 브로콜리들을 사냥했다.

지구에서 온 첫 세대가 모두 죽어버린 40년 뒤에 그들의 인구는 5000명으로 늘어 있었다. 10년마다 세대가 바뀌면서 그들은 고립된 행성의 환경에 맞추어 급격히 진화했다. 그들의 수명은 짧아졌으며 몸과 두뇌는 작아졌다. 그들은 이성과 언어를 잃었고 대신 새로운 감각과 비행 능력을 얻었다. 평원의 초록색과 시큼한 악취를 받아들인 그들은 새로 얻은 날개를 퍼덕거리며 행성 전역으로 퍼져나갔다. 그들 중 어느 누구도 후손들에게 진호와 청수, 지구와 다른 세계의 기억을 후대에 남겨주지 않았다.

올리비에가 묵상을 풀고 우주 여행자들이 다시 평원을 찾았을 때, 그들은 그곳에서 인간을 닮은 그 어떤 것도 발견하지 못했다.

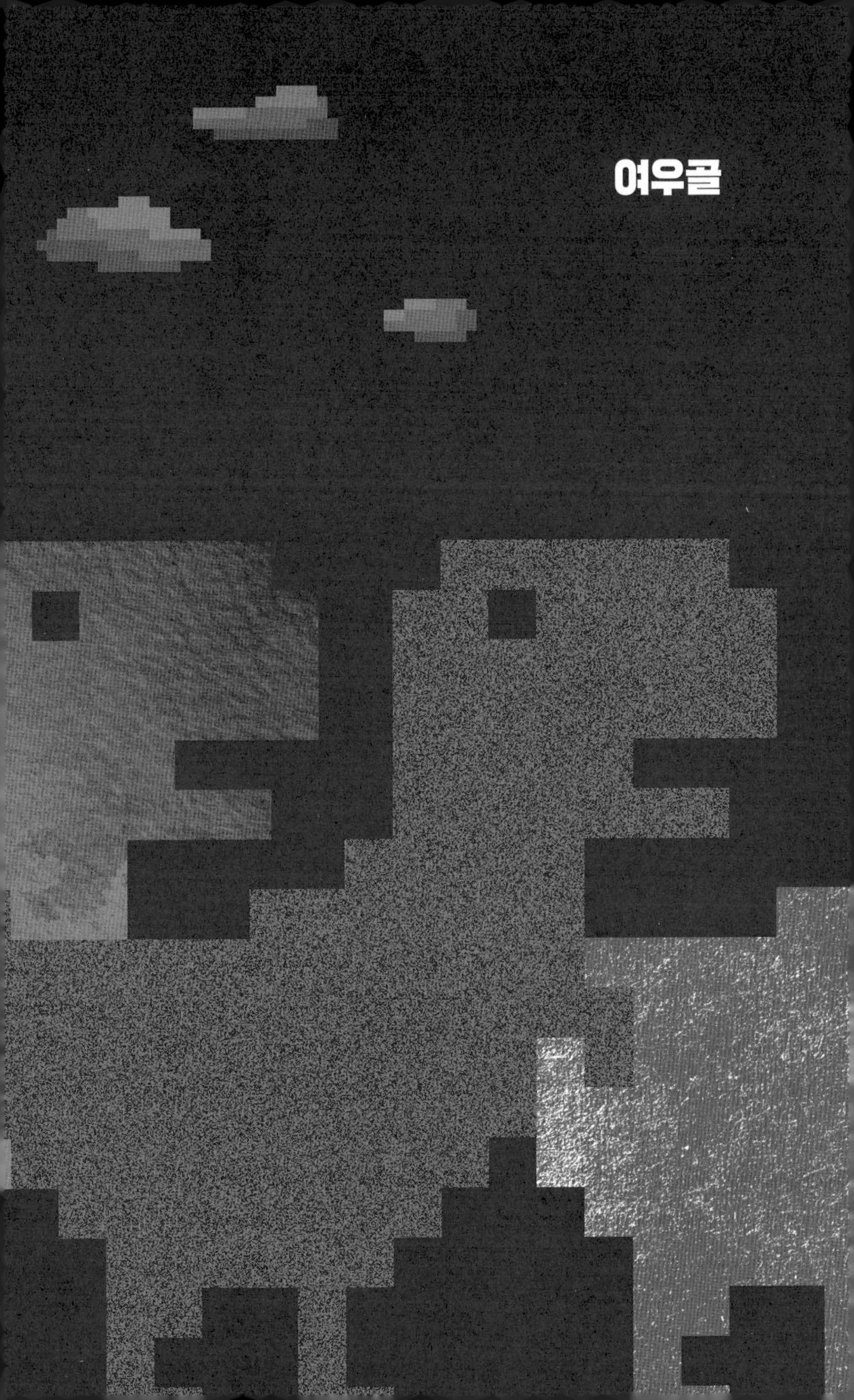

여우골

세조 시절 의주(義州)에 이생(李生)이라는 선비가 살았는데, 어릴 때부터 성품이 곧고 이치에 밝아 주변 사람들의 칭찬이 자자하였으나, 때가 옳지 않아 과거를 보지 못하였다.

하루는 그가 일이 생겨 강릉으로 내려가다가 강원도 산길에서 산적들을 만났다. 짐과 노잣돈을 모두 빼앗기고 목숨까지 잃을 판이었는데, 갑자기 산속에서 육척장신의 건장한 남자가 나타나 산적들에게 화살을 날렸다. 팔과 다리에 화살을 맞은 산적들은 물건들을 버리고 달아났고 남자는 아직도 바닥에 엎드려 있는 이생에게 다가와 산적들이 버리고 간 그의 물건들을 돌려주었다.

감사한 이생이 그에게 이름을 물었다. 남자는 자신의 이름이 봉윤성(奉允成)이라 하고 한동안 갑사(甲士) 벼슬을 지냈으나 왕이 부린 흉악무도한 무리에 의해 모함을 받고 달아나는 중이라 하였다.

이생은 다시 한번 고맙다고 인사하고 홀로 길을 떠나려 했으나, 봉윤성은 산적과 산짐승을 만나 나쁜 일을 당할지도 모르니 같이 가겠다고 하였다. 이생은 한 번 사양했으나 봉윤성의 호의를 거스를 수 없어 더 이상 물리치지 않고 그와 동행하였다.

길을 가던 중, 봉윤성의 위풍당당함에 감탄한 이생은 세상 하늘 아래 그에게 무서운 것이 있느냐고 물었다. 봉윤성은 허허 웃으며 세상에 가장 무서운 건 사람의 마음이나, 산중에서는 그에게 대적할 만한 것이 없다고 하였다. 하지만 이생이 고개를 끄덕이며 동의를 표하자, 봉윤성은 목소리를 낮추고 조용히 덧붙였다.

"허나 단 하나 두려운 것이 있으니 그건 바로 여우요."

이생은 웃으며 대답했다.

"어찌 대장부가 여우 같은 미물에 겁을 내시오?"

"여우는 그냥 짐승이 아니오. 놈들은 이치를 알고 모습을 바꿀 줄 알며 사람들을 희롱한다오. 내가 이 근처에서 만난 수많은 사람이 여우에게 해를 입었소. 놈들은 마을로 들어와 어린 여자아이 목소리로 눈먼 노인들을 홀려 방심하게 한 뒤 간을 빼먹소. 죽은 어미의 모습으로 변해 마음 약한 자식들을 유혹해 마을 밖으로 끌어내 잡아먹기도 하오. 심지어 여우 어미가 사람 아기들을 잡아먹은 뒤 그 빈자리에 자기 새끼를 심어두고 달아난다는 말도 들었소. 그럼 그 여우 새끼가 인간처럼 집 안에 살다 그 집을 말아먹고 심지어 나라를 말아먹는다고도 했소. 달기(己)와 포사(褒似)도 여우라고 하지 않소. 그런 여우가 이 땅에서도 돌아다니지 말란 법이 어디 있겠소."

"직접 그런 여우를 본 적 있소?"

"직접 본 적은 없으나 발자국은 본 적 있소. 처음에는 비단신을 신은 여자가 혼자 남긴 발자국 같았소. 깊은 산중이라 이상해서 따라갔는데, 어느 순간부터 신발이 사라지고 짐승의 발자국만 남지 않겠소."

이생은 그의 말을 믿지 않았으나, 생명의 은인을 모욕하고 싶지 않아 그냥 웃으며 그의 말을 들어주었다.

해가 지고 밤이 되어 차마 더 갈 수 없을 지경이 되었을 때, 그들은 곧 무너질 것 같은 초라한 초가집이 열 채 정도 모여 있는 작은 마을을 만났다. 불이 켜 있고 인기척이 느껴지는 집은 한 채밖에 없어 이생과 봉윤성은 그 집으로 갔다.

그들을 맞이한 건 스물을 갓 넘은 듯한 젊은 여자였다. 이목구비가 반듯한 미인이었으나 얼굴은 병이라도 걸린 것처럼 잿빛이었고 몸은 나무토막처럼 뻣뻣하고 눈은 들짐승처럼 푸르렀다. 이생이 하룻밤 머물기를 청하자, 여자는 집 안으로 들어가 안에 있는 시아버지처럼 보이는 노인에게 그래도 되는지 물었다. 노인 역시 병에 걸렸는지 얼굴이 잿빛이고 썩은 냄새를 풍겼으며 앉은 자세가 불편해 보였는데, 방문 너머로 그들을 흘낏 보더니 고개를 끄덕이며 허락해주었고 여자는 두 길손에게 빈방 중 하나를 주었다.

집 사람들의 태도와 모습을 자세히 관찰한 봉윤성은 그들의 호의를 의심하였지만 이생이 걱정할까 봐 아무 말도 하지 않았다. 대신 그는 이생이 자는 동안 활과 검을 손이 닿는 데에 두고 앉은 자세로 밤을 샜다.

다음 날 아침, 이생이 깨어났을 때 봉윤성은 방에 없었다. 그의 화살통은 남아 있었지만 활과 검은 없었다. 그는 옷을 차려입고 밖으로 나와 친구를 불렀으나 밖에는 아무도 없었다. 걱정이 된 그가 어쩔 줄 몰라 하자, 시아버지가 거하는 방의 문이 열리고 노인이 엉금엉금 기어 나와 이생을 불러 말했다.

"같이 오셨던 분은 사냥하러 나가셨소. 보시다시피 이 집엔 몸이 성한 장정이 없어 끼니를 챙기는 것이 쉽지 않다오. 이 늙은이를 위해 찬거리를 마련하러 나가셨으니 어찌 고맙지 않을 수 있겠소?"

봉윤성이 사냥을 하러 나가면서 화살통을 두고 갈 리가 없는지라, 이생은 노인의 말을 믿지 않았지만 그렇다고 친구를 버리고 혼자 떠날 수가 없어 그냥 그 집에 머물렀다. 나중에 며느리가 밥상을 차려왔는데, 밥은 쉬었고, 나물은 썼으며, 고기 반찬은 피가 흥건한데다가 종종 털까지 씹혔지만 억지로 먹을 수밖에 없었다.

낮이 되어 산책을 나간 이생은 마을의 다른 사람들도 보았다. 마을 사람들은 모두가 같은 병에 걸렸는지 피부는 회색이고 눈은 푸르렀으며 어색한 자세로 비척거리며 걸었다. 그들은 밭으로 나가지도 않았고 사냥도 하지 않았다. 대신 그들은 마을 안과 주변을 느릿느릿 오가며 가끔 이생을 훔쳐보았다.

저녁이 되어도 봉윤성은 돌아오지 않았다. 걱정이 된 이생이 무엇을 해야 할지 몰라 조바심을 내고 있는데, 시아버지가 며느리를 시켜 그를 자기 방에 불렀다. 이생이 방에 들어오자 그는 이렇게 말했다.

"부탁이 있으니 들어주겠소? 보시다시피 나는 곧 죽을 몸이오. 노인네야 죽으면 그것으로 끝이지만 홀로 남은 며느리는 어떻게 하겠소? 우리 집으로 시집온 지 이틀 만에 아들이 죽어 지금까지 내 뒷바라지만 해온 불쌍한 아이라오. 그래서 선비님의 씨를 받아 그 아이의 뒤를 돌봐줄 아들을 얻으려 하는데, 허락해 주시겠소?"

이생은 거절하려 했지만 시아버지의 요구가 워낙 거세고 그의 눈빛이 매서워 허락할 수밖에 없었다. 덜덜 떨며 밖으로 나왔을 때, 그는 마을 사람들이 집 주변에 모여 표정 없는 둔한 얼굴로 그를 노려보고 있음을 알았다.

이생이 자기 방으로 돌아와 기다리니, 잠시 후 며느리가 들어왔고 둘은 불을 끄고 동침하였다. 그는 교접하는 동안 며느리의 피부가 이상할 정도로 거칠고 자잘한 가루 비슷한 것이 몸에서 떨어짐을 알았으나 알은척하지 않았다. 그는 그저 두려웠고 점점 몸이 아파왔다. 그는 날카로운 말뚝과 같은 것이 배를 찌르는 것 같은 강한 통증을 겪었고 끈적거리고 뜨거운 액체가 배에 생긴 상처를 통해 몸속으로 들어가는 것과 같은 이상한 감각을 느꼈다. 벌레가 잉잉거리는 것과 같은 소음을 들으며 그는 정신을 잃었다.

다음 날 아침 그가 깨어나 보니 며느리는 벌써 나가고 없었다. 그는 배를 더듬어보았다. 배꼽 밑에 작은 흉터가 나 있었으나 벌써 아물어 있었다. 하지만 열병이라도 걸린 것처럼 몸이 화끈거렸고 정신도 혼미하였다. 피부 바깥에는 감각이 없었지만 안쪽에서는 마치 작은 벌레들이 기어 다니는 것처럼 가려움이 느껴졌다. 아무리 몸을 긁어도 피부 안은 긁을 수가 없어서 그 가려움은 사라지지 않았다.

정처 없이 마을 안을 방황하던 그는 우연히 우물에 자기 얼굴을 비추어 보고 깜짝 놀랐다. 그의 얼굴은 마을 사람들처럼 회색으로 변해가고 있었다. 단지 화장한 것처럼 회색 가루로 덮여 있어 탁했던 마을 사람들과는 달리 그의 피부는 매끄럽고 반짝거렸다. 그가 얼굴 가죽을 잡아당기자 마치 떡반죽이라도 되는 것처럼 피부가 길게 늘어났다가 천천히 원상태로 돌아갔다.

힘없이 집으로 다시 돌아오던 그는 보지 말아야 할 것을 보았다. 수풀 속에 잘려 나간 사람 손이 굴러다니고 있었던 것이다. 커다란 짐승의 이빨에 물어뜯긴 것처럼 보이는 그 손은 아무래도 봉윤성의 것처럼 보였다. 처음 만났을 때부터 그가 눈여겨보았던 손등의 상처가 그 손에도 나 있었다. 그는 허겁지겁 땅을 파

그 손을 묻었다.

이생은 자기 방으로 돌아왔다. 더 이상 며느리는 그를 찾지 않았고 노인도 자기 방에서 나오지 않았다. 그는 봉윤성이 남겨놓은 화살통에서 화살 하나를 뽑아 움켜쥐고 방문을 바라보는 자세로 앉았다. 그는 어떻게든 정신을 차리려 허벅지를 꼬집고 칼끝으로 팔을 찔러댔지만 그가 자신이 보고 듣는 것이 꿈인지 사실인지 알 수 없었다. 그는 마을 사람들이 집 밖에 모여 웅성거리는 소리를 들은 것 같았다. 문틈 사이로 도깨비불 같은 푸른 불빛이 번뜩이는 걸 본 것도 같았다. 문밖을 오가는 사람들의 머리 위에 개처럼 큰 귀가 솟아 있는 것이 보이는 것도 같았다.

"이곳이 여우 소굴이구나! 내가 여우 소굴 안에 들어왔구나!"

정신이 혼미한 가운데에도 그는 봉윤성의 말을 듣지 않은 것을 뒤늦게 후회하였다.

밤을 꼴딱 샌 그는 새벽이 되어 열병과 가려움증이 어느 정도 사라지고 마을 사람들도 자기 집으로 돌아갔을 때 몰래 마을을 빠져나왔다. 그는 무작정 해가 뜨는 방향으로 길을 잡고 걸었다. 배가 고프고 목도 말랐으며 다리가 아파 떨어지는 것 같았지만 그는 계속 걸었다. 하지만 아무리 걸어도 사람 사는 곳은 나오지 않았다.

저녁이 되었을 때야 그는 자기가 해가 지는 방향으로 걷고 있다는 사실을 알아차렸다. 요괴에 홀린 듯 그는 그때까지 같은 길을 빙빙 돌고 있었다. 이생이 다른 길을 찾고 있을 때, 갑자기 그의 등 뒤에 시꺼먼 그림자가 나타났다. 그가 화살을 휘두르며 덤비려 하자 그림자는 그의 팔을 잡고 만류하였다. 그는 바로 봉윤성이었다.

"어찌 여기에서 이렇게 만난단 말이오? 왜 나를 떠났소? 어떻게 그 여우 소굴에서 살아남았소?"

이생은 반가운 마음에 묻자, 봉윤성은 그동안 일어났던 일을 이야기했다.

"그날 밤 내가 그들을 의심해 자지 않고 방을 지키고 있는데, 며느리가 들어와서 시아버지가 돌아가셨으니 어떻게 하면 좋겠느냐고 물었소. 의심하였으나, 그렇다고 아녀자의 부탁을 거절하는 것도 도리가 아니라 나는 며느리와 함께 시아버지의 방으로 들어갔다오.

그런데 죽은 척하고 누워 있던 영감이 벌떡 일어나 두 팔과 다리로 내 몸을 덮쳤던 것이오. 내가 영감을 죽이려 칼을 뽑으려 할 때, 갑자기 영감의 배에서 시꺼먼 뱀 꼬리 같은 것이 튀어나와 단전을 찔렀고 난 그만 혼절하고 말았소.

깨어나 보니 나는 결박되고 재갈이 물려진 채 헛간 안에 감금되어 있었소. 다행히도 내 손안에 화살촉이 하나 남아 있어 그것으로 밧줄을 끊고 몰래 헛간에서 나왔소. 당장 이형을 구하려 하였으나 손에 무기가 없고 집 밖에 다른 여우들이 지키고 있어서 숨어서 때를 기다렸는데, 그동안 이형이 몰래 마을을 떠났고 나는 지금까지 산을 돌며 이형을 찾아다녔던 것이오."

비록 두 사람의 몸은 만신창이가 되었고 가진 무기라고는 부러진 화살 하나와 화살촉 하나밖에 없었지만, 이생은 그래도 잃었던 친구를 다시 만난 것만으로 천군만마를 얻은 것 같았다. 용기가 난 그는 봉윤성을 따라 산길을 내려갔다.

하지만 봉윤성을 따라 산길을 걷는 동안 그는 또 다른 의심을 품지 않을 수 없었다. 길눈 어두운 이생이 보기에도 봉윤성은 여우 소굴 쪽으로 걷고 있었다. 그리고 그는 전에 마을에서 발견한 봉윤성의 잘려 나간 손에 대해 생각하지 않을 수 없었다. 그는 봉윤성의 왼손을 훔쳐보았다. 왼손은 어디서 구해 왔는지 알 수 없는 더러운 천으로 감겨 있었다.

"손은 어떻게 된 것이오?"

이생이 물었다.

"화살촉으로 밧줄을 끊다가 다쳤소."

봉윤성이 대답했다.

"상처가 심할지 모르니 내가 봐도 되겠소?"

봉윤성은 손을 뒤로 뺐지만 이생은 잽싸게 그의 왼손을 잡고 천을 풀었다. 천에 가려져 있던 것을 본 이생은 비명을 질렀다. 봉윤성의 손이 있어야 할 자리에는 뼈가 앙상하고 회색 털이 촘촘하게 난 짐승의 앞발이 돋아 있었다. 정신을 차리고 봉윤성의 눈을 보니 그의 눈도 다른 짐승들처럼 푸른색으로 번쩍였다. 그가 입을 벌리자 사람의 이 뒤에서 번들거리는 투명한 짐승의 이빨이 보였다. 이생은 봉윤성으로 변신한 그 괴물의 정체를 알아차렸다. 괴물은 바로 얼마 전까지 병자 행세를 하고 있던 시아버지였다.

괴물은 달아나려는 이생의 허리를 잡아 제지했다. 그는 발버둥치는 이생을 어깨에 얹고 성큼성큼 걸어 여우 소굴로 돌아왔다. 놀랍게도 여우 소굴은 길에서 스무 걸음도 떨어지지 않은 곳에 있었다. 이생은 종일 산 대신 여우 소굴 주변을 뱅뱅 돌고 있었던 것이다.

소굴에 도착한 괴물은 이생을 바닥에 집어 던졌다. 이생은 비틀거리며 일어나 주변을 둘러보았다. 스무 명쯤 되는 마을 사람들이 원을 그리고 서서 가운데에 있는 이생을 바라보고 있었다. 그들의 얼굴에는 어떤 인간적인 감정이나 욕망도 느껴지지 않았다. 그도 당연한 것이, 그들의 인간 얼굴은 속에서 꿈틀거리는 짐승의 진짜 표정을 감추는 둔한 가면에 불과했기 때문이었다. 그들의 동작과 걸음걸이가 이상했던 것도 그들이 입은 오래된 인간 가죽이 속에 든 짐승의 몸을 제약했기 때문이었다. 마을에서 보통 사람들처럼 자연스럽게 움직이는 건 막 봉윤성의 몸에서 뜯어낸 새 가죽으로 갈아입은 시아버지밖에 없었다.

"이 요물들아! 나를 어쩌려는 것이냐!"

이생이 외쳤다. 마을 사람들은 그의 말이 들리지 않는 듯 천천히 원을 좁히며 그에게 다가왔다. 겁이 난 그는 아직도 손에 쥐고 있던 화살을 휘둘렀고, 그러다 마을 사람들 중 한 명이 가슴에 그 화살에 찔려 상처를 입었다. 그 사람은 고함을 지르며 바닥에 쓰러졌으나 길게 벌어진 상처에서는 피 한 방울 흐르지 않았다. 이생은 상처 속에 털투성이 짐승의 몸이 숨겨져 있는 걸 보았다.

겁에 질린 이생이 화살을 떨어뜨리자, 봉윤성으로 변신한 시아버지가 다가와 시아버지의 목소리로 말했다.

"왜 헛된 저항을 하시나. 담담히 운명을 받아들이고 죽음을 맞게. 우리가 자네들의 세계에서 살려면 자네의 겉모습이 필요하다네."

"하늘과 땅 사이에 가장 귀한 건 사람인데, 어찌 내가 너희 같은 미물들에게 몸을 넘겨줄까!"

시아버지는 고래고래 악을 쓰는 이생을 보고 허허 웃었다. 그의 표정이 커지자 봉윤성의 가죽 속에 들어 있는 진짜 얼굴의 모양이 살짝 보였다.

"왜 너희들의 하찮은 이치를 우리에게도 강요하느냐? 우린 너희들이 생기기도 전에 여기에 있었고 너희들이 떠난 뒤에도 있을 것이다. 우리에게 너희들은 말하는 먹이다. 언제부터 쥐가 고양이에게 쥐의 이치를 대더냐?"

이생이 대답을 못하고 벌벌 떠는 동안, 그때까지 시아버지의 뒤에 숨어 있던 며느리가 이생의 앞으로 다가왔다. 며느리는 이생 앞에서 옷을 하나씩 벗고 완전히 알몸이 되자 손톱으로 가슴 사이를 찢어 틈을 만들고 지금까지 갇혀 있던 썩은 가죽에서 기어 나왔다.

며느리의 가죽 속에서 기어 나온 회색 괴물은 여우와 전혀 닮지 않았다. 팔과 다리의 가죽 속에는 가느다란 다리들이 두 개씩 겹쳐져 있어서 가죽을 벗고 나오자 다리가 모두 합쳐 여덟이었다. 끝이 나발처럼 벌어진 길쭉한 귀가 두 개 달린 털투성이 얼굴은 사마귀처럼 세모났고 푸른 눈은 이마 한가운데에 난 것까지 포함해 세 개였으며 뱀처럼 꿈틀거리는 시꺼먼 꼬리는 다섯이었다.

괴물은 그때까지 인간 가죽 속에서 뒤틀려 있던 몸을 쭉 펴고 요란하게 울었다. 그 순간 이생의 뒤에 있던 마을 사람 둘이 그의 팔다리를 잡았고 괴물은 사정없이 이생의 입을 양옆으로 잡아당겼다. 이생의 입이 깔때기처럼 넓게 벌어지자 그들은 그 구멍을 통해 이생의 머리를 꺼냈고 마치 옷이라도 되는 것처럼 그의 나머지 가죽을 홱 벗겨냈다. 순식간에 가죽이 벗겨진 이생이 고통스러워 몸부림을 치는 동안 그때까지 며느리의 가죽을 뒤집어쓰고 있던 괴물은 벗겨진 이생의 가죽 안으로 들어갔다. 마을 사람들은 이생의 살을 뜯어 먹었고, 이생은 이제 자신의 얼굴을 뒤집어쓴 괴물이 천천히 다가와 그의 간에 손가락을 쑤셔 넣는 걸 보고 느끼면서 죽었다.

이생이 집으로 돌아오지 않자, 이생의 가족은 그에게 무슨 일이 일어났는지 수소문했고 그러다 이생이 사라진 강원도 산골에 산다는 사람 가죽을 뒤집어쓴 여우들에 대한 소문을 들었다. 그에 따르면 이생이 사라진 뒤 얼마 되지 않아 젊은 선비의 가죽을 뒤집어쓴 여우가 나타나 부녀자들과 취객들을 유혹해 여우들이 사는 마을로 데려가면 다른 여우들이 그들을 잡아먹고 가죽과 고기를 취한다고 하였다. 겁에 질린 인근 사람들은 관가에 도움을 요청하였지만 그들의 말이 너무 허황되어 위에서는 어떤 조치도 취하지 않았다.

이생의 아버지는 마을 사람들과 함께 여우골로 알려진 곳으로 직접 찾아갔지만 그곳에서 그들이 발견한 건 초가집처럼 생긴 바윗덩어리들과 갈기갈기 찢겨나간 피투성이 봇짐뿐이었다. 봇짐에서 아들의 유품을 발견한 아버지는 그 자리에 사흘 동안 주저앉아 여우들에게 아들의 썩은 가죽이라도 돌려달라고 빌었으나 여우들은 응답하지 않았다.

정원사

1

저녁 산책에서 돌아온 그는, 얼마 전에 그가 집 앞에 심은 피그미 떡갈나무의 줄기에 작은 기생식물 하나가 달라붙어 있는 것을 발견했다. 그것은 야무지게 떡갈나무의 줄기를 움켜쥔 갈퀴 모양의 뿌리에 클로버 모양의 빨간 잎이 네 개 달린 정체불명의 식물이었다. 그는 지금까지 그렇게 생긴 생명체를 단 한 번도 본 적이 없었다. 적어도 그 식물이 그의 리스트에 올라 있지 않음은 분명했다.

그는 집으로 들어가 입체 사진기를 가지고 나와 그 식물의 사진을 찍어서 집 안의 컴퓨터로 전송했다. 15분 뒤, 그는 컴퓨터 모니터 앞에서 이게 어떻게 된 일인가 하며 머리를 긁적거리고 있었다. 그의 리스트에도 정원학회의 사전에도, 그 기생식물에 대한 항목은 없었다.

그는 투덜거리면서 항성 간 통신망에 접속했다. 250파섹 저쪽에서 터진 초신성 때문에 한참이나 삐걱거리던 컴퓨터는 잠시 뒤 가능성이 있는 다섯 생명체의 목록을 보내왔다. 모두 확인을 위해 보다 정교한 분석 자료가 필요하다는 토가 달려 있었다.

그는 표본 채취기를 찾아 먼지를 털고는 다시 정원으로 나갔다. 빨강 기생식물을 찾아 체취기의 바늘을 들이대려던 그는 잠시 흠칫 놀라고 말았다. 그가 집 안에 있었던 그 짧은 시간 동안 분명히 그 식물은 자라 있었다. 그가 채취기로 이파리의 표본을 채취하는 동안 빨강 식물은 마치 감각이 있는 동물처럼 푸르르 떨었다.

컴퓨터는 그가 채취한 표본에서 분자생물학적 기초 정보들을 뽑아내어 항성 간 통신망으로 보냈다. 30분 뒤, 답변 대신 보다 상세한 자료를 요청하는 메시지가 왔다. 아까 언급했던 다섯 생명체 항목과 모두 맞지 않았음은 물론이다. 컴퓨터는 다시 보다 시간이 걸리는 작업으로 돌아갔다.

그는 창밖으로 시선을 돌렸다. 이미 날은 어두워지고 있었다. 자전 때문에 해가 지는 것이 아니라 J.D.버널호를 감싸는 반사막이 각도를 조절하고 있는 것이다. 물론 그는 손가락으로 허공을 한 번 휘저어 다시 낮으로 만들 수 있었다. 그러나 그는 그와 함께 살고 있는 다른 생물들의 생체 사이클 역시 존중했다.

잠시 뒤, 컴퓨터가 항성 간 통신으로 실시간 대인 통신을 요구하는 전화가 왔음을 알렸다. 그가 허가하자, 방 저쪽에서 다소 건들거리는 젊은 여자 목소리가 들려왔다.

"교수님, 교수님?"

"아, 이런 또, 자네야?"

그는 신음했다.

"저 역시 반갑지 않네요. 그래도 예의상 물어보는 거예요. 잘 지냈어요?"

"당장 껌이나 뱉지 못해?"

상대방은 잠시 조용해지는가 싶더니 곧 마이크를 입에 바짝 들이대고 딱딱 껌 씹는 소리를 내기 시작했다. 그는 신경질을 내며 바닥을 걷어찼고 그 소리가 들렸는지 그녀는 킥킥거리며 장난을 멈추었다.

"본론으로 돌아가죠. 아까 보내주신 샘플은 아주 흥미롭던데요. 우리가 아는 바로는 전적으로 새로운 식물이에요. 협회의 탐사우주선들에 연락을 취하고 있기는 하지만 그쪽에 자료가 있을 가능성은 없어요. 그런데 그 식물은 어디서 발견하셨어요?"

"뜰에서. 피그미 떡갈나무에 붙어 있었어."

"개체 수는?"

"하나밖에 없었어. 이미 사진을 보지 않았나, 이런 젠장."

"혹시 토착 식물일 가능성은 없어요?"

"토착 식물? 자네 정신이 있나? 연성의 기조력 때문에 이 태양계에서는 수성보다 큰 행성이 존재할 수가 없어."

"교수님이 어디 사는지 제가 알 게 뭐예요. 분류 번호를 불러 주세요. 어디 사세요?"

그는 컴퓨터 옆에 붙은 천체 분류 번호를 또박또박 읽어주었다. 잠시 뒤, 키들거리는 웃음소리가 들려왔다.

"엄청 촌구석에 사시네요. 만약 일이라도 생기면 어쩌려고 그러세요?"

"사고는 사람 때문에 생기는 거야. 나는 혼자 살려고 여기 왔어."

"그래요? 리클리닝은 어떻게 하시려고요? 주변에 쓸 만한 G행성도 하나 없다면서요. 교수님 콜로니는 크기가 어떻게 되지요?"

"표준형이야. 지름 700미터. 높이 350미터."

"정말 정신 나갔군요. 그 정도 크기라면 5년도 안 돼서 오염 초과 경보가 떨어질걸요. 그때가 되면 어쩌실 거예요? 항성 간 리클리닝 서비스를 치를 돈이나 있나요? 요새 교수 연금이 그렇게 빵빵해요?"

"미안하지만 그런 일은 안 일어난다네. 내 콜로니의 중앙 통제 장치는 자네 것보다 훨씬 좋단 말이야. 컴퓨터가 콜로니 안의 모든 생명체를 통제하고 간섭하기 때문에 리클리닝할 정도로 오염될 때까지는 훨씬 오랜 시간이 걸려. 적어도 내가 죽을 때까지는 리클리닝이 필요 없을걸."

"아하. 구석에서 쥐가 똥을 싸면 컴퓨터가 당장 풍뎅이를 파견한다는 말이군요. 대단도 하셔라. 그 대단한 컴퓨터가 어떻게 그 이상한 식물을 발견 못 했대요?"

그는 대답할 수 없었다. 여자는 웃기지도 않는다는 듯 픽 웃으며 덧붙였다.

"결코 사라지지 않는 통제의 환상이여!"

2

빨간 갈퀴는 불어나고 불어나 이제 피그미 떡갈나무 줄기의 4분의 1을 덮고 있었다. 처음에는 클로버만 했던 이파리들이 이제 백합 꽃잎처럼 커졌다. 그는 겁이 났지만 그렇다고 그것들을 뜯어낼 수도 없는 노릇이었다. 한참 손톱만 씹고 있다가 그는 다시 협회로 전화를 걸었다. 다시 그 한심한 여자가 전화를 받았다.

"자네는 휴가도 안 가나?"

그는 투덜거렸다.

"미안하지만 벌써 갔다 왔네요. 그리고 저라도 되니까 이렇게 교수님과 일대일로 이야기라도 하는 거예요. 저 없을 때 교수님 전화가 오면 다들 어떻게 하는지 아세요? 누가 받을지 결정하려고 제비를 뽑는다고요."

"그걸 농담이라고 해?"

"누가 농담이래요?"

"일이나 해. 저것들을 어떻게 하지? 그대로 놔두나? 나무가 상할지도 모른단 말이야. 얼마나 커졌는지 사진 보여줘?"

"제 휴가 걱정하시기 전에 진작 그러셨어야죠. 당장 사진을 넣어요!"

그는 그 건방진 명령조에 반항하고 싶었지만 그렇다고 사진을 안 보낼 수도 없었다. 그는 천천히 뜸을 들이며 아까 찍어온 사진을 전송했다.

"흠. 비정상적이네요. 정말 어떻게 이런 게 생겼는지 모르신단 말이에요?"

"몰라."

"이렇게 성장 속도가 빠른 식물이 이제야, 그것도 폐쇄된 스페이스 콜로니 안에 발견되었는데도요?"

"그래서 내가 지금 비싼 항성 간 통신료를 내면서 전화를 거는 게 아닌가, 이 친구야. 내 마일리지가 다 어디로 들어가는지 알아?"

"좋아요. 가장 최근에 다른 우주선과 접촉한 게 언제예요?"

"표준력으로 작년 9월 13일."

"어디 보자…… 제2차세계대전호네요? 흠…… 스물세 종의 식물을 내리고 돌아갔군요. 어라…… 피그미 떡갈나무도 그때 들어왔네요. 혹시 그때 떡갈나무에 붙어 들어온 거 아니에요?"

"그럴 리가 있나. 내 컴퓨터는 선적한 모든 화물을 미생물 단위까지 체크한단 말이야. 그리고 만약 거기에 들러붙어 올 정도라면 이미 협회에 등록되어 있어야 할 거 아닌가."

"돌연변이라는 게 있는 것 아니겠어요? 제2차세계대전호 같은 구닥다리 우주선에서 뭔 일이 안 일어나겠어요."

"자넨 돌연변이의 힘을 지나치게 믿고 있군. 게다가 그 정도의 돌연변이라면 자네 컴퓨터가 다른 생명체와 연관성을 찾아낼 수 있었을 텐데?"

"그것도 그렇네요. 그럼 그게 훨씬 오래전에 들어왔을지도 모르겠군요. 일단 J.D.버널호와 접촉한 모든 우주선의 항로를 뽑아볼게요. 어쩌면 알아낼 수도 있을지 모르겠네요."

"그러는 동안 내 나무는 어떻게 하고?"

"겨우 나무 하나잖아요. 다른 개체에 옮겨 붙지 않도록 격리시키기나 하세요. 그리고 교수님의 그 잘난 최첨단 컴퓨터에게 다른 개체가 있는지 확인하라고 시키세요. 됐죠?"

3

두 번째 침입자가 발견된 곳은 올해 초에 그가 중력장 코일 근처에 판 작은 연못이었다. 첫 번째 식물과는 달리 두 번째 식물은 남에게 기생하는 대신 두 종류 수생 식물들의 뿌리를 줄기에 품고 있었다. 어린아이 팔 정도 굵기인 줄기가 잎도 없이 물속에서 꿈틀거리고 있었다. 그는 혐오감을 느꼈다. 분명히 식물이었지만 그 움직임에는 어딘가 동물적인 요소가 있었다.

허겁지겁 집으로 뛰어간 그를 그 얄미운 직원의 목소리가 맞았다.

"마침 잘 오셨네요. 막 접속을 끊으려던 참이었어요."

그 여자가 말했다.

"내, 내, 내가 막……."

"제 말 먼저 들으세요. 그 식물의 정체를 알아냈어요."

"뭐? 뭔데"

"갈색얼룩갈퀴의 2차 변종이에요."

"무슨 소리를 하는 거야? 그게 얼룩갈퀴라면 여기서 발아될 수도 없다는 걸 몰라?"

"그러게 2차 변종이라고 했잖아요. 자연적인 변종이 아니에요. 인위적으로 유전자 조작된 개체예요. 그래서 우리 컴퓨터가 헛갈렸던 거죠. 솔직히 말해보세요. 혹시 불법으로 유전자 장난치고 있는 것 아니에요?"

"난 생물학자가 아니야! 그런 걸 할 기기도 없어! 그리고 내가 그랬다면 왜 협회에 알리겠나, 빌어먹을."

"흠. 이상하네요. 그렇다면 설명할 방법이 없어요. 그 개체들은 모두 2주 안에 발아된 것들이에요. 제2차세계대전호는 결백해요. 하지만 자연적으로 발아가 억제되었을 수도 있어요. 예를 들어 시리우스의 얼룩갈퀴 변종처럼 작은 동물의 창자 안에 붙어 있었을 수도 있죠. 거기엔 교수님 말고도 다른 항온동물이 있어요?"

"포유류가 여섯 종 있어. 세 종은 초식이고 나머지는 잡식이거나 육식이야. 모두 고양이보다 작아."

"흠…… 그렇다면 제2차세계대전호 이전의 다른 우주선에서 굴러 들어오자마자 어떤 동물들에게 삼켜졌을 수도 있죠. 그게 계속 먹이 사슬을 통해 다른 개체에 전해지고…… 이게 말이 되나?"

"말이 안 되지. 게다가 난 아까 다른 식물도 발견했어. 아까처럼 리스트에도 없어."

"그걸 왜 이제 말하는 거예요?"

"이 친구야, 자네가 먼저 말을 막았잖아!"

"이번 것은 어떤 괴물이에요?"

그는 기억을 되살리며 아까 본 식물을 설명했다. 말이 끝나자마자 당장 샘플을 채취해 오라는 명령이 떨어졌다. 그는 투덜거리며 채취기를 집어 들었다.

"그 컴퓨터 참 대단하네요. 어떻게 그렇게 클 때까지 모르고 있었대요?"

"나도 몰라."

"회사에 연락해서 시스템 점검이나 받아보시지 그러세요?"

"이 친구야. 그건 내가 직접 만들었어!"

"어쩐지."

그가 대꾸하기도 전에 그녀는 픽 소리를 내며 접속을 끊어버렸다.

그는 다음에 그녀와 통화할 때를 대비해 욕지거리를 긁어모으면서 밖으로 뛰어나갔다. 빨간 줄기는 여전히 뱀처럼 꿈틀거리며 연못에 얇은 물결을 만들고 있었다. 그는 채취기의 팔을 잔뜩 늘려 연못에 밀어 넣었다. 채취바늘 속의 갈퀴가 조직을 긁어내자 줄기는 꿈틀거림을 멈추고 떨기 시작했다. 진동은 너무 격렬해서 그의 발밑까지 흔들렸다. 그는 채취기를 움켜쥐고 연못가에서 달아났다.

데이터를 보냈지만 건방진 직원은 답변을 보내오지 않았다. 그는 구석 소파에 앉아 기다리고 기다리고 또 기다렸다. 기다리는 동안 불안감은 점점 심해졌다. 왜 통제 시스템은 그 생물들을 발견하지 못했을까?

한 가지 가능성은 컴퓨터의 2차 탐색 필터가 고장 났을지도 모른다는 것이었다. 만약 그 부분의 논리회로가 어떻게든 고장이 났다면 통제 시스템은 이미 기록된 개체들만을 통제 대상에 넣고 나머지는 무시할 것이다. 하지만 어떻게 그렇게 중대한 고장이 지금까지 숨어 있을 수 있었을까?

그는 구두 명령으로 시스템 검색을 지시했다. 5분 뒤 검색이 끝나고 결과가 보고되었다. 시스템의 논리 구조에는 어떤 문제점도 발견되지 않았다. 그는 일단 안심했지만 불안은 계속 자라났다. 어떻게 그렇게 커다란 생물이 2차 탐색 필터를 통해 걸러지지 못했을까? 게다가 지금 와서 생각해보니 침입자들은 모두 기생 또는 공생하는 생명체들이었다. 2차 필터가 거르지 못했어도 통제 시스템이 어떻게든 관찰 대상인 다른 생명체들에 어떤 변화가 있음을 눈치챘을 것이다.

혹시 컴퓨터가 이미 눈치를 챘던 것이 아닐까? 만약 그 생물들이 생태계 안에 완벽하게 녹아들었다면 컴퓨터는 침입자들이 위험하지 않다고 여겼을지도 모른다. 그래도 간접적으로라도 발견될 텐데? 그는 멈칫했다. 컴퓨터는 위험을 경고할 의무만 있었을 뿐이다. 침입자가 생태계 속에 완벽하게 녹아든다면 그들은 위험한 존재가 아닌 것이며 따라서 보고할 필요가 없다.

그는 다시 모니터를 허공에 띄우고 컴퓨터의 데이터베이스를 검색했다. 곧 보고되지 않은 두 생명체의 자료가 떠올랐다. 붉은 갈퀴와 줄기였다. 그는 안도의 한숨을 내쉬었다. 기계는 무리 없이 작동하고 있었다. 보고받지 못하긴 했지만 그건 사람의 실수였다. 그는 오래간만에 편한 마음으로 낮잠을 잤다.

그러나 잠시 뒤 끼어든 그 뻔뻔스러운 직원의 목소리가 그의 안도감을 박살 냈다.

"뭐예요? 멀쩡하게 돌아가고 있다고요? 한 가지만 물어볼게요. 교수님, 제가 전에 다른 개체가 있는지 알아보라고 시켰어요, 안 시켰어요?"

"한 것 같은데……."

"그런데도 시스템이 멀쩡한 거라고요? 컴퓨터가 이미 알고 있었으면 교수님에게 보고했어야 하는 거 아니에요?"

"내 질문이 잘못되었을지도 모르지. 아마 난 발견되지 않은 새

개체를 찾으라고 했을 거야. 그런데 이미 컴퓨터는 그 생명체에 대해 알고 있었으니까 그 붉은 줄기를 보고 대상에서 제외했을 수도 있지. 아마 그런 것 같아."

"그런 간단한 말도 못 알아듣는다니 그 컴퓨터 혹시 바보 아니에요?"

"입출력 장치가 조금 단순할 뿐이야. 그런 것들을 복잡하게 만들어서 무엇 하나? 고장 나기나 쉽지. 그런 건 기계에 대해서 아무것도 모르는 사람들이나 쓰는 거야."

"아하, 교수님 전공이 단추 누르기라는 걸 잊고 있었군요."

"기계제어학이야."

그는 재빨리 정정했지만 여자는 픽 무시했다.

"그게 단추 누르기죠. 만지는 방법이나 알지, 그 기계들이 어떻게 돌아가는지는 전혀 모르잖아요. 직접 만들었다지만 그것도 기성품 유닛을 조립한 게 다죠, 그렇죠?"

"적어도 그게 제대로 돌아가고 있다는 건 알아!"

"그거야 교수님 생각이죠."

"안 돌아간다는 건 자네 생각이지. 그리고 자네 일은 어떻게 되었나?"

"저야 교수님과 달리 똑바로 일을 처리하고 있죠. 그 두 번째 괴물은 두더쥐각시덩굴의 2차 변종이에요."

"그게 어떻게 물속에서 자라? 게다가 꿈틀거리고 있었단 말이야!"

"2차 변종이라니까요, 귀가 없는 거예요, 아니면 그냥 단순히 머리만 나쁜 거예요? 양옆에 식물성 근육이 붙어 있어요. 하지만 그 변종이 동물처럼 뇌가 있을 리가 없으니까 그 꿈틀거림은 아마 주변의 자기장 변화에 따른 기계적인 반응이겠죠. 코일 근처랬죠?"

"내 콜로니는 그렇게 엉성하지 않아!"

"오래되면 뭐든 상하기 마련이에요. 없는 돈 털어서라도 리클리닝을 받아보세요. 그래야 여생이 편할 걸요."

4

소파에서 쪼그리고 자는 동안 그는 꿈을 꾸었다. 꿈속에서 붉은 줄기는 뱀처럼 꿈틀거리며 그의 몸을 휘감았다. 그는 비명을 질렀고 비명은 그가 헐떡거리며 잠에서 깨어난 뒤에도 끝나지 않았다.

그 비명은 그의 목구멍 속에서 나오는 소리가 아니었다. 소리는 창밖에서 들려오고 있었다. 끼긱거리다가 가끔씩은 덜컥거리는 기괴한 신음. 살아 있는 것이 내는 소리임엔 분명했지만, 그 소리도 그가 지금까지 들어왔던 어떤 동물의 것과도 달랐다. 조율되지 않은 현악기를 긁적거리는 소리가 더 비슷했으리라.

그는 시계를 보았다. 겨우 오전 4시였다. 그는 모니터를 띄우고 J.D.버널호의 구석구석을 탐색해보았다. 겉보기에 콜로니는 멀쩡했다. 붉은 갈퀴들은 이제 정원에서 벗어나 숲속으로 세력권을 넓히고 있었지만 그렇다고 그것들에게 갑자기 발성기관이 생긴 것도 아니었다. 붉은 줄기는 여전히 물속에서 꿈틀거리고 있었지만 역시 그뿐이었다. 소리가 어디서 들리나 체크해보았지만 헛수고였다. 소리는 콜로니 사방에서 들려오고 있었다. 기계 이상도 아니었다. 모든 것은 멀쩡했다.

우주 유령에 대한 몇몇 항성 간 전설이 그를 괴롭혔다. 그는 초자연 현상을 믿지 않았지만 불신은 믿음처럼 굳건한 마음의 방벽이 되어주지 못한다. 그는 소리를 듣지 않으려고 쿠션으로 귀를 막았지만 아무런 소용이 없었다.

마침내 그는 소파에서 일어나 회중전등과 작은 충격총을 챙겨 들고 밖으로 나갔다. 이건 진짜 밤이 아니야, 그는 계속 중얼거렸다. 마음만 먹으면 언제든지 낮으로 전환시킬 수 있어. 전혀 겁먹을 것 없어.

그가 숲을 가로지르는 동안에도 끽끽거리는 신음소리는 사방에서 들려오고 있었다. 밤마다 들려오던 풀벌레 소리도 신음소리에 묻혀 더 이상 들리지 않았다.

연못에 도착했다고 소리가 특별히 크게 들리지는 않았지만 그는 그가 신음소리의 중심에 와 있다고 확신했다. 무엇보다도 그의 발밑에서 웅웅거리는 땅이 그 사실을 증명했다. 그는 엎드려 귀를 땅에 들이댔다. 소리는 땅속에서 들려오고 있었다.

그는 일어나 충격총의 필터를 조절해 땅에 들이대고 쏘았다. 퍽퍽 소리가 나면서 흙이 튀더니 곧 길쭉한 구멍이 생겼다. 그는 구멍에 손을 넣고 나머지 흙을 긁어 올렸다. 무언가 부드러운 것이 손가락 끝에 느껴졌다. 흙을 대충 긁어내자 지름이 70센티미터 정도 되어 보이는 갈색 원통의 일부가 드러났다. 그것은 마치 거대한 지렁이처럼 꿈틀거리고 있었다.

혐오감 때문에 구토가 날 지경이었다. 그는 필터도 조절하지 않은 충격총을 구멍에 들이대고 닥치는 대로 쏘아댔다. 원통은 흙 속에서 두 동강 났지만 원통의 중심부의 가느다란 끈은 잘리지 않고 남아 있었다. 그는 총 끝으로 그 끈을 슬쩍 만져보았다. 무언가 대단히 잘못되어 있었다. 그 끈은 실온초전도체로 만들어진 전선의 일부였다. 원통에서 흘러나온 진액을 닦아내자 상표까지 읽을 수 있었다.

그는 총을 팽개치고 정신없이 달아났다. 그는 단 2분 만에 행성 전체를 낮으로 만들 수 있다는 것도, 휘파람 한 번만 불면 일곱 대의 로봇들이 그에게 다가올 것이라는 것도 잊었다. 5분 뒤에 그는 간신히 그의 집으로 돌아왔다.

문을 걸어 잠그고 불을 대낮처럼 켜놓은 뒤, 그는 다시 항성간 네트워크에 접속했다. 잠시 뒤, 협회 사무 컴퓨터의 달콤한 목소리가 들려왔다. 보통 때 같았다면 그 짜증 나는 직원과 만나지 않아도 된다는 생각에 안도의 한숨이 나왔겠지만 그는 지금 대화할 사람이 필요했다. 컴퓨터의 건조한 목소리가 무의미한 인사말을 나열하는 동안, 그는 접속을 끊어버렸다.

컴퓨터가 J.D.버널호의 내부를 스캔하는 동안, 그는 간신히 그 직원의 개인 번호를 찾아내 돌렸다. 드르륵거리는 소리가 서너 번 울린 뒤. 짜증 섞인 목소리가 들려왔다.

"여보세요?"

"나야."

그는 멍한 목소리로 말했다.

"교수님! 전화 걸기 전에는 제발 상대방 시간이 몇 시인지는 체크해주세요! 나도 잠을 자야 할 거 아니에요!"

"몇 시긴, 지금 새벽 4시 15분이잖아, 내 스테이션과 겨우 8분 차이밖에 안 나는 걸. 게다가 이건 긴급 사태야!"

"좋아요. 이번엔 어떤 괴물이에요?"

그는 더듬거리며 사정을 설명했다. 설명이 끝나자 직원은 요란한 하품을 했다.

"제가 아주 유익한 충고를 하나 할 테니까 들어요. 알았어요?"

"뭔데?"

"지금부터 집 안에 박혀서 아무것도 하지 말아요. 네트워크에 접속도 하지 말고 밖에 나가지도 말아요. 컴퓨터로 콜로니를 스캔하거나 조사 로봇을 파견하는 일 따위도 말고요. 그냥 가만히 앉아서 먹고 자고 싸기만 해요. 제가 구조대를 보낼게요. 한 일주일이면 도착할 거예요."

"하지만 벌써 스캔을 시작했는걸."

"그럼 당장 중단 시…… 아, 이런 젠장 할, 시작한 지 얼마나 되었어요?"

"모르겠어. 한 3분 정도?"

"표준급에 3분이라, 이제 일 났네. 아까 충고 취소예요. 당장 아무 셔틀에 올라타고 거기서 나와요!"

"하지만 왜?"

"말할 수 없어요. 그냥 나와요. 모르는 게 상책이라니까!"

"왜?"

"이 천치 같은 영감탱이야, 당장 하라는 대로 하지 못해?"

"이게 무슨 망……."

픽 소리와 함께 접속이 꺼졌다. 그는 허겁지겁 키보드를 두드렸지만 아무런 반응이 없었다. 잠시 뒤, 스테이션 컴퓨터의 건조한 목소리가 침묵을 깨뜨렸다.

"죄송합니다, 교수님. 접속이 되지 않습니다. 신성 때문에 사용 중인 중계 위성이 파괴된 모양입니다. 지금 다른 루트를 찾는 중입니다. 연결되면 보고드리겠습니다."

다시 찾아온 침묵은 스캔이 끝났다는 사실을 알리는 벨 소리로 곧 깨졌다. 그는 겁에 잔뜩 질린 채 실눈으로 모니터를 바라보았다. 그 직원의 거창한 어조를 생각하면 모니터에서 박쥐 날개를 단 괴물이 튀어나와도 이상할 것이 없었겠지만, 모니터는 언제나와 마찬가지로 지루한 리스트들을 쏟아낼 뿐이었다. 그가 두 동강 냈던 그 갈색 튜브도 이제 리스트 안에 포함되어 있었다.

"언제부터 이것들이 존재했지?"

그는 컴퓨터에게 물었다.

"13일 전부터입니다."

"왜 보고하지 않았어?"

"모르시는 편이 나았기 때문입니다."

그의 몸은 얼어붙었다. 이제 그도 무언가 잘못되었다는 걸 알 수 있었다.

"튜브 안에 든 전선은 뭐야?"

"이제 대답할 수 없습니다."

"이제? 전에 물었으면 대답할 수 있었어?"

"질문하지 마십시오."

그는 천천히 모니터로부터 뒷걸음질쳤다.

"셔틀을 준비시켜."

"셔틀은 이제 출발할 수 없습니다."

"이건 명령이야!"

"그 명령은 상위 명령에 의해 거부되었습니다."

"누가 그런 명령을 내렸지?"

"교수님입니다."

"나는 아무 명령도 안 내렸어! 당장 셔틀을 준비시켜!"

컴퓨터는 대답하지 않았다. 대신 콜로니 전체의 조명이 위협적으로 껌뻑거리기 시작했다. 1급 비상사태의 신호였다.

그는 현관으로 달려갔지만 문은 잠겨 있었다. 그는 허겁지겁 책상으로 달려가 서랍에서 열선절단기를 꺼내 문고리를 잘라내고 집에서 뛰어나왔다. 저 미친 컴퓨터가 뭐라건 상관없다. 격납고와 에어록은 수동으로 조종할 수 있다.

그는 돌에 걸려 계속 넘어지면서 달렸다. 인공태양의 껌뻑임과 함께 콜로니의 끼긱거리는 소리가 사방에 가득 찼고 그를 둘러싼 나무들과 땅은 이제 고무처럼 출렁거리기 시작했다.

간신히 격납고로 도착한 그는 벽에 달린 핸들을 돌려 격납고의 문을 열었다. 핸들을 돌리느라 정신이 없었던 그는 문이 거의 다 열릴 때까지 격납고 안이 어떤 상황인지 들여다볼 여유도 없었다.

마침내 핸들을 고정시키고 안을 들여다본 그는 그 자리에서 얼어붙고 말았다. 비명을 지르려고 했지만 목이 말라붙어 소리가 나오지도 않았다. 소리를 낸다고 해서 들을 사람이 있는 것도 아니었다.

5

"간단한 산수 계산과도 같은 거예요. 너무 쉬워서 그 영감이 못 알아차린 게 이상할 정도죠."

콜로니의 에어록을 열려고 애쓰면서 직원이 나에게 말했다.

"생각해보세요. 내부 생태계가 지나칠 정도로 완벽하게 통제되고 있는 콜로니 안에서 변종 생물들이 나타났고 또 번성했어요. 누가 그 괴물들을 넣었을까요? 답은 하나밖에 없어요. 그 콜로니의 실제 통제자죠. 콜로니의 주인일 수도 있지만 당사자가 아니라니, 남은 용의자는 하나뿐이죠. 콜로니의 메인 컴퓨터예요."

"미친 컴퓨터의 반란인가요?"

내가 물었다.

"피해망상증에 걸린 중세 기담 소설가들이나 할 소리를 하시는군요. 물론 아니에요. 컴퓨터는 자기가 할 일을 했을 뿐이에요. 그것도 아주 잘했지요. 단지 주인이 무지무지 바보 같았을 뿐이랍니다. 아, 드디어 열렸군요. 들어오세요."

휘파람이 절로 나왔다. 콜로니의 내부는 장관이었다. 작은 낙원이라고 해도 될 만했다. 놀랄 정도로 이국적이었지만 동시에 완벽하게 아름다웠다. 사실 그 완벽함이 지나쳐서 살짝 갑갑하다는 생각까지도 들었지만 전체적으로 볼 때 옥에 티에 불과했다.

"대단하죠? 사람 목숨 하나의 가치가 있다고 생각하지 않으세요?"

"그래도 사람 목숨을 그렇게 가볍게 여기는 게 아닙니다."

"감상적이시긴. 그건 살인도 아니었어요. 죽을 날이 머지않은 늙은 바보가 자기 발로 불속에 뛰어든 거죠.

그 양반이 기성품 시스템을 샀다면 이런 일도 일어나지 않았을 거예요. 현대 아세니안 인공지능 시스템은 아주 안정적이지요. 수 세기 동안 꾸준히 검증되어왔고 버그도 없어요. 너무 복잡해서 인간에게는 블랙박스나 다름없지만 회사의 컴퓨터는 뭐가 어떻게 돌아가는지 알고 있잖아요? 그렇다면 그게 뭐가 문제예요? 결과적으로 회사가 자기 생산품에 대해 다 알고 있는데.

하지만 그 바보는 그걸 거부하고 자기가 직접 시스템을 조립했지요. 자기가 이해를 못 한다는 바보 같은 이유만으로요. 그는 그런 식으로 자기가 콜로니를 완전히 통제하고 있다고 생각했지만 결과적으로는 치명적이었어요. '창조주는 창조물에 대해 모든 것을 알고 있다'라는 커다란 오류에서부터 시작한 것이니까요. 오히려 그 영감은 더 지독한 블랙박스를 만들어낸 거죠. 적어도 자기한테는요."

"구체적으로 어디가 잘못이었죠?"

"초보적인 것이었어요. 명령의 우선순위 문제였죠.

컴퓨터에게 부여된 가장 중요한 임무는 완벽한 생태계의 저장 및 유지였어요. 컴퓨터는 나름대로 '완벽성'에 대한 모델을 가지고 있었고 (영감이 제시한 것은 아니에요. 그는 단지 유닛을 조립했을 뿐이니까요.) 그에 맞추어 작업을 했지요. 컴퓨터가 만들어낸 생물들은 모두 그 완벽성을 실현시키기 위한 도구였지요. 보다 주변환경에 잘 맞고 보다 생존력이 강한 그런 생명체들 말이에요. 그것만으로는 부족해서 통제의 기반이 될 만한 기초적인 생물을 자신의 인공신경에 결합시키기까지 했어요.

그런데 생각해봐요. 이렇게 완벽을 추구하는 기계에게 가장 방해가 되었던 것은 무엇이었을까요? 바로 콜로니의 주인인 영감탱이였지요. 자신의 작업이 어느 정도 성과를 거둘 것 같으면 새로운 생명체를 들여오고 나무의 위치나 지리를 바꾸곤 했으니까요. 어떻게 할까요? 내 마음대로 하게 해달라고 건의를 할까요? 말도 안 되는 소리죠. 영감이 그 말을 들어줄 것 같아요?

따라서 컴퓨터는 결론을 내렸지요. 일단 영감 모르게 진행한다. 그리고 영감이 알아차리면 제거한다. 아주 논리적인 결론이었지요. 물론 영감의 명령을 말끔하게 준수한 것이기도 하고요. 결국 영감은 자기 자신한테 살해당한 거예요. 아, 저기가 바로 영감이 살던 곳이죠."

아마 예전에는 중세풍으로 지어진 나무 건물이었을 것이다. 그러나 지금은 갈색얼룩갈퀴와 푸른색 1차 기생체에 덮여 거의 자연물처럼 보였다. 갈색얼룩갈퀴가 씨앗들을 뱉어내고 있어서 탁탁거리는 소리가 계속 귀를 간질였다.

"영감을 보고 싶으세요?"

직원이 갑자기 물었다. 나는 당황했다.

"죽은 지 오래되지 않았나요? 게다가 이 정도로 잘 유지되는 생태계라면 시체 같은 건 사라졌을 텐데요?"

"물론 그 양반의 살은 다 사라졌지요. 그래도 남은 게 있답니다."

그녀는 내 팔을 잡아끌며 나를 S자로 꺾어진 오솔길로 안내했다. 오솔길 끝은 제3격납고였지만 문은 이미 벽으로 막혀 있었다. 역시 나름대로 논리적인 개선이었다. 협회가 콜로니를 인수하기 전까지 그 문이 사용될 이유는 전혀 없었기 때문이다.

새로 생긴 벽 앞에는, 오래전에 응고된 녹회색 무정형 기생체가 기우뚱한 채 서 있었다. 하지만 그 기생체가 덮고 있는 것은 나무가 아니었다. 기생체의 응고 상태가 너무나도 절묘해서, 비명을 지르려는 듯 입을 벌린 노인의 얼굴을 그대로 고정하고 있었다.

"흙에서 흙으로, 먼지에서 먼지로……."

직원은 킥킥거리며 웃었다.

"하지만 이 사람은 조금 빨랐지요. 썩고 흡수되는 귀찮은 단계를 떠나 곧장 나무가 되었으니까요. 나름대로 아름답죠? 아무짝에도 쓸모없는 남자의 묘지치고는 지나칠 정도로 근사하지 않나요?"

성녀, 걷다

K시에는 주민들이 그냥 '성녀'라는 별명으로 부르는 동상이 있다. 몇몇 가설들이 존재하기는 하지만, 구체적으로 어떤 가톨릭 성녀를 묘사한 것인지는 아무도 모른다. 사람들의 시선을 끄는 것은 동상의 주인공이 아니라 그 재질과 위치, 자세이다.

일단 재질을 살펴보기로 하자. 'K시의 성녀'의 표면은 평범한 동상들과는 달리 자잘한 사슬들로 구성되어 있다. 그 이음새가 아주 정교하기 때문에 어느 정도 떨어져서 보면 표면은 그냥 매끈해 보인다. 단지 치마 끝을 구성하는 부분의 색이 조금 달라 보이는데, 그건 1944년 이 마을을 침공한 소련군의 탱크가 치마 끝을 밟아 부수었기 때문이다. 1952년 전문가들이 치맛단을 복원하긴 했지만 완벽한 대체물을 만드는 데엔 실패했다.

재질보다 더 눈에 들어오는 것은 그 위치와 자세이다. K시의 성녀는 단 위에 서 있거나 앉아 있는 게 아니라 걷고 있다. 그것도 시청 광장으로 이어지는 자전거도로 한가운데를. 이 자전거도로는 1977년에 완공되었고 (기록에 따르면) 성녀는 1524년에 제작되었으므로 뭔가 잘못되었음이 분명하다. 성녀 주변을 둘러보면 더 재미있는 것들이 발견된다. 작고 나지막한 하얀 나무 울타리가 성녀의 주변을 감싸고 있고 그 옆에는 '성녀는 산책 중'이라는 경고문이 쓰인 안내판이 서 있다. 그 옆에는 마치 록 스타를 둘러싼 팬들처럼 '사랑해요!'나 '내 이름은 아무개예요!'라고 쓰인 플래카드들이 세워져 있거나 걸려 있다. 꽃도 꽤 많은데, 눈썰미가 좋은 사람들은 그 꽃이 모두 조화라는 사실을 알아차릴 것이다.

K시에서 배포하는 팸플릿인 '성녀의 전설'에 따르면 이 조각상은 K시에서 평생을 보냈던 연금술사이자 조각가인 H.C.라는 남자의 작품이다. 직업과 이름, 공방의 위치를 제외하면 이 남자에 대한 기록은 별로 남아 있지 않다. 지금까지 남아 있는 그의 유일한 업적은 성녀이다.

성녀의 존재는 H.C.가 사망한 지 5개월 뒤에 사람들에게 알려졌다. H.C.가 죽자 그의 공방은 그의 딸과 사위에게로 넘어갔는데, 사위는 한동안 공방 구석에 박혀 있던 이 실물 크기의 동상에 별다른 관심을 두지 않았다. 그러다 장례식이 끝난 뒤 5개월 뒤에 우연히 공방을 들른 그가 동상의 위치가 바뀌었다는 사실을 알아차렸다. 장례식 때엔 분명히 구석에 서 있던 동상이 바로

문 앞에서 서서 상체를 구부리고 문손잡이를 향해 손을 내밀고 있었던 것이다. 사위는 처음엔 이게 누군가의 장난이라고 생각했다. 하지만 동상은 단순히 위치만 바뀐 게 아니었다. 자세와 표정도 달랐다. 그렇다면 둘 중 하나다. 누군가가 처음 것을 훔치고 아주 비슷하게 생겼지만 자세가 다른 동상을 만들어두고 갔거나 동상이 진짜로 움직이거나.

사위는 후자가 더 이치에 맞다고 생각했다. 사위는 매일 공방을 들르면서 동상을 관찰했다. 그의 추측이 옳았다. 동상은 천천히 움직이고 있었다. 앞으로 내밀어진 손은 곧 문손잡이를 잡았고 서서히 손잡이를 비틀었으며 결국 문을 잡아당겼다. 그러는 동안 동상의 양발은 스케이트를 타듯 조심스럽게 균형을 잡으며 바닥을 미끄러져 갔다. 한 달이 지나자 동상은 문을 열고 공방을 나섰다.

여러분은 아마도 성녀의 존재를 알아차린 우매하고 어리석은 K시의 시민들이 공포에 질려 온갖 소란을 떨었을 거라고 상상할 텐데, 실제로 있었던 일은 소란과는 거리가 멀었다. K시는 시계와 기계 장난감들로 유명한 곳이었다. K시의 시민들은 성녀가 초자연적인 괴물이 아니라 아주 정교하게 만들어진 자동기계라고 생각했다. 그들은 H.C.의 재능을 예찬하고 여전히 걸음을 옮기고 있는 성녀에게 길을 비켜주었다. 문을 열고 공방을 벗어난 성녀는 한 달에 한 걸음을 내디디며 (정확히 말해 미끄러져 가며) 천천히 걸었다. 2년이 지나자 동상은 공방이 있던 거리에서 벗어났고, 10년이 지나자 운하에 도달했으며, 1세기가 지나자 도시의 중심가에 접어들었다.

K시 사람들은 성녀를 사랑했다. 그들은 성녀의 아름다움과 운하나 건물들을 바라보는 그녀의 꿈꾸는 듯한 표정에 매료되었다. 그 때문에 그들은 가끔 성녀가 길을 건너기 위해 몇 개월 동안 큰길의 교통을 막아도 이해했다. 불편해도 그들은 억지로 성녀의 위치를 바꾸지는 않았다. 망가질까 봐 두려웠고 성녀에게 혼란을 안겨주고 싶지 않았기 때문이다.

성녀가 걷는 동안, 성녀에 대한 철학자들과 과학자들의 의견은 조금씩 바뀌었다. 18세기까지 사람들은 성녀를 정교한 톱니바퀴들의 조합으로 움직이는 자동기계로 이해했다. 하지만 19세기에 열역학과 에너지보존법칙이 알려지자, 성녀의 움직임이 그렇게 쉽게 이해될 수 없다는 것이 밝혀졌다. 단순한 태엽장치 기계가 성녀처럼 수 세기 동안 멈추지 않고 움직일 수는 없는 것이다.

20세기에 들어서자 과학자들은 성녀가 단순한 자동기계가 아니라 주변과 상호작용을 하는 생각하는 기계일지도 모른다고 생각했다. 성녀는 단순히 걷는 게 아니었다. 장애물을 만나면 방향을 바꾸었고 새로운 것을 만나면 시선을 돌렸으며 가끔 가로등이나 교회 벽을 만지려고 손을 내밀었다. H.C.가 이 모든 행동을 사전에 프로그래밍했다고 보긴 어려웠다. 그가 죽은 뒤로 시의 지리와 환경은 꾸준히 바뀌었기 때문이다.

과학자들은 성녀의 구조를 밝히기 위해 꾸준히 노력했지만 성공할 수 없었다. 성녀를 분해할 수는 없었다. 내부 역시 들여다보기 힘들었다. 참고자료가 될 만한 H.C.의 다른 기계들은 남아 있지 않았다. 설계도 역시 존재하지 않았다. 그들은 온갖 이론을 만들었지만 알려진 중세 과학과 그들의 이론을 결합할 수는 없었다.

사람들은 성녀와 대화를 시도했다. 18세기에는 알파벳이 적힌 나무판을 성녀의 시선이 머무는 곳에 세워놓았다. 19세기에는 일종의 그림 사전을 만들어 같은 자리에 놓았다. 1879년, 성녀가 왼손 검지로 아기의 그림이 그려진 부분을 가리켰을 때 사람들은 열광했다. 과연 성녀가 그 그림을 이해했을까? 과연 그 동상에게 아기 그림과 '아기'라는 단어를 결합할 충분한 시간이 주어졌을까?

성녀는 걷는다. 두 차례의 세계대전과 냉전이 진행되는 동안에도 성녀는 걸었다. K시의 시민들은 종종 일어나는 폭격과 난동으로부터 성녀를 보호했다. 제2차 세계대전 중엔 폭격을 막기 위해 철제 보호 상자를 씌우기도 했다. 그 상자는 1943년 가을에 탱크 재료로 재활용되기 위해 벗겨졌고 그 때문에 소련군의 탱크는 성공적으로 성녀의 치맛단을 밟을 수 있었다.

성녀는 지금까지 이 도시에서 481년을 보냈다. 그러나 그건 인간의 달력으로 계산한다면 그렇다는 거다. 성녀의 관점에서 보면 한 달은 1초 정도에 불과하다. 그렇다면 성녀에겐 지금까지 겨우 한 시간 반 정도밖에 시간이 흐르지 않았다는 말이 된다. 성녀는 낮과 밤이 형광등처럼 깜빡이며 흐릿한 회색을 만들어내는 이 텅 빈 침묵의 도시를 어떻게 바라보고 있을까? 그녀를 아끼고 사랑하며 꾸준히 대화를 시도하는 보이지 않을 정도로 빠른 이웃인 인간들에 대해 어떻게 생각할까? 그녀는 우리의 존재를 인식하고 있을까? 그녀는 외로울까? 혹시 같은 시간의 흐름을 공유하는 동료를 원하지는 않을까?

마지막 소원이 사실이라면 그건 곧 이루어질 것 같다. 최근 들어 내 친구인 조각가 A.E가 얼마 전에 흥미로운 프로젝트를 시청에 제출했다. 시청이 승인한다면 그는 성녀와 똑같이 생긴 두 번째 조각상을 만들어 성녀 옆에 세울 것이다. 물론 우린 성녀의 구조를 아직 모르므로 그 조각상은 텅 빈 금속 인형에 불과할 것이다. 하지만 모자라는 기술은 우리가 채워넣으면 된다. 두 번째 인형은 전문 애니메이터들에 의해 조금씩 움직이며 성녀에게 우리의 대변인 역할을 해줄 것이다.

과연 우리는 성녀에게 우리가 사는 미친 세계의 정체를 설명해줄 수 있을까? 성녀는 우리가 만든 새 동반자를 받아들일까? 과연 성녀는 우리에게 그녀의 창조주에 대해 이야기해줄 수 있을까? 아직은 아무도 모른다. 만약 알 수 있게 된다 하더라도 그건 수 세기 뒤의 일일 것이다.

종종 나는 그보다 더 먼 미래의 일을 생각한다. 나는 우리가 세운 문명이 붕괴되고 우리와 만든 도시와 도로들이 빙하기와 간빙기를 번갈아 겪으며 무너져 돌투성이 폐허로 변한 뒤에도 성녀는 K시를 떠돌고 있을 것이라 생각한다. 나는 우리의 태양이 적색거성으로 부풀어 수성과 금성을 집어삼킬 때에도 성녀는 불구덩이로 변한 지구에 남아 붉은 하늘을 바라보고 있을 것이라 생각한다. 나는 그때까지 그녀가 우리와 K시의 기억을 조금이라도 갖고 있기를, 그리고 그 기억이 그녀에게 실낱만 한 의미라도 있기를 바란다.

안개 바다

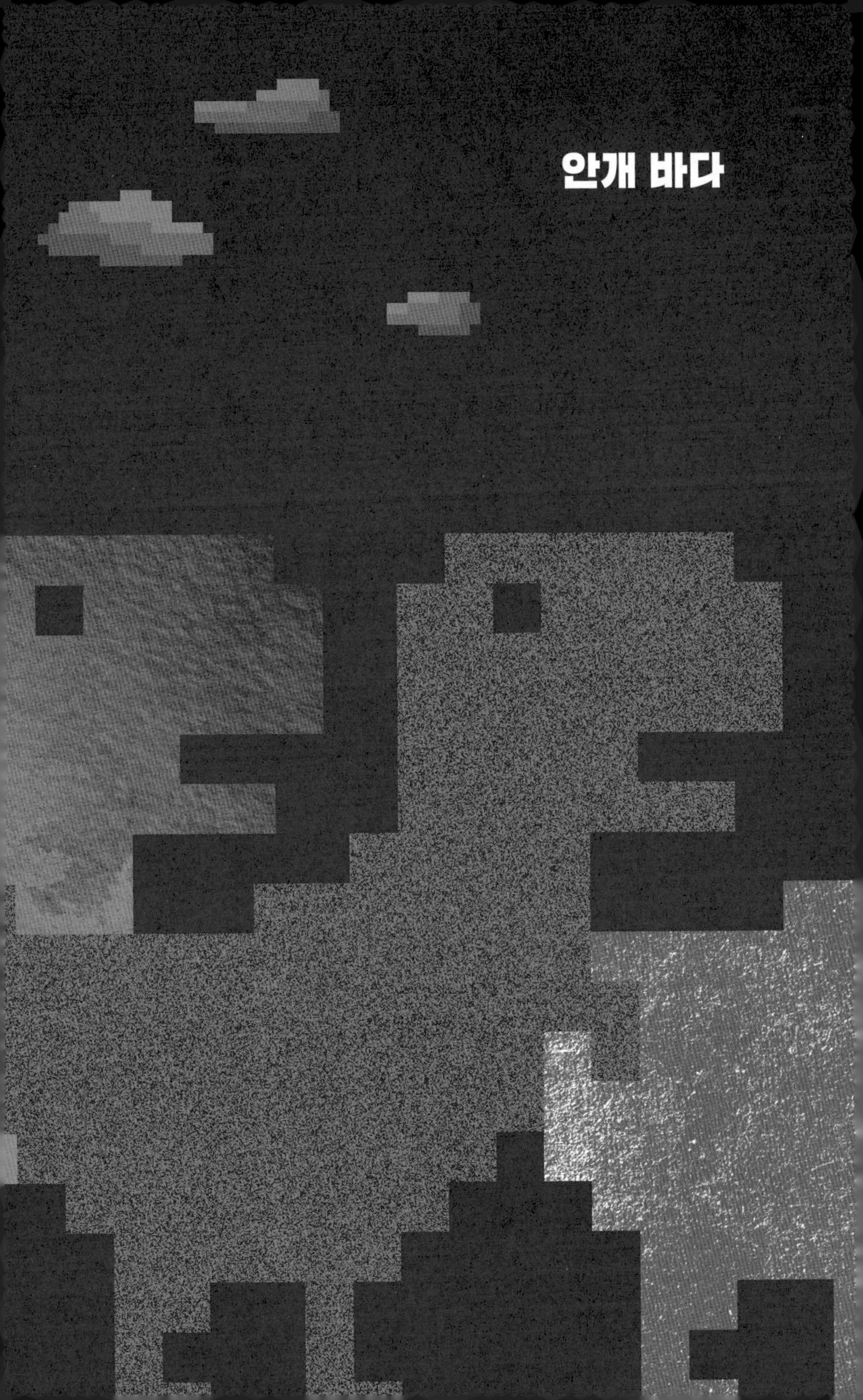

1. 마티아스 볼츠만

열두 명의 독일 남자들과 스무 마리의 말라뮤트 개들이 얇은 얼음 층을 드레스처럼 입은 사파이어 빛 아자니를 타고 한스카 e의 북대륙 해안에 도착한 건 표준력으로 92년 4월 2일 오전 9시 5분이었다. 그곳 시간으로는 정오에 가까웠지만 막 함박눈을 쏟아부을 준비를 하고 있는 컴컴한 구름 때문에 주변은 밤처럼 어두웠다. 바퀴 하나가 부서진 캡슐차가 덜컹거리며 배 속에서 기어 나오자, 아자니는 작별 인사도 없이 바다 저편으로 날아갔다.

남자들과 개들은 모두 마스크를 쓰고 있었지만 언제까지 그럴 생각은 없었다. 지구를 떠나 스코티시 루트를 떠돌아다닌 것도 33년. 링커 바이러스에 의해 변형된 그들의 몸과 면역 체계는 이

정도의 환경은 충분히 감당할 수 있었다. 그들의 고향인 튀빙겐보다 다소 춥기는 했지만 그 정도면 그곳은 고향이나 다름없었다.

그들은 해안에 마을을 만들었다. 다섯 채의 돌집과 그 주변을 둘러싼 돌울타리가 세워졌다. 그들은 마을의 확장을 고려하지 않았다. 그들은 모두 환갑을 넘긴 노인들이었고, 한스카는 여정의 끝이었다. 그들은 그곳에서 뼈를 묻을 생각이었다.

세월이 흘렀고 남자들은 서서히 죽어갔다. 마을이 완성되고 각자에게 독방이 돌아간 다음 날, 수면제 과용으로 자살한 첫 번째 사망자가 나왔다. 넉 달 뒤, 마을 근처 빙하에 얼음 계단을 만들던 남자 한 명이 바다에 빠져 동사했다. 토착 질병에 감염되어 두 명이 죽었고, 다섯 명은 적도 저편에 있을 수도 있고 없을 수도 있는 남쪽 대륙에 간다고 배를 만들어 떠난 뒤 소식이 끊겼다. 한 명은 낚시를 하다 토착 물고기에게 잡아먹혔고, 한 명은 자다가 그냥 죽었다.

오로지 마티아스 볼츠만만 죽지 않았다.

그는 기다리고 또 기다렸지만, 죽음은 일부러 그를 외면하는 것 같았다. 링커 바이러스의 변덕 아래, 그는 세월이 흐를수록 점점 더 젊어졌으며 건강해졌다. 그러나 바이러스들은, 상태가 좋을 때는 더크 보가드를 조금 닮았다는 말을 들었던 그의 젊은 시절 미모까지 재현할 생각은 없는 것 같았다. 회춘 과정을 거치는 동안 그의 골격은 울퉁불퉁해졌고 온몸에 회색 털이 났다. 이제 그는 2미터 20센티미터의 키에 긴 팔과 구부정한 몸을 가진 나무늘보였다.

100년이 흐르고 200년이 흘렀지만, 볼츠만은 여전히 살아 있었다. 그는 여전히 처음 지은 돌집을 차지하고 앉아 바깥세상을 바라보며 구시렁거리고 투덜거렸다. 이제 울타리는 오래전에 사라지고 없었고 그와 친구들이 세운 마을은 인구 50만의 도시 에벨리나의 끝자락에 위치하고 있었다. 한스카에는 이제 400만이 넘는 개들이 살고 있었다. 그들은 두 발로 걸었고 독일어와 영어를 유창하게 구사했다.

그들은 볼츠만의 아이들이었다. 그들의 진화는 링커 바이러스의 장난 중 가장 이해하기 쉬운 현상이었다. 인척 관계에 있는 두 종이 외계 환경에서 격리되자 유전자들의 교환이 이루어진 것이다. 일단 손가락을 가진 이족 생물로의 진화가 이루어지자 그들은 더 이상 볼츠만의 도움이 필요 없었다. 그들의 몸과 정신은 스스로 선택한 방향성을 따라 진화했다. 링커 우주에서 종종 종의 의지는 진화에 직접 반영되었고 진행 속도도 빨랐다. 한스카의 개들이 스스로 도시를 세우기 시작했을 때, 많은 이들이 아직도 네 발로 걸었고 으르렁거리는 소리밖에 내지 못했던 그들의 조상들을 기억했다.

볼츠만과 개들의 관계는 비대칭적이었다. 그는 그의 후손이라 할 수 있는 개들을 격렬하게 사랑하고 증오했으며 그 감정을 심술궂은 무뚝뚝함 뒤에 숨기느라 애를 먹었다. 하지만 그에 대한 개들의 감정은 냉담한 숭배 이상은 아니었다. 그를 존경하고 의

지했지만 그들의 일부로 받아들이지 않았다. 그는 개들에게 건드려서는 안 되는 살아 있는 동상과 같았다.

표준력으로 삼백 살 생일을 일주일 앞둔 겨울 날, 볼츠만은 시청에 가서 1인용 전기선을 신청했다.

"그것 가지고 무얼 하시게요?"

직원이 물었다.

"남쪽에 가려고."

"왜 지금요? 시청에서 생일 파티를 준비 중이라는 것을 아시지요?"

"그런 거 축하해서 뭐하나. 난 남쪽으로 갈 거야."

"설마 자살하실 건 아니시죠? 우린 박사님이 필요해요. 이 행성의 산 역사시잖아요."

"날 도서관 취급 하지 마. 열쇠는 어디 있어?"

그의 신청은 받아들여지지 않았다. 시장을 찾아가 하소연했지만 마찬가지였다. 낙담해 집으로 돌아오자 방위대에서 나왔다는 다섯 마리의 개들이 집 앞에서 그를 맞았다. 삼백 번째 생일 준비를 위해서라지만 그는 그들의 말을 믿지 않았다. 그들은 감시꾼이었다. 말 한마디 잘못했다가 죄수 꼴 나게 생겼다.

그 뒤 며칠 동안 그는 시청에 협조하는 척하며 집에서 얌전히 굴었다. 학교에 나가 연설도 하고 시청 앞에 새로 세워진 조형물에 서명도 했다. 밤이 되면 그는 집으로 돌아가 전에 창고를 만들려다 포기하고 방치해둔 지하실의 굴로 들어가 바깥으로 이어지는 통로를 팠다.

생일 전날 밤, 볼츠만은 감시꾼들이 방심한 틈을 타서 땅굴로 빠져나왔다. 항구로 달려간 그는 구석에 박혀 있던 2인용 낚싯배 하나를 탈취해 남쪽으로 달아났다. 전야제의 불꽃놀이 연습이 시작되었지만 그는 뒤돌아보지 않았다.

2. 마마 케펠

장례식은 시립 쓰레기 매립장에서 열렸다. 에벨리나에서 합법적으로 화장할 수 있는 유일한 곳이었다. 고인은 한스카에서 죽는 다른 개들처럼 수장되기를 바랐지만 그 소원은 받아들여지지 않았다. 그녀는 외계인이었고, 개들은 한스카를 오염시킬 수도 있는 그녀의 유전자가 바다에 그냥 버려지는 것을 용납할 수 없었다.

아무도 마마 케펠이 무슨 병으로 죽었는지 몰랐다. 개들의 생물학 지식은 한스카의 생태계로 제한되어 있었다. 그들은 링커 생태계의 역동성에 대해 아는 바가 별로 없었다. 알아냈다고 해도 별 소용은 없었을 것이다. 마마 케펠은 고작 반나절을 앓았다. 아침까지만 해도 멀쩡하던 사람이 갑자기 체온과 심박수가 떨어지면서 그냥 죽어버린 것이다. 손쓸 시간이 없었다.

매립장 직원들을 제외하면, 장례식에 참석한 개들은 열다섯 명이었다. 세 명은 지금까지 우리를 담당했던 시청 직원들이었고 나머지는 볼츠만 아카데미의 회원들이었다. 수거된 재가 단지에 담겨 나에게 전달되자, 그들은 한 명씩 나에게 다가와 19세기 소설에서나 나올 법한 고풍스러운 영어로 애도의 뜻을 표시했다. 그들 중 한 명은 악수를 청하기까지 했는데, 언제나처럼 나는 그의 손을 제대로 잡아주지 못했다. 거의 같은 모양의 다섯 손가락이 방사형 대칭으로 나 있는 한스카 개의 손은 악수하기가 늘 곤란했다.

단지를 받아들고 매립장을 나서며, 나는 이제 떠날 때가 되었다고 생각했다. 고용주가 죽었으니 더 이상 여기에 있을 이유가 없었다. 개들 역시 내가 그들 곁에 남아 있는 것을 바라지 않았다. 그들은 인간들이 옆에 있는 걸 원치 않았다. 우리는 재림 예수와 같았다. 모두들 기다린다고 말은 하지만 실제로는 아무도 같이 있길 바라지 않는 불편한 존재.

집에 돌아와 유품을 정리했다. 박물관에 보낼 옷가지와 장신구들을 제외하면 남은 게 별로 없었다. 지금까지 마마 케펠이 모은 한스카에 대한 모든 정보는 도서관 큐브 두 개로 충분했다. 한스카의 개들은 조용한 삶을 살았다. 기원담을 제외한다면 그들의 이야기는 단조롭고 지루했다.

한스카로 가는 길을 찾기 전에도 우린 그 사실을 알고 있었다. 크리스티나 뷔히너가 우리에게 가장 먼저 했던 경고가 바로 그것이었다. 고리타분한 개새끼들만 사는 눈과 얼음밖에 없는 곳.

도대체 그런 데에 가서 뭐 하려고 그래요?

그럼에도 불구하고 그녀의 이야기는 마마 케펠을 매혹시켰다. 마마 케펠은 애견가였다. 그리고 우리 시대에 애견가란 단어는 이미 오래전에 링커 우주의 광풍 속에서 소멸해버린 옛 종족의 그림자를 사랑하는 이를 가리킨다. 그런 그녀에게 두 발로 걷고 말하는 개가 나타나 스코티시 루트 외각 어딘가에 개들이 문명을 이루고 사는 행성이 있다고 알려준 것이다.

그녀는 그곳으로 가야 했다. 정말 그곳이 크리스티나가 말한 것처럼 지루한 곳이라 해도 가야 했다. 한스카로 가야만 그녀의 남은 인생은 정당화될 수 있었다. 그녀는 스코티시 루트에서 나름 명성을 떨치고 있던 길잡이인 나를 고용했고, 그 뒤로 그녀는 수많은 아자니와 가르보를 갈아타는 2년의 여행을 견뎌야 했다. 우리가 한스카까지 오는 동안 거쳐야 했던 행성들과 위성들을 다 합치면 184개에 달한다.

한스카에 머무는 8개월 동안 그녀는 행복했을까? 나는 모른다. 한스카의 개들은 우리에게 의미 있는 자유를 거의 주지 않았다. 숙소는 감옥이나 다름없었고 외출 시에는 반드시 마스크와 장갑을 착용해야 했다. 배설물과 기타 분비물 역시 모두 수거해 소각되었음은 말할 필요도 없다. 그러나 그 환경 속에서도 마마 케펠은 언제나 긍정적이었고 밝았다. 장례식에 온 개들은 그냥 예의를 차리기 위해서 온 것이 아니었다. 그들은 진짜로 죽은 친구에게 작별인사를 하고 싶었다. 다른 종들에 대한 그들의 감정은 결코 동료 개들에 대한 감정과 같지 않았지만 그래도 그만하면 충분히 깊었다.

나는 소파에 걸터앉아 도서관에 저장된 마마 케펠이 남긴 미완성 원고를 읽었다. 겨우 8개월 동안 일기 쓰듯 작성한 책이었지만 길이는 『전쟁과 평화』에 맞먹었다. 내용은 또 어떤가. 마마 케펠은 처음부터 논리 정연한 보고서 따위는 쓸 생각도 없었나 보다.

책의 시작부터 보자. 볼츠만이나 크리스티나 뷔히너 대신, 그녀가 도입부를 열기 위해 선택했던 건 그녀의 일흔여섯 번째 생일 파티였다. 그 생일 파티는 열한 번째 생일 파티를 회상하기 위한 문에 불과했고 그 열한 번째 생일 파티는 첫 번째 애완동물에 대한 추억을 끌어내기 위한 또 다른 문에 불과했다. 그러다 책은 애완동물이라는 존재에 대한 철학적 탐구로 넘어가는데, 웬만한 프랑스 장편소설 한 권 분량이 끝날 때까지 한스카나 볼츠만의 이름은커녕 개라는 단어도 등장하지 않는다. 아니, 나오긴 한다. 하지만 직접 언급되는 대신 이들을 암시하는 막연한 단어들이 라이트모티브처럼 문장 사이에서 희미하게 떠돌 뿐이다. 이 단어들은 크리스티나 뷔히너가 그녀의 세계에 등장하면서 갑자기 한자리에 모여 트럼펫처럼 울려 퍼진다.

그 뒤로는 내가 직접 목격한 이야기들이 나와 스토리를 따라가기는 조금 쉬워졌지만 정작 독서는 점점 더 힘들었다. 마마 케펠은 단순한 현실을 그대로 책에 담을 생각 따위는 한 적도 없었던 모양이다. 그녀의 뇌를 거친 모든 것은 미화되고 추화되고 과장되었다. 나는 파리로 망명한 도도한 20세기 러시아 귀족처럼 그려진 크리스티나 뷔히너의 묘사에 기겁했고, 클린트 이스트우드를 표절한 게 분명한 말 없고 터프한 길잡이가 나라는 사실을 알아차리고 배꼽이 떨어져 나가라 웃었다.

부정확한 책을 썼다고 마마 케펠을 비난할 생각은 조금도 없다. 그녀는 자신의 관점에서 세상을 봤고, 그걸 자신의 책에 반영한 것뿐이다. 그리고 또 그게 진짜가 아니면 어떠랴. 지금은 다윈과 비글호의 시대가 아니다. 아무도 여행자들로부터 객관적인 지식 따위를 기대하지 않는다. 모든 발견은 개인적인 경험이고, 사람들은 이런 책에서 실제 지식보다 그 지식을 전달하는 태도를 더 중요시한다. 하긴 우리가 한스카에서 무엇을 배우겠는가? 두 발로 걸어 다니는 개들이라는 점을 제외하면 한스카의 개들은 그냥 평범하다. 링커 우주의 다른 모든 존재들처럼.

3. 조피 모차르트

조피 모차르트 시장은 그냥 날 잡아 저녁이나 한 끼 같이 먹자고 했지만, 그건 결코 말만큼 간단한 행사가 아니었다. 나는 개들로부터 격리되어야 했지만 그들은 그 때문에 내가 불편하길 바라지 않았기 때문에 내가 앉는 쪽 테이블 절반을 덮는 유리 상자를 만들어야 했다. 유리 상자 안에 갇힌 채 상자 밖에 있는 다섯 마리의 개들과 예의 차린 대화를 나누며, 꼭 치펜데일 의자에서 잘라낸 다리 한 짝처럼 보이지만 알고 보면 토착 물고기인 생물의 고기를 썰고 있노라면, 마마 케펠이 마르셀 프루스트만큼이나 좋아했던 지구 시트콤 〈겟 스마트〉의 한 장면에 빠진 것 같은 착각이 든다. 그럼에도 불구하고 나는 웃을 수가 없다. 예의 때문이 아니라, 나 역시 이 상황의 일부이기 때문이다.

개들이라고 했지만, 사실 한스카의 개들은 개보다는 의인화한 곰에 더 가까워 보인다. 말하는 직립 동물로 진화하는 동안 그들의 팔과 다리는 굵어졌고 몸과 얼굴은 동그랗고 짧아졌으며 꼬리는 거의 자취를 감추었다. 몸의 어떤 부분은 개도 인간도 곰도 닮지 않았다. 방사형 대칭으로 난 손가락도 그렇고 미키마우스 귀처럼 끝이 동그랗게 갈라진 혀도 그렇다. 사실 더 이상 그들을 개라고 불러야 할 이유도 없다. 이미 유전적으로 그들은 새로운 종이기 때문이다.

그들과 나눈 대화 내용은 대부분 예상했던 대로였다. 마마 케펠이 죽었으니 당신은 더 이상 여기에 있을 필요가 없다. 물론 더 머물고 싶다면 시에서는 최대한 협조를 해줄 것이다. 하지만 과연 그럴 필요가 있을까? 우리는 당신이 떠나도 마마 케펠의 소중한 기억을 간직할 것이니 그 점은 걱정하지 않아도 된다. 디저트가 나올 무렵엔 이야기가 조금 더 구체적이 되었다. 하지 축제 다음 날, 과학선 한 척이 에벨리나를 떠난다. 배는 보름 안에 남극

해안에 도착할 것이고, 그들은 당신을 남극에 있는 올리비에 옆에 내려주고 당신이 아자니를 타고 한스카를 떠날 때까지 보호해줄 것이다. 구체적인 날짜와 명칭들을 제외하면 모두 내가 며칠 동안 씹고 있었던 생각과 거의 일치했기에, 나는 별생각 없이 그들의 제안을 받아들이겠다고 했고, 그들은 안심한 것 같았다.

식사를 마치고 유리 상자에서 나오려는데, 갑자기 조피 시장이 나의 손목을 잡았다. 예외적인 일이었다. 마스크와 장갑을 착용했을 때에도 그들은 나와 접촉하는 걸 좋아하지 않았다. 그녀는 뭔가 할 이야기가 있었다. 무언가 사적이고 은밀한. 내가 눈치가 빨랐다면 저녁식사 초대를 받았을 때부터 알아차렸을 것이다. 이미 정해진 일을 통보하는데, 굳이 이렇게 불필요한 예의를 차릴 필요가 있겠는가.

"개인적으로 부탁할 것이 하나 있습니다."

조피 시장이 말했다.

나는 주변을 둘러보았다. 이미 다른 개들은 조용히 자리를 감추고 없었다. 어색했다. 나는 지금까지 한스카 개와 단둘이 방 안에 있었던 적이 없었다. 그들은 늘 두 명 이상이었고 내 옆에도 마마 케펠이 있었다.

"받아들이지 않으셔도 상관없습니다. 하지만 저에겐 중요한 일이고 도움을 주실 분이 필요합니다."

"무슨 일인가요?"

"제 딸 빌리를 함께 데리고 가주셨으면 합니다."

"남극에요?"

"아뇨. 바깥 세계로요. 우주로요."

나는 놀랐다. 우선 난 지금까지 조피 모차르트에게 딸이 있다고는 생각한 적도 없었다. 그녀는 모차르트 팩의 여성 베타였다. 당연히 애 따위는 없을 것이라 생각했다.

이를 설명하기 위해서는 한스카 행성의 시스템이 어떻게 돌아가는지에 대한 간략한 설명이 필요하다. 마마 케펠이라면 이 정보들을 100페이지에 걸쳐 서서히 스토리 안에 스며들게 했겠지만 나에겐 그런 잔재주를 부릴 여력이 없다.

아마 여러분은 내가 시장을 모차르트 시장이 아닌, 조피 시장이라고 부른 걸 이상하게 생각했을 것이다. 기만적일 정도로 철저하게 독일 문화를 모방한 예스러운 고유명사들에도 불구하고, 한스카 개들의 사회는 옛 지구인들과 다르다. 그중 가장 눈에 뜨이는 것은 '팩' 문화이다. 조피 모차르트를 모차르트 시장이라고 부르는 건 무의미하다. 모차르트는 '패밀리 네임'이 아닌 '팩 네임'이고, 조피 시장이 속한 모차르트 팩은 에벨리나 시정부 고위직 3분의 1을 차지하고 있기 때문이다. 아까 나와 함께 저녁을 먹었던 개들도 모두 모차르트들이었다. 시청의 누군가를 모차르트라 부르는 것은 의미가 없다.

한스카 개들의 70퍼센트는 팩에 속해 있다. 이들은 다섯 명에서 백 명 사이의 개들이 모인 집단으로 어느 정도는 가족이기도 하고 어느 정도는 특정 직업으로 묶인 그룹이기도 하다. 혈통보다 직업적 연대가 더 중요하다. 이들은 선거를 할 때도 한 마리의 개 대신 팩을 뽑는다. 조피 모차르트가 시장 역할을 하고 있는 것도 그녀가 선거로 뽑힌 모차르트 팩의 여성 베타이기 때문이다.

왜 알파가 아닌 베타인가. 여기에 대해서도 추가 설명이 필요하다. 보통 팩은 혼성 집단이지만 아닐 때도 있다. 모차르트 팩의 경우는 여성 팩이었다. 그런데 여성 팩의 경우는 팩 내부의 정치가 조금 복잡하다. 여성 알파가 가정이나 임신과 관련된 모든 것을 통제하고 관리하는데, 그러는 동안 정작 팩의 목표에 충실하지 못한 경우가 발생하기 때문이다. 고로 대부분의 경우 여성 알파는 팩의 가사 문제에 집중하고 2인자인 베타가 직업 전선에서 리더를 맡는다. 그리고 베타는 대부분 알파에게 경의를 표시하기 위해 아기를 낳지 않는다. 물론 이건 절대로 지켜야 할 무언가는 아니고 예외도 있다. 하지만 난 지금까지 조피 시장이 그 예외라고 생각한 적이 없었다. 그녀는 자신에게 그런 예외를 허용할 개처럼 보이지 않았다.

"저랑 가고 싶어 합니까?"

나는 조심스럽게 물었다.

"모르겠습니다. 하지만 나는 그 애를 보내야 합니다. 그 애도 그걸 알고 있어요."

"아니, 왜요?"

"그 애는 당신과 같으니까요. 남녀추니입니다. 일주일 전에 의사가 확인했습니다."

그녀는 '남녀추니'라는 고풍스러운 단어를 음식을 씹듯 꼼꼼하게 발음했다. 욕처럼 들렸다.

무슨 사정인지 이제야 알아차릴 수 있었다. 시장의 딸은 돌연변이이기 때문에 추방당하는 것이었다. 그 돌연변이의 성격이 무엇인가는 중요하지 않았다. 크리스티나 뷔히너가 그랬던 것처럼. 크리스티나의 경우는 이유가 뭐였더라? 맞아, 다른 꿈을 꾼다고 했다. 여덟 살짜리 강아지였던 크리스티나는 자기가 꾼 꿈에 대해 팩의 다른 개들에게 이야기했고, 어른들은 그녀를 병원에 데려갔다. 뇌 분석이 끝나자, 그들은 소녀의 기형적인 뇌가 만들어낸 꿈에 다른 개들이 감염되어서는 안 된다고 판단하고 그녀를 올리비에가 있는 남극으로 보냈다. 그 꿈이 무엇이었는지 크리스티나는 단 한 번도 나에게 이야기해준 적이 없었다.

유전적 정체성에 대한 한스카 개들의 집착은 볼츠만이 달아나고 개만의 세상이 열렸을 때부터 시작되었다. 개들은 자신이 개라는 사실을 자랑스럽게 여겼고 다른 무언가로 변하는 것을 두려워했다. 이미 한 번의 진화 과정을 기억하고 있기 때문에 더 그랬을지도 모른다. 그들은 순종 개의 혈통을 관리하는 교배전문가처럼 스스로를 엄격하게 관리했다. 단지 지금과 같은 극단적인 선택을 해야 할 경우는 극히 적었다. 돌연변이 때문에 고향을 떠난 한스카 개의 수는 지금까지 400명도 되지 않았다. 적어도 그들의 기록에 따르면 그랬다.

그리고 빌리 모차르트의 증상이 사실이라면 그들이 진짜로 염

려할 만한 문제이긴 했다. 그들은 처녀 생식과 양성체의 가능성을 두려워했다. 그럴 만도 했다. 링커 우주가 돌연변이 괴물들의 번식장이 된 이유가 무엇인가. 나는 그들이 나보다 마마 케펠을 더 편하게 받아들였던 것도 어느 정도 그 때문이었다고 믿는다. 마마 케펠은 진짜 여자였다. 그녀의 고향이었던 실바누스 행성에서는 그게 오히려 기형이고 장애였지만.

나중에 나는 다른 모차르트들 중 한 명으로부터 조피와 빌리 모차르트의 과거사를 들을 수 있었다. 그녀는 상하이라는 요리 전문 팩 출신이었고 지난 10년 동안 필사적인 노력을 거쳐 모차르트 팩의 베타 자리를 차지할 수 있었다고 한다. 빌리는 그녀가 조피 상하이였던 시절에 얻은 아이였다. 나는 태어났을 때부터 모차르트였던 상대방에게 이런 일화가 어떤 의미로 다가오는지 알아내려 시도했지만, 돌아온 건 예의 차린 미소뿐이었다.

4. 빌리 모차르트

빌리 모차르트와 내가 볼츠만 항에 도착한 건 오전 4시 15분이었다. 새벽 3시에 일어나야 했던 아이는 차 안에서 계속 졸았고, 차에서 나올 때는 굴러떨어질 뻔했다. 한스카력으로 열두 살이라고 했으니 표준력으로 열한 살 정도다. 아이는 특별히 이상해 보이지 않았다. 나에게 한스카 강아지들은 다 귀엽게 보였고, 어떤 모습이 그들 세계에서 더 예뻐 보이는지 알지 못했다. 시장은 우리에게 배정된 선실까지 따라 들어왔고 나는 모녀의 작별을 위해 자리를 양보해주었다. 울음소리 같은 것은 들리지 않았다. 그녀는 정확히 5시 50분에 배에서 내렸다. 6시 정각에 배가 출발했을 때, 그녀는 엉거주춤한 자세로 배를 외면하고 서서 발톱으로 바닥을 긁고 있었다.

아이는 침대에 누워 잠을 청했고 나는 짐을 정리했다. 대부분 내 것이었다. 아주 추울 때나 더울 때를 제외하면, 한스카 개들은 옷을 거의 입지 않았다. 그 애의 물건은 몸 전체를 덮는 방한복 한 벌과 얼음 조끼 한 벌, 장갑 세 벌, 작은 강아지 인형, 그리고 아이의 이니셜 W.M.이 인쇄된 작은 양철 상자가 전부였다. 나는 상자를 가볍게 흔들어보았다. 조약돌처럼 작고 묵직한 것들이 부딪히는 소리가 났다.

아이와 지내는 것은 예상보다 쉬운 일이었다. 엄마를 부르며 울어대는 강아지를 상대하느라 고생할 각오를 단단히 하고 있었지만, 내 새 룸메이트는 그 정도 감정은 조절할 수 있었다. 아이는 우울하고 피곤해 보였지만, 자신의 감정을 노출시켜 주변 개들을 불편하게 만들 생각은 없어 보였다. 한스카에서 강아지로 사는 건 그렇게 즐거운 일이 아니다. 그들은 팩 안에서 자신이 어떤 계급에 속하는지 안다.

다른 세상으로 가면 아이는 어떻게 될까. 나는 전혀 계획이 없었다. 링커 우주에는 거의 무한에 가까운 기회가 있다. 아이는 양

부모를 만날 수도 있으며, 시설에 들어갈 수도 있고, 크리스티나 뷔히너를 만날 수도 있다. 미리부터 걱정할 필요는 없었다. 링커 우주에는 늘 여분의 자리가 있었다.

아이는 선실 안에 있는 동안 대부분 책을 읽었다. 책은 주로 바다에 대한 것이었다. 어느 행성의 어떤 바다여도 상관하지 않았다. 충분한 양의 액체만 모여 있으면 아이는 그곳에 매료되었다. 책을 읽지 않을 때엔 배 이곳저곳을 돌아다니며 바다가 보이는 모든 창을 확인했다. 바다는 아이의 마음앓이를 치료해주는 것처럼 보였다.

가끔 아이는 나에게 바깥 세상에 대해 물었다. 나는 크리스티나 뷔히너에 대해 이야기했고 약간의 허풍을 섞어가며 링커 우주의 다양성을 묘사했다. 나는 바다에 대해서도 많은 이야기를 했다. 산화철로 붉게 물든 실바누스 c의 바다, 안나 카레니나 b의 제1위성 내부벽에 원심력으로 붙어 있는 수은 바다, 살로메 h의 암모니아 바다. 그밖에 내가 직접 보지 못하고 이야기만 들었던 수많은 바다.

내 이야기가 끝나면 그녀는 한스카의 바다에 대해 이야기했다. 그녀는 한스카 바다 생태계와 관련된 온갖 이야기를 알고 있었다. 그녀는 그 이야기의 사실 여부에 대해서는 관심이 없었다. 이야기 자체의 재미가 가장 중요했다. 마마 케펠이 살아 있었다면 거대한 바다괴물들과 침몰한 고대 문명의 유적들이 빼곡하게 깔린 아이의 바다를 얼마나 좋아했을까.

다윈 생태계 시절의 고생물학 증거들을 고려해보면, 한스카의 토착 고대 문명이나 바다괴물들은 존재할 가능성이 그리 높지 않았다. 후자는 링커 생태계에서 충분히 발생할 수 있었지만, 지난 몇백 년 동안 이들 중 사진에라도 찍혀 은서(隱棲)괴물의 영역에서 벗어난 종은 기껏해야 너덧 정도에 불과했다. 나머지는 지구의 바다괴물들처럼 그냥 상상 속의 존재들처럼 들렸다. 한스카 개들은 우주로 나가지 않는 대신 상상력을 통해 가상의 우주를 바닷속에 투영하는 것 같았다.

나중에 보다 자세히 이야기하겠지만, 빌리 모차르트가 나에게 들려준 괴물 이야기는 허구가 아니었고 그 때문에 우리는 상당한 곤경에 처하게 된다. 그러나 그것은 빌리가 나에게 들려준 환상적인 이야기들이 사실이라는 말은 되지 않는다. 살다 보면 종종 현실 세계가 이미 상상력을 통해 만들어놓은 환상 세계의 영역과 충돌하는 경우가 있다. 이는 우리의 상상력의 한계를 입증할 뿐, 그 허구의 세계가 사실이라는 뜻은 아니다.

5. 올드 섀터핸드

올드 섀터핸드는 배수량 300톤의 과학선이었다. 승무원은 열일곱 명이었고 이들은 모두 수라바야 M이라는 팩에 소속된 남자들이었다. 여자들로 구성된 수라바야 F는 에벨리나에 있는 해양 연구소에서 일했다. 이들은 춘계 발정기 때와 1년에 네 번 있는 계절 축제일을 제외하면 거의 만나지 않았다. 수라바야는 비교적 젊은 팩이었다. 아무리 나이를 많이 잡아도 한스카력으로 이백 살 미만이다. 한스카의 개들이 유럽계 팩 네임만을 고수하지 않게 된 것이 200년 전이었다.

올드 섀터핸드의 주 업무는 북극 대륙 주변의 해양 생태계를 주기적으로 파악하는 것이었다. 식량의 80퍼센트를 수산자원에 의존하는 한스카에서 이것은 중요한 일이었다. 가끔 시정부는 추가비용을 지불하며 이들에게 다른 임무를 맡겼다. 그럼 그들은 적도나 남극까지도 갔다. 적도를 넘는 건 태어날 때부터 털 코트를 두텁게 입은 한스카 개들에게 힘겨운 일이었다.

한스카에는 북극과 남극 대륙밖에 없다. 개들은 북극 대륙 해안가에만 살고 북극 대륙의 4분의 1 크기인 남극은 손도 대지 않는다. 링커 기계들의 방해 때문에 북반부와 통신이 불가능한 남반부는 그들에게 전혀 다른 세계다. 추방자들을 제외하면 오로지 과학자들과 지도 제작자들, 역사학자들만이 그곳에 간다.

다른 개들은 그렇다고 쳐도 왜 역사학자인가. 그들은 볼츠만 학자들이었다. 아직도 그들은 남반부 어딘가에 볼츠만이 남긴 무언가가 있을 것이라 믿었다. 볼츠만 일생의 모든 것을 배우고 익히는 것은 그들에게 중요했다. 이들에게는 볼츠만학이라는 것도 있었다. 그렇다고 그들이 볼츠만을 미화하거나 신격화했던 것은 아니었다. 그들은 볼츠만을 있는 그대로의 사람으로 보려고 노력했다. 그의 단점, 실수, 범죄들은 아무런 변호 없이 그대로 폭로되고 전시되었다. 그의 모든 면은 그들에게 중요했다. 종종 그들은 "왜 볼츠만은 잉게 숄 행성에서 동료들의 커피를 훔쳤는가?"와 같은 주제를 놓고 진지한 토론을 벌이기도 했다. 올드 섀터핸드에는 볼츠만학자가 없었다. 그러나 그들 모두 조금씩 볼츠만학자이기도 했다. 모두가 볼츠만의 실종에 대해 자기 의견이 있었고 그 의견을 고수하기 위해 주먹질과 물어뜯기도 불사했다. 그건 한스카에서 종교와 가장 비슷한 것이었다. 아마 축구에 더 가까울지도 모른다.

나는 지금까지 한스카에서 수캐만의 무리를 본 적이 없었다. 늘 여자와 남자가 반반이었거나 여자들이 많았다. 도시 행정은 대부분 여자들의 몫이었다. 열일곱 명의 수캐가 모여 으르렁거리는 광경은 낯설었다.

수컷 무리의 가장 특이한 점은 그들의 언어생활이었다. 그들은 욕을 했다. 그렇다고 그들이 지구인의 욕을 그대로 따라했다는 것은 아니다. 인간들의 욕은 그들에게 별 의미가 없었다. 그것은 그들에게 차갑고 부조리한 시에 불과했다. 그들은 늑대어로 욕을 했다. 늑대어는 그들이 조상들로부터 물려받은 개의 언어로, 거의 모든 어휘가 그들의 유전자에 각인되어 있었다. 올드 섀터핸드는 인간 언어 사이사이에 섞인 으르렁거리는 늑대 외침으로 시끄러웠다. 비록 그 대부분이 아무런 의미가 없다고 해도 한밤중에 자다가 선실에서 그 소리를 들으면 오싹했다.

하루 이틀이 지나는 동안 나는 배의 분위기를 조금씩 파악할 수 있었다. 올드 섀터핸드는 결코 행복한 작은 집이 아니었다. 수라바야 M은 안에서부터 조금씩 금이 가고 있었다.

겉으로 드러난 이유는 선장인 아우구스투스 수라바야가 화가 날 정도로 게으르고 무능력한 개라는 사실이었다. 적어도 그게 선원들의 의견이었다. 그가 아직도 수라바야 팩에서 알파 자리를 차지하고 있는 건 순전히 에벨리나 시정부의 고위층과 연결된 정치적 연줄 때문이었다. 선장과의 인맥 덕택에 팩에 들어온 지 2년 만에 부선장 자리를 차지한 베타인 지그프리트 수라바야의 인기는 선장보다 더 나빴다.

선원 대부분이 미는 실질적인 알파는 발데마르 수라바야였다. 그는 몸집도 크고 성격도 좋았으며 인기도 많았다. 유일한 단점은 야심이 없다는 것이었다. 왜 그는 정식으로 선장에게 도전해서 알파의 자리를 차지하지 않는가? 선원들은 불만이 컸다. 나로서는 그를 충분히 이해할 수 있었다. 어차피 실제적인 알파인데, 아우구스투스가 알파 자리에 있을 때 팩이 누릴 수 있는 혜택을 포기해야 할 이유는 없다. 하지만 다른 승무원들의 계산은 그보다 단순했다. 무슨 일이 있어도 발데마르는 알파가 되어야 했다.

한밤중에 들려오는 으르렁거리는 늑대 소리도 대부분 이 주제와 관련된 말싸움이었다. 분란의 내용을 알고 나자, 나는 더 겁이 났다. 시청 직원들은 수컷들만 있는 팩에서는 별별 일들이 다 일어난다고 경고했었다. 그럼에도 불구하고 그들은 우리에게 올드 섀터핸드를 지정해줄 수밖에 없었다. 에벨리나 시청이 징발할 수 있는 과학선들 중 남극까지 갈 수 있는 배는 올드 섀터핸드 하나밖에 없었다.

그나마 안심이 되는 것은 배 안에서 우리가 무슨 일을 목격해도 그들이 우리를 제거할 이유가 없다는 것이다. 우린 우주로 가는 여행객이었다. 다시 돌아와 그들이 저지른 짓을 에벨리나 시정부에 알릴 가능성은 없었다. 그리 안심이 되는 생각은 아니었지만, 그래도 무슨 일이라도 터지면 난 당장 이 논리부터 꺼낼 생각이었다.

6. 아델베르트 에스트레야

일주일 동안 올드 섀터핸드는 느긋한 속도로 남쪽을 향해 내려갔다. 배의 진행 방향은 비스듬한 활 모양으로 굽어 있었는데, 이는 우리가 적도와 북극 대륙 사이를 이지러진 원 모양을 그리며 도는 바슬러 해류를 타고 있었기 때문이었다. 올드 섀터핸드는 적도에서 바슬러 해류에서 벗어나 비슷한 모양으로 남반부를 도는 퀼러 해류를 타고 남해로 내려갈 계획이었다. 우리가 가는 길은 바다 위에 깔아놓은 자동 주로나 다름없었다.

적도는 한스카의 생태계를 둘로 갈라놓고 있었다. 링커 진화는 북해와 남해에서 전혀 다른 방향으로 진행되고 있었다. 남반부가 링커 기계들의 영토라는 시정부 연합의 선언에도 불구하고 개들이 꾸준히 배를 보내는 것도 그 때문이었다. 그들은 자기 세계 저편에서 무슨 일이 일어나고 있는지 알아야 했다.

남쪽으로 내려갈수록 날은 따뜻해졌지만, 이 변화를 환영하는 건 사막 행성 출신인 나밖에 없었다. 개들은 섭씨 22도까지만 올라가도 투덜거리며 에어컨을 틀었고 열사병에 걸릴까 봐 얼음조끼를 입었다. 그래봤자 날씨가 25도 이상으로 올라가는 일은 거의 없었다. 기대했던 열대의 태양은 구름 속에 묻히기 일쑤였고 툭하면 안개가 꼈다.

우리가 아델베르트 에스트레야를 구출한 곳도 그 안개 속이었다.

당시 나는 발데마르 수라바야와 함께 빌리 모차르트가 나에게 이야기해준 괴물들에 대해 토론 중이었다. 우리는 몸길이 50미터에 열 개의 긴 촉수를 가진 바다뱀 비슷한 괴물 모락이 링커 진화를 통해 발생할 수 있는 가능성에 관한 이야기를 나누었다. 배에서 벌어지는 모든 폭력적 난투극의 원인임에도 불구하고 발데마르는 같이 있으면 편안한 말 상대였다. 그는 태풍의 눈처럼 늘 고요하고 평안했다.

우리의 토론이 정점에 도달했을 때, 갑자기 배의 경적 소리가 들렸다. 경적은 그냥 소리를 내는 대신 늑대어로 노래를 했다. 그리고 나의 귀에 그 늑대어는 수라바야 팩이 으르렁거리며 질러대는 다른 늑대어보다 훨씬 명료하고 정확하게 들렸다. 멈춰, 조심해, 주변에 뭔가가 있어.

나는 갑판에 붙어 주변을 살폈다. 아무것도 보이지 않았다. 하지만 나보다 훨씬 예민한 코와 귀를 가진 개들은 무언가를 감지한 듯했다. 나는 귀에 모든 신경을 집중하고 눈을 감았다. 한참을 기다리니 파도 소리 사이로 무언가가 들려왔다. 늑대어 구조 신호였다. 안개 속의 누군가가 우리의 존재를 알아차리고 살려달라고 외치고 있었다.

배는 천천히 소리 나는 방향으로 갔다. 잠시 뒤 타원형 모양의 보트가 보였다. 보트는 검은 그물로 덮여 있었고, 그 사이로 개 머리 같은 것이 삐죽하게 나와 있는 것이 보였다. 우리를 목 놓아 부른 바로 그 개였다. 보트에 가까워지자, 강한 식초 냄새가 확 올라왔다.

두 명의 승무원이 아래로 내려가 생존자를 구출해 올라왔다. 위에서도 말했지만, 그 생존자의 이름은 아델베르트 에스트레야였다. 에스트레야는 수라바야처럼 해양학자 팩이었지만 전공은 조금 달랐다. 그들은 이틀 전까지만 해도 적도에서 400킬로미터 밑에 떨어진 바흐만 해연이라는 곳에서 독자적인 생태계를 이루고 사는 심해어류들을 연구하고 있었다. 그럼 지금 그들의 동료들은 어디에 있는가. 아델베르트는 그를 제외한 모두가 죽었다고 했다. 왜? 괴물들 때문이었다. 그들이 타고 있던 배를 침몰시킨 것도 괴물들이었다.

"모락인가요?"

누구가가 물었다.

"한 종류가 아니었습니다."

그가 대답했다.

"제가 확인한 것만 해도 세 종이 넘었어요. 모두 처음 보는 것들이었습니다. 고래처럼 생긴 것도 있고 지구의 공룡들처럼 생긴 것도 있었지요. 하나는 거의 50미터가 훨씬 넘어서 처음엔 기네스가 제작한 잠수정인 줄 알았습니다. 하지만 모두 생물이었어요. 제가 타고 온 보트를 조사해보시죠. 녀석들의 체액과 피부조직 일부가 남아 있습니다."

"그 괴물들이 그냥 배를 공격했단 말입니까?"

"네. 이유고 뭐고 없었습니다. 바다 깊숙한 곳에서 헤엄쳐 올라오더니 그냥 배에 몸을 박아버리더군요. 우린 이런 일에 전혀 대비되어 있지 않았습니다. 그냥 당할 수밖에 없었어요. 배는 30분 만에 침몰했고 살아남은 승무원 대부분은 물고기 밥이 되었습니다. 전 운이 좋았어요."

차가운 공포가 배를 덮쳤다. 한스카 개들은 바다괴물 이야기를 좋아했다. 하지만 외딴 바다에서 진짜 그런 바다괴물들과 싸우다 간신히 살아남은 개의 이야기를 직접 듣는 것은 사정이 달랐다. 올드 섀터핸드는 낡은 배였고 에스트레야 팩과 함께 바흐만 해연에 가라앉은 로도스보다 특별히 더 튼튼할 것도 없었다. 이런 일은 언제든지 그들에게도 일어날 수 있었다.

곧 사실 확인 작업이 시작되었다. 보트는 끌어올려졌고 거기서 긁어낸 샘플은 연구실로 보내졌다. 아델베르트는 괴물들을 찍은 영상과 사진 파일도 갖고 있었다. 달 없는 밤에 찍은 것이라 화질은 끔찍한 수준이었지만 그래도 그들을 공격한 괴물의 존재를 확인하는 것은 어렵지 않았다.

개들은 식당 안에 모여 으르렁거리기 시작했다. 이제 어떻게 할 것인가. 에스트레야 팩에게 닥친 일을 그냥 희귀한 재난이라 생각하고 계속 전진할 것인가. 아니면 남해의 괴물들이 개들에게 선전포고를 했다고 받아들이고 북으로 달아날 것인가. 나에게 후자는 다소 유난스러운 반응처럼 느껴졌다. 하지만 이 토론에는 기존의 팩 정치가 개입되어 있었다. 선장과 베타가 전자를 지지하는 순간, 선원들은 당연히 후자를 지지하는 입장이 된 것이다. 중간에 발데마르가 나서 선장의 입장을 지지해주지 않았다면 정말 후자 쪽이 승리를 거둘 수도 있었다. 전자와 후자의 투표 차는 겨우 한 장밖에 되지 않았던 것이다.

투표가 끝나자 선원들은 모두 투덜거리면서 자기 자리로 돌아갔다. 식당에 남은 건 선장과 베타뿐이었다. 뒤에서 구경하고 있던 나와 빌리가 선실로 돌아가기 위해 식당을 나섰을 때 베타는 선장의 어깨에 손을 얹고 뭐라 위로를 하고 있었다. 수라바야 팩 멤버들의 혐오와 증오를 공유하지 않는 나에게 그런 그들의 모습은 그냥 딱해 보였다.

나는 그 뒤로 그들의 살아 있는 모습을 다시 볼 수 없었다.

7. 발데마르 수라바야

다음 날 아침 8시가 되어서야 수라바야의 개들은 선장과 베타가 실종되었음을 알아차렸다. 처음에는 아무도 거기에 대해 신경 쓰지 않았다. 하지만 점심시간이 될 때까지 그들의 소식이 들리지 않자, 다들 뭔가 잘못되었다는 생각을 하기 시작했다. 그들은 배를 뒤졌지만 아무런 성과도 얻을 수 없었다. 올드 섀터핸드는 이제 선장 없는 배였다.

배의 분위기는 이상해졌다. 분명 아무도 선장과 베타를 좋아하지 않았다. 며칠 전까지만 해도 수라바야 팩의 개들은 그들을 죽이기라도 할 것처럼 으르렁거렸다. 하지만 정말로 선장과 베타가 사라지자 그들은 우왕좌왕하기 시작했다. 만약 누군가가 공개적으로 두 개를 죽였다면 좋았을 것이다. 하지만 그들이 맘 편하게 받아들이기엔 모든 게 너무 애매모호했다. 그들은 사고로 죽었는가? 자살이었는가? 아니면 살인이었는가? 공개적으로 드러난 살인자를 받아들이는 것은 누군가가 살인자일지도 모르는 상황을 견디는 것보다 훨씬 쉽다.

해결책은 단 하나. 새로운 알파를 뽑아 그에게 이 모든 고민을 넘기는 것이었다. 만장일치로 발데마르 수라바야가 공식적인 알파 겸 선장으로 당선되었다. 그는 모든 임무를 마치고 집으로 돌아갈 때까지 취임식을 열지 않겠다고 선언했고 임무 수행과 관련된 재투표의 요청을 거절했다. 우리는 계속 남극 대륙으로 갔다.

나와 빌리는 선실에 박혀 선장과 베타의 운명에 대한 가설들을 만들며 시간을 보냈다. 가장 인기 있는 용의자는 역시 발데마르 수라바야였다. 팩의 알파 자리를 차지하기 위해 개들은 종종 온갖 끔찍한 일들을 저질렀다. 발데마르 역시 그러지 말라는 법이 있는가? 단지 아무리 생각해도 그의 성격이 걸렸다. 어떻게 봐도 그는 살인이라는 귀찮을 일을 저질러가며 알파 자리를 차지할 개처럼 보이지 않았다. 오히려 발데마르를 추종하는 선원들 중 한 명이 독자적으로 일을 저질렀을 가능성이 컸다. 그렇다면 그건 누구인가. 여기서부터 우리의 가설은 멈추었다. 더 이상 이야기를 끌어가기엔 우린 다른 선원들에 대해 아는 게 너무 없었다.

이제 올드 섀터핸드는 퀼러 해류를 타고 있었다. 날은 점점 차가워졌고 그와 함께 해류 주변의 안개도 짙어졌다. 우리가 적도에 오기 전에 이미 거쳐온 북해의 안개는 남해의 안개에 비할 바가 아니었다. 안개는 거의 회색 벽돌담처럼 단단해 보였다. 전에도 이곳에 수십 번은 왔을 나이 든 선원들도 이런 날씨에 불안해하는 것 같았다. 그들의 예민한 청각과 후각은 불안 해소에 어떤 도움도 되지 않았다. 오히려 지나치게 많은 정보는 불필요한 상상력을 자극했다. 물소리, 정체불명의 동물들이 내는 신음 소리, 바람 소리. 그리고 그 모든 것들이 내는 고유의 냄새들. 보통 때 같으면 자연스러운 환경의 일부였을 이 정보들은 이제 괴물처럼 그들에게 다가왔다.

퀼러 해류를 탄 지 사흘째 되던 날 발데마르에게 불길한 소식이 전달되었다.

해류가 엉뚱한 방향으로 가고 있었다.

이미 배는 원래 항로에서 100킬로미터 정도 이탈해 있었다. 발데마르는 항로를 바로 잡으라 명령하고 상황 파악에 나섰다. 그러나 그들이 사태를 파악하기 위해 할 수 있는 것은 거의 없었다. 오래전에 링커 기계들의 통신 방해 지역에 접어든 그들은 이제 위성과 접속할 수도 없었고 북반부의 시정부와 무선 연락을 할 수도 없었다. 그들이 할 수 있는 것은 주변 환경으로부터 최대한의 정보를 얻는 것이었다.

그들이 지금까지 알아낸 것은 단 하나. 안개의 원인이었다. 해수면의 온도가 평상시보다 차가웠다. 의미 있는 결론을 내기엔 지나치게 막연한 정보였다. 하지만 그곳이 올리비에의 영토라는 점을 생각하면 의지할 만한 가설이 생긴다. 링커 기계들은 거기서 뭔가를 하고 있었고 그 결과 대규모의 환경 변화가 일어났음이 분명하다. 퀼러 해류가 방향을 바꾸고 해수가 차가워진 것도 그 때문일 거다. 해수가 차가워졌다는 건 주변 얼음이 녹고 있다는 뜻으로, 온난화의 증거이기도 하다. 링커 진화 폭발이 일어나기 딱 좋은 환경인 것이다. 다시 말해 로도스를 침몰시킨 괴물들이 갑자기 바다 어디에서 튀어나온다고 해서 조금도 이상할 건 없다는 말이다.

이 정도면 다시 북반부로 돌아가자고 주장하는 개들이 나올 법도 했다. 하지만 올드 섀터핸드의 분위기는 이전보다 상대적으로 평온했다. 불안과 공포는 커졌지만 의견 일탈은 없었다. 발데마르가 알파의 자리에 오른 뒤로, 팩의 구성원들은 정신적으로 안정되어가고 있었다. 그들 모두가 발데마르의 충성스러운 추종자들이었던 것은 아니며, 선장과 베타 실종 사건에 대한 의혹이 사라진 것도 아니었다. 그들이 원한 건 발데마르가 아니라 팩의 안정이었다. 다들 알파로 인정하는 리더가 알파가 된 것만으로 그들은 만족했다. 한스카 개들에게 신화화된 개들의 헌신적 충성 같은 걸 기대할 수는 없었다. 그들은 언제나 차가울 정도로 현실적이고 기회주의적이었다.

올드 섀터핸드는 이전의 항로를 되찾았지만 상황은 특별히 달라지지 않았다. 그들이 되찾은 것은 지리적 좌표뿐이었다. 남해는 이제 그들에게 낯선 곳이었다. 맛도, 냄새도, 소리도, 모양도 달랐다. 그리고 안개는 그 어느 때보다도 짙었다.

한번은 거대한 그림자가 날개를 펄럭이며 배를 훑고 지나갔다. 선원들은 비명을 질렀지만, 나중에 허탈해져 웃어버렸다. 그건 잠시 남극 대륙의 올리비에를 떠나 몸을 풀러 나온 아자니였다. 아자니일 수밖에 없었다. 남해의 링커 바이러스가 아무리 변덕을 부린다고 해도 그 지역에서 그렇게 거대한 비행 동물이 태어날 수는 없었다. 그때 운 나쁘게 갑판 위에 있었던 선원들은 그날 내내 동료들의 놀림감이 되었다.

다음 날에는 거대한 바다괴물이 배를 향해 달려들었다. 비상

경적이 울리고 온갖 무기들을 든 선원들이 갑판으로 달려 나왔지만 그 괴물의 정체는 거대한 한스카 고래였다. 평균보다 컸지만 플랑크톤을 걸러 먹고사는 순한 동물이었다.

안개 바다를 지나는 동안 선원들은 계속 이런 일을 겪었다. 그들은 안개 너머에서 미지의 괴물을 보고 공포에 질렸지만 알고 보면 그것은 그들이 이미 알고 있는 무언가였다. 이런 소동들이 일으키는 반복적인 긴장과 허탈감 때문에 선원들은 점점 예민해져갔다.

올드 섀터핸드에서 가장 편안해 보이는 개는 빌리 모차르트였다. 그 애는 이 모든 걸 그녀의 이야기책 속에 나오는 모험처럼 받아들이는 모양이었다. 아이는 배 이곳저곳을 돌아다니며 사진을 찍고 소리를 녹음하고 모든 것을 자기 수첩에 기록했다. 그리고 선실에 돌아와서는 허먼 멜빌의 『모비 딕』을 읽었다. 아이는 우리가 직접 겪는 일과 소설책 속의 이야기를 꼼꼼하게 비교하며 그 접점을 찾았다. 아무리 노력해도 에이허브 선장과 대응하는 개를 찾을 수가 없자, 그녀는 노골적으로 실망했다.

『모비 딕』의 비유를 연장한다면 발데마르 수라바야는 에이허브가 아닌 스타벅이었다. 그는 이성적이고 신중했으며 불필요한 모험을 피했다. 하지만 올드 섀터핸드는 포경선이 아니었고, 이 새로운 바다에서 무엇이 우리를 맞아줄 것인지는 아무도 몰랐다. 이를 생각해보면 그의 이성이나 신중함은 아무짝에도 쓸모가 없었던 셈이다. 어차피 배가 괴물들을 맞을 운명이라면 선장이 에이허브이건 스타벅이건 다를 게 없었다.

8. 괴물들

괴물들의 첫 흔적은 부석들이었다.

수천 개는 되어 보이는 회색 돌들이 올드 섀터핸드 앞에 떠 있었다. 지름이 1미터에서 2미터 정도 되는 이 물체들은 가볍고 구멍투성이였으며 복숭아씨 비슷한 모양을 하고 있었다. 가끔 병에 걸린 한스카 고래가 몸에서 이런 돌을 만들어 하나씩 토해내곤 한다. 하지만 저렇게 큰 돌들이 저렇게 많다면 도대체 병에 걸린 고래들이 얼마나 많았다는 것인가. 이는 그들이 아직 모르는 전혀 다른 종류의 생명체의 부산물임이 분명했다.

부석들을 가로지르자 이번엔 물 위에 떠 있는 섬과 같은 것이 우리를 맞았다. 가까이서 보니 섬은 침몰한 배의 잔해를 얼기설기 엮은 모양을 하고 있었다. 해초와 같은 것이 그들을 하나로 묶고 있었고 주변에는 반쯤 부푼 반투명한 풍선들이 매달려 있었다. 안에 살아 움직이는 것은 보이지 않았다. 처음엔 다들 이것이 기네스의 장난감이 아닌가 생각했다. 하지만 그렇게 보기엔 만듦새가 조악했다. 결정적으로 여기엔 어떤 기능성도 느껴지지 않았다. 그냥 순전히 금속 조각들을 묶어 바닷물에 띄우는 것만이 유일한 목적 같았다.

세 번째로 우리를 맞은 것은 거대한 동물의 사체였다. 그 동물의 크기는 길이가 60미터 정도 되어 보였으며 지금까지 발견된 가장 큰 한스카 고래보다 10미터 정도 길었다. 사체에서 남아 있는 것은 머리에서부터 꼬리 끝까지 이어진 등뼈와 끝에 비정상적일 정도로 길어 보이는 손가락이 붙은 왼쪽 지느러미와 꼬리뿐이었다. 보고 있는 동안 사체는 갑자기 꼬리부터 쑤욱 바닷물 속에 들어갔다가 잠시 뒤에 튀어나왔다. 꼬리 살점이 떨어져 나가고 없었다. 둥그런 몸통에 가는 꼬리를 가진 길이 15미터쯤 되는 무언가가 사체 밑을 헤엄치고 있었다.

"여기 뭔가 있긴 있나 보군 그래!"

누군가가 말했다.

선원들은 늑대어로 웃음을 터트렸다. 그들은 이전보다 한참 밝아 보였다. 괴물들을 직접 보는 것이 그들을 상상하는 것보다는 나았다. 갑자기 솟아오른 아드레날린 때문인지 그들은 서로를 주먹으로 툭툭 치거나 목이나 어깨를 가볍게 물면서 농담들을 주고받았다.

"주목해라."

발데마르는 선원들 앞에 서서 말했다.

"이제 남극 대륙까지는 320킬로미터밖에 남지 않았다. 전속력으로 가면 자정까지 충분히 도착할 수 있는 거리다. 물론 우린 그렇게 급하게 갈 필요는 없다. 밑에 무슨 괴물들이 있건 녀석들을 일부러 자극할 필요는 없으니까 말이다. 어차피 뒤로 빼기엔 너무 늦었다. 남은 거리만이라도 겁먹지 말고 제대로 가자.”

대단한 의미가 있는 연설은 아니었지만 승무원들은 환호했다. 하긴 내용 따위는 상관이 없었다. 중요한 건 그 연설을 하는 발데마르의 밝고 태평한 태도였다. 알파가 책임감 있는 태도를 보여주자 선원들은 그에 동조해 일사불란하게 움직였다. 아우구스투스가 알파였던 시절엔 선원들에게서 이런 열의를 느껴본 적이 없었다.

나와 빌리 그리고 아델바르트 에스트레야만이 이 흥분 속에서 소외되어 있었다. 발데마르는 우리의 리더가 아니었고 올드 섀터핸드에서는 우리의 역할이 없었다. 무언가를 하고 싶다고 해도 그들의 팩 안에 끼어들 수는 없었다. 그들의 결속력이 커질수록 우리는 짐이 되었다.

선원들이 이리저리 바쁘게 뛰어다니는 동안, 우리는 식당 구석에 모여 이른 저녁을 먹고 차를 마셨다. 차를 마시면서 아델베르트 에스트레야는 지금의 현상에 대한 자신의 의견을 들려주었다. 그는 이를 링커 바이러스를 타고 다른 종에게 전염될 수 있는 일종의 거인증으로 파악했고, 그것이 어떻게 가능한지 설명했다. 가설은 타당하게 들렸다. 하지만 그의 목소리에는 학자의 열정이 느껴지지 않았고 논리 전개는 즉흥적이었다. 순전히 이야기를 이어가기 위해 아무 생각이나 만들어내는 것 같았다.

나는 이상하다고 생각했다. 누군가가 바다괴물들에게 잡아먹힐 뻔했다가 간신히 구출되었는데, 다시 괴물들에게 잡아먹힐지도 모르는 위기에 빠진다면, 아델베르트처럼 말하고 행동하지는 않을 것이다. 그들은 겁을 먹거나, 화를 내거나, 열광할 것이다. 하지만 아델베르트는 그냥 바다괴물들에게 관심이 없어 보였다. 보다 정확하게 말하면 아직 내가 모르는 무언가에 더 관심이 쏠려 있는 것 같았다.

그런데 도대체 올드 섀터핸드에 배를 침몰시킬 수도 있는 거대한 괴물들보다 흥미로운 것이 뭐가 있던가? 올드 섀터핸드는 그냥 평범한 과학선이었다. 대단한 기밀도, 특별한 연구 과제도 없었다. 그나마 뭔가 신기한 게 있다면 아마 이 행성 유일의 외계인인 나일 것이다. 하지만 나에게 별 관심이 없는 건 분명했다. 그렇다면 이 배에서 그에게 괴물들보다 흥미로운 것은 무엇일까.

그때 나는 그의 시선이 빌리에게 쏠리는 것을 보았다. 밖에서 선원들의 고함 소리가 들리고 내가 잠시 등을 돌렸을 때였다. 다시 고개를 돌리는 순간, 나는 그가 빌리와 눈을 마주쳤다가 죄라도 지은 것처럼 다시 찻잔에 시선을 떨구는 것을 보고 말았다. 몇 분의 몇 초밖에 안 되는 짧은 순간이었지만 잘못 본 것은 절대로 아니었다.

나는 시치미를 뚝 떼고 계속 차를 마시면서 내가 다른 행성에서 보았던 거대한 바다괴물들에 대해 이야기했다. 대부분 사실이었지만 이야깃거리가 떨어질 것 같으면 책에서 읽은 내용을 바탕으로 적당히 지어내기도 했다. 어차피 그는 내가 하는 이야기가 얼마나 사실인지 확인할 수도 없었다. 확인할 수 있다고 해도 별 관심은 없었으리라. 무언가 다른 것이 그의 머릿속을 지배하고 있었다.

다시 고함 소리가 들렸다. 이번엔 쿵 하는 진동음과 함께였다. 무언가 거대한 것이 올드 섀터핸드를 스치고 지나간 것이다. 나는 일어나 갑판으로 올라갔다. 빌리도 함께였다. 오로지 아델베르트만 식당 안에 남아 있었다.

우리가 식당에 있는 동안 주변은 완전히 바뀌어 있었다. 안개는 반쯤 걷혀 있었고 주변 바다는 괴물들로 가득 했다. 어떤 것은 거대한 해파리 같았고 어떤 것은 거대한 상어 같았다. 어떤 것은 거대한 수룡처럼 긴 목을 갖고 있었고 어떤 것은 거대한 달팽이 같았다. 어떤 것은 벨벳 래빗 f의 토끼 괴물처럼 머리에 토끼 귀 모양의 지느러미를 달고 있었으며, 어떤 것은 노스트로모 b의 진흙 괴물처럼 물고기를 납작하게 누른 모양을 하고 있었다. 아까 우리 배를 스치고 지나간 것은 몸에 자잘한 섬모가 잔뜩 달린 불가사리처럼 생긴 괴물로, 배에 한 방 먹인 것으로 임무를 다했다고 생각했는지 온몸의 힘을 빼고 서서히 물속으로 가라앉고 있었다.

"다른 행성에서도 이런 광경을 본 적 있습니까?"

발데마르가 외쳤다.

"저런 것들이 저렇게 모여 있는 건 처음 봐요."

나는 솔직하게 대답했다.

"그래도 비슷한 사례는 있겠지요?"

"네, 저도 읽고 보기는 했지요. 한스카는 크루소처럼 차단된 행성이 아니니까, 올리비에 주변에 이런 식으로 진화 폭발이 일어날 가능성은 얼마든지 있어요."

"링커 기계들이 직접 조작했을 가능성은 어떻습니까?"

"저도 모르죠. 여기서 생물학자는 제가 아닐 텐데요?"

발데마르는 컹컹 소리 내어 웃으며 반대쪽 갑판으로 사라졌다. 그 역시 호기심 때문에 물은 건 아니었다. 자신의 고향에서 이렇게 멋진 일들이 일어난다는 걸 우주여행자인 나에게 확인시키고 싶었을 뿐이었다.

이제 올드 섀터핸드의 개들은 노래를 부르고 있었다. 지금까지 들은 늑대어 노래들 중 가장 합창에 가까운 것이었다. 단지 그들은 이미 작곡된 노래를 부르는 게 아니었다. 열다섯 마리의 늑대들이 자기감정을 담아 멋대로 시작한 노래들이 자연스럽게 형성된 합창 안에 하나씩 통합되고 있었다. 그와 함께 올드 섀터핸드의 움직임도 점점 유연하고 자연스러워졌다. 배는 하나의 생명체라도 되는 것처럼 부드럽게 괴물들 사이를 누볐다.

개들은 즐거워 보였지만, 나는 그렇지 못했다. 그들의 노래는 나에게 어떤 영향도 끼치지 못했다. 나는 올드 섀터핸드의 컴퓨터에 동기화시킨 내 수첩을 확인했다. 얼핏 보기에 괴물들은 굳이 배를 따라오지 않는 것처럼 보였지만, 배를 둘러싼 2킬로미터 지름의 괴물 원은 여전히 이전 모양을 유지하고 있었다. 배는 남극 대륙으로부터 150킬로미터 정도 떨어져 있었다. 벌써 반 넘게 온 셈이지만 지금 같은 속도로 오늘 안에 도착하는 것은 불가능했다. 그렇다면 몇 시간이나 걸릴까. 열 시간? 열한 시간? 만약 남극 대륙에 도착한다고 해도 우린 안전할 수 있을까? 링커 진화가 바닷속에서만 일어나고 있다고 어떻게 확신할 수 있는가. 이런 괴물들이 지난 몇 년 동안 폭발적으로 태어났다면 육지에서도 온갖 종류의 부조리한 괴물들이 우리를 기다리고 있을 가능성도 컸다.

대책을 세워야 했다. 수라바야 팩의 개들은 각자 알아서 살 길을 찾을 것이다. 하지만 빌리 모차르트는 내 몫이었다. 어떻게든 최악의 상황에 대비할 수 있도록 머리와 손을 맞추어야 했다.

나는 주변을 둘러보았다. 빌리는 보이지 않았다. 갑판 위에 아이가 없다는 것을 확인한 나는 다시 계단을 타고 배 안으로 들어갔다. 아이를 찾아 식당으로 가던 나는 중간에 멈추어 섰다. 복도 저쪽에서 빌리의 희미한 목소리가 들려오고 있었다. 나는 벽에 붙어 서서 귀를 기울였다. 그리고 나는 아이가 누군가에게 말하는 마지막 문장을 듣고 말았다.

"그럼 아저씨가 선장님을 죽인 거예요?"

9. 돌연변이들

대답은 들리지 않았다. 하지만 지금 빌리 모차르트와 이야기를 나누는 상대가 누구인지 알아내기 위해 굳이 머리를 굴릴 필요는 없었다. 올드 섀터핸드에서 팩에 속하지 않은 자, 지금 배 이곳저곳에서 늑대어로 노래를 부르지 않는 자는, 빌리와 나를 제외하면, 단 한 명뿐이었다.

"그럼 부선장님도?"

이번엔 대답이 들렸다. 역시 아델베르트 에스트레야였다.

"그래."

"하지만 왜요?"

"방해가 되었으니까. 녀석들이 살아 있었다면 결코 여기까지 오지도 못했을걸."

"하지만 왜요? 두 분은 찬성했잖아요."

"그러니까 안 되는 거지. 너도 보지 않았니. 간신히 투표에서 이기긴 했지만, 조금이라도 일이 틀어졌다면 이 바보 같은 개들은 선상 반란을 일으키고 북쪽으로 올라갔을 거야. 이런 경우를 내가 한 번만 봤는지 아니? 선장과 부선장이 없어졌기 때문에 우리가 여기까지 올 수 있었던 거란다."

"그건 이유가 안 돼요."

"그럼 네가 지금 고향에서 쫓겨나는 건 이유가 되나? 네가 무엇을 잘못했어? 남자 노릇도 할 수 있는 여자애라는 거? 그게 뭐 어때서. 그리고 네 유전자가 그렇게 쉽게 확산될 수 있을 것 같아? 말도 안 되지. 한스카엔 8000만 명이 넘는 개들이 살아. 그중 1만 분의 1, 아니 2만 분의 1만 있어도 종은 그대로 유지돼. 너의 유전자는 바닷물 속의 티끌만큼도 영향을 주지 않는다고. 이유 없는 공포 때문에 쓸데없이 깔끔을 떨고 있는 거지."

"그럼 아저씨는 뭐가 잘못된 건데요?"

한동안 침묵이 흐르더니 빌리의 순진무구한 탄성이 들렸다.

"아하!"

나는 아델베르트의 기형이 무엇인지 궁금하지 않았다. 뭔가 육체적이고 쉽게 숨기고 있다가 어린애 눈앞에서 꺼내 자랑할 수 있는 것이겠지. 나는 그의 본명도 궁금하지 않았고 그가 어떻게 행성에서 추방되지 않고 지금까지 남반부에서 버틸 수 있었는지도 궁금하지 않았다. 중요한 건 그의 계획이었다. 그는 로도스에서 저질렀던 것과 같은 일을 올드 섀터핸드에서도 하고 있는 게 분명했다. 순진한 난파자인 척 위장했다가 자기를 구조해 준 배를 침몰시키고 선원들을 몰살한 뒤, 남반부에서 무슨 일이 일어나는지 은폐하는 것이다. 물론 영영 그럴 수는 없을 것이다. 남쪽에 보낸 배들이 계속 사라진다면 북반부에서도 눈치를 챌 테니까. 하지만 그의 태도를 보아하니 영원히 그럴 생각은 없는 것 같았다. 비교적 짧은 기간 안에 한스카의 운명을 바꿀 뭔가 거대한 일이 일어날 것임이 분명했다.

그렇다면 나는 무엇을 해야 하는가. 나의 임무는 그 아이를 바깥 우주로 데려가는 것이다. 지금까지 나는 그 임무가 얼마나 옳은 일인지 생각한 적 없었다. 여기엔 내가 모르는 대안이 있을 수도 있다. 아델베르트 에스트레야나 그가 속해 있는 무리에 아이를 맡기는 것도 그중 하나일 수 있다. 그가 집단 살인자임은 확실해 보이지만 전쟁이란 원래 그런 것이 아닌가. 여기서 중요한 건 아이의 입장이었다. 수라바야 팩에게 별다른 애정을 느낄 수 없었던 나에게 이건 진짜 고민되는 문제였다.

고민은 빌리가 째지는 목소리로 비명을 지르는 순간 싱겁게 끝나버렸다. 나는 소리가 나는 쪽으로 달려갔고 반대쪽에서 달려오는 빌리와 마주쳤다. 그녀를 쫓아 달려오던 아델베르트 에스트레야는 나를 발견하자 딸꾹질 비슷한 소리를 내더니 뒤를 돌아 달아났다. 짧은 순간이었지만 나는 그의 양미간에서 뱀처럼 생긴 무언가가 튀어나와 꿈틀거리는 것을 보았다. 나로서는 그것의 기능이 뭔지 확신할 수 없었지만 무척 음란해 보였다. 내가 아이를 안고 추스르는 동안 복도 저편에서는 아델베르트가 질러대는 늑대어의 고함이 메아리와 함께 들렸다. 그것은 자신감의 선언이었고 복수의 맹세였다.

나는 복도 끝에 달린 경적 신호기로 달려갔다. 뚜껑을 열고 키보드를 꺼낸 나는 내가 아는 늑대어를 총동원해 문장을 입력했다. 내부. 외부인. 침략. 주의. 위기. 마지막 문장을 치자 올드 섀터핸드의 경적은 웡웡거리며 내가 입력한 문장을 노래했다.

경적 소리가 세 번 반복되자, 그에 맞추어 지금까지 계속 들렸던 수라바야 팩의 노래가 바뀌었다. 이제 그것은 경고와 사냥의 노래였다. 쿵쿵거리는 발자국 소리가 들렸고 서너 마리가 우리가 있는 복도로 내려왔다. 나는 아델베르트의 이름을 외쳤고 그들은 그것만으로 모든 상황을 이해한 것 같았다.

나는 빌리와 함께 선실로 달려가 문을 잠그고 수첩으로 상황을 파악했다. 여덟 명의 개들이 선실 안팎에서 아델베르트 에스트레야를 쫓고 있었다. 괴물들은 여전히 배 주변을 맴돌고 있었다. 파도는 점점 거칠어졌고 안개는 걷혀갔다. 별다른 연관성이 없어 보이는 몇 가지 일들이 동시 진행되면서 미지의 한 점을 향해 달려가고 있었다. 교향곡 마지막 악장이 클라이맥스를 향해 질주하는 걸 듣는 기분이었다. 마스트 꼭대기로 달아난 아델베르트 에스트레야의 외침이 수첩의 스피커를 통해 울려 퍼졌을 때, 나는 우리가 바로 그 클라이맥스에 도달했음을 알았다.

"보아라! 들어라! 경배하라!"

그는 이렇게 외쳤던 것이다.

"이 바보 같은 개새끼들아! 너희들의 세계는 이제 끝장났어! 마티아스 볼츠만 박사님이 오셨다!"

10. 마티아스 볼츠만 (다시)

나는 다시 갑판으로 올라갔다. 빌리도 나를 따라 올라왔지만 나를 그녀를 막을 수가 없었다. 아델베르트가 어디를 가리키고 있는지 물을 필요도 없었다. 반 이상의 선원들이 선미에 몰려 있었다. 나는 난간을 잡고 그들이 가리키는 쪽을 바라보았다.

파도 속에서 무언가 거대한 동물이 그보다 훨씬 거대한 등 위에 올라타 있었다. 밑에 있는 괴물은 중간 크기의 한스카 고래였고 그 위에 탄 괴물은 키 8미터 정도의 누런 원숭이처럼 보였다. 이 행성의 중력권 안에서는 직립보행이 거의 불가능한 크기이다. 원숭이의 몸은 빽빽하고 굵은 털로 덮여 있었고, 짧은 다리에 비해 팔은 비정상적으로 길었다. 원숭이는 한스카 고래의 등지느러미를 잡고 천천히 올드 섀터핸드를 향해 다가왔다. 그가 우리의 코앞까지 다가왔을 때 나는 내가 박물관과 책의 사진으로 익숙한 얼굴을 보고 있음을 알아차렸다. 그는 마티아스 볼츠만이었다. 남극 대륙에서 몇백 년의 세월을 죽지 않고 버텨오는 동안 그는 지금 우리가 보는 킹콩과 같은 괴물로 진화했던 것이다.

이상한 일은 아니었다. 한스카가 개들의 행성이 된 뒤에도 의미 있는 남극 대륙 탐험은 거의 이루어지지 않았다. 남극 대륙은 북극 대륙보다 훨씬 살기 힘겨운 곳으로 알려져 있었지만 그건 추정에 불과했다. 1년에 한두 번 정도 남반부에 역사학자와 과학자들을 보내는 것으로 알아낼 수 있는 것은 그리 많지 않다. 그리고 그곳은 올리비에의 영역이다. 무엇이든 일어날 수 있는 곳이란 말이다.

볼츠만은 울었다. 그것은 늑대어도 아니었고 지구인의 언어도 아니었다. 그것은 단순히 천둥처럼 요란한 소음에 불과했다. 세월이 흐르는 동안 그는 말을 하는 방법을 잊어버린 걸까? 아니면 더 이상 말을 할 의욕을 느끼지 않게 된 것일까? 저 거대한 두개골 안에는 과연 이성이라는 것이 들어 있을까?

"저길 봐요!"

발데마르가 외쳤다. 그의 손가락은 고래 등에 올라탄 볼츠만 박사가 아닌, 그 주변을 가리키고 있었다. 우리가 볼츠만의 거대한 모습에 정신이 팔려 있는 동안 작은 동물들이 볼츠만의 주변에 몰려오고 있었다. 처음에는 하얀 물개 비슷한 동물처럼 보였다. 하지만 자세히 보니 그것들에겐 직립보행 생물의 긴 팔다리가 있었고, 손끝과 발끝에는 손가락과 발가락처럼 보이는 돌출물들이 붙어 있었으며, 직접 만든 가죽 가방 같은 것을 등에 짊어지고 있었다. 그들은 노래를 하고 있었다. 늑대어와 비슷했지만 보다 낮고 쩌렁쩌렁하며 복잡한 노래였다.

"이제 알겠군요. 아델베르트 에스트레야가 무엇을 보호하려 했는지."

내가 말했다.

"아시겠어요? 저들은 개들이에요. 저 물개들뿐만 아니라 우리 주변에 몰린 괴물들 대부분이 당신들의 친척이지요. 지난 수백 년간 당신들이 추방해왔던 돌연변이들의 후손인 겁니다. 저들은 아자니를 타고 하늘로 간 게 아니라 볼츠만의 보호 아래 남극에서 살았던 거예요. 그리고 볼츠만이나 아자니를 타고 온 다른 링커 바이러스의 영향을 받아 꾸준히 링커 진화를 했겠죠. 그러다 최근 몇십 년 동안 폭발적인 진화가 일어난 겁니다. 어떤 것들은 공룡이나 상어 같은 괴물들이 되고, 다른 어떤 것들은 저 물개

같은 종족으로 진화했겠죠. 그러면서도 서로를 엮어주는 하나의 집단을 형성했음이 분명해요.

아이러니컬하지 않습니까? 당신들은 종족의 순수성을 보존하기 위해 돌연변이들을 추방했어요. 8000만이나 되는 전체 인구를 생각해보면 전혀 쓸모없는 일이었지요. 하지만 바로 그 쓸모없는 일 때문에 남반부에서 지구 포유류의 후손들이 온갖 방향으로 진화하기 시작한 겁니다. 저들은 앞으로도 맹렬하게 번식하고 진화할 거예요. 아마 몇 세기만 지나면 북반부 개들의 인구수를 뛰어넘을 걸요. 저렇게 갑자기 개체 수가 늘어난 것이 신기하지 않습니까? 저들은 오래전에 자웅동체가 되었거나 처녀생식으로 아기를 낳기 시작했을 겁니다. 흔한 일이지요. 당신들의 방식으로는 결코 저들과 경쟁하지 못해요. 물론 종의 순수성도 끝이지요. 한스카 토착 생물들과는 달리 저들의 유전자는 전염성이 있으니까요!"

나는 마스크를 벗었다. 어이가 없었다. 처음부터 아무짝에도 쓸모없다는 것은 알고 있었지만 지금 와서 이것을 계속 쓰고 있는 건 코미디였다. 나는 마스크를 집어 던지고 크게 숨을 쉬었다. 바다에서 올라오는 짜고 비릿한 냄새가 콧구멍 속으로 파고들었다.

볼츠만이 탄 고래가 올드 새터핸드를 들이받았다. 나와 발데마르는 그 충격으로 넘어져 계단 입구까지 굴렀다. 멀리서 비명 소리가 들렸다. 마스트에 매달려 있던 아델베르트가 바닷물 속으로 떨어진 것이다. 그가 이 괴물의 러시아워에서 제대로 살아남기는 어려워 보였다.

발데마르는 다시 일어났다. 그는 스피커를 잡고 늑대어로 노래를 불렀다. 그것은 지도자의 노래였다. 점점 그에 복종한다는 의미의 다른 노래가 그의 노래에 화음을 넣었고 올드 섀터핸드는 다시 움직이기 시작했다. 배는 우리를 따라잡으려는 수많은 괴물의 틈 사이로 맹렬히 질주했다. 괴물들이 앞길을 막을 것 같으면 전기포를 쏘았다. 올드 섀터핸드의 무기는 이제 풀가동되고 있었다.

나는 선미에 붙어 여전히 우리 뒤를 쫓아오는 볼츠만을 바라보았다. 그는 왼손을 우리에게 휘두르고 있었다. 인사처럼 보이기도 하고 만류처럼 보이기도 하고 협박처럼 보이기도 했다. 아무 의미가 없을 수도 있었다. 그냥 손이 심심해 흔들고 있는 것일 수도 있지 않겠는가. 하지만 맹렬한 속도로 우리를 향해 달려오는 물개들은 사정이 달랐다. 그들의 목표는 단순하고 이해하기 쉬웠다. 그들은 배 위에 올라 우리를 죽이려 하고 있었다. 이제 맨눈으로도 그들이 들고 있는 무기들을 구별할 수 있었다. 그것들이 나나 빌리의 몸에 닿을 생각을 하니 소름이 쫙 끼쳤다.

나는 빌리를 찾았다. 아이는 계단 입구 옆의 난간을 꽉 잡은 채 쪼그리고 앉아 있었다. 나는 아이의 손을 잡고 계단 아래로 뛰었다. 선실에서 도서관 큐브가 든 가방과 아이의 보물 상자를 챙긴 우리는 2인용 비상탈출캡슐이 있는 선미의 밀폐실로 달려갔다. 밀폐실의 문손잡이는 사슬과 자물쇠로 고정되어 있었지만,

둘 다 허술해 보였다. 벽에 고정된 소화기를 뜯어 서너 번 내리치자 사슬이 끊어져 나갔다. 나는 아직도 자물쇠가 달려 있는 손잡이를 돌려 밀폐실의 문을 열고 안으로 들어갔다. 아이가 들어오자 나는 다시 자물쇠를 반대로 돌려 문을 닫았다. 이기적이라거나 비겁하다는 생각은 들지 않았다. 어차피 갑판에는 탈출 보트들이 걸려 있다. 비상탈출캡슐은 VIP를 위한 것인데, 여기서 우리가 아니면 누가 VIP란 말인가.

나는 아이를 캡슐 안에 밀어 넣고 안에 들어가 문을 잠갔다. 발사를 위해서는 선장의 암호가 필요했고, 수첩으로 그 암호를 깨는 데엔 3분 정도가 소요되었다. 암호가 풀린 뒤에도 우리는 계속 캡슐 안에 머물러 있었다. 탈출은 올드 섀터핸드가 회생 불가능해지는 순간까지 뒤로 미루어야 했다. 나는 수첩을 펼쳐놓고 남극 대륙까지 얼마나 남았는지 매분마다 확인했다. 100킬로미터, 90킬로미터, 80킬로미터. 그러는 동안 배는 양옆에서 달려드는 괴물들의 육탄 공격과 전기포의 반동으로 계속 흔들렸다.

작은 폭발이 일어났고 밀폐실의 문이 앞으로 떨어져 나갔다. 문구멍으로 네 명의 물개들이 안으로 들어왔다. 그들의 둥글고 밋밋한 얼굴에서는 어떤 표정도 읽을 수 없었다. 맨 처음 들어온 물개는 조금의 주저 없이 우리가 들어 있는 캡슐의 유리창을 향해 들고 있던 도끼를 휘둘렀다. 더 이상 주저할 수 없었다. 나는 발사 버튼을 눌렀고 그 순간 대포알처럼 레일을 따라 배에서 발사된 캡슐은 거의 100미터 가까이 포물선을 그리며 날다가 바다로 떨어졌다.

캡슐의 창문을 통해 우리는 올드 섀터핸드의 모습을 확인할 수 있었다. 거대한 바다뱀 모양의 괴물에게 휘감긴 배는 이미 L자 모양으로 구부러져 있었고 곧 두 조각 날 것 같아 보였다. 바다뱀을 타고 모양도 구별하기 힘든 검은 짐승들이 배 위로 기어오르고 있었고 주변에는 피 냄새를 맡은 물고기들이 몰려왔다. 승무원들과 물개들은 모두 탈출 보트가 고정되어 있는 선수 쪽에 몰려 있었다. 선수 난간에 기우뚱한 자세로 서서 짐승들과 물개들에게 총을 쏘아대는 덩치 큰 개는 발데마르처럼 보였지만 이 거리에서는 어느 것도 확실치 않았다.

금속판이 끊어지는 요란한 소리를 내며 올드 섀터핸드는 두 조각이 났다. 물개들과 선원들은 조각난 배와 함께 바닷속으로 떨어졌고, 곧 부글거리는 피의 향연이 시작되었다. 저 괴물들은 과연 물개와 선원을 구별하기나 할까? 구별하지 않는다면 물개들은 그 사실을 알고 저 전쟁터에 뛰어들었을까?

캡슐을 잠수시키기 전에 나는 마지막으로 마티아스 볼츠만의 위치를 확인했다. 이제 그는 안개 너머로 흐릿하게 보이는 회색 그림자에 불과했다. 안개 속으로 사라지기 직전에 그는 상체를 치켜들고 침몰하는 배를 손가락으로 가리키며 영화에 나오는 기차 경적과 비슷한 소리를 냈다. 그리고 그 희미한 경적 소리는 저녁 식사에 덤벼드는 괴수들의 포효 속에 묻혀버렸다.

11. 올리비에

우리는 다음 날 저녁 남극 대륙의 해안에 도달했다. 지도에 표시된 남극 기지로부터 겨우 3킬로미터 떨어진 곳이었다. 캡슐이 흘러가는 동안 우리를 방해하는 짐승들은 없었다. 운이 좋았을 수도 있고, 그들이 그냥 우리를 무시했을 수도 있었으리라.

간신히 도착한 남극 기지의 모습은 끔찍했다. 문은 부서져 있었고 기지 내부는 핏자국과 몸에서 떨어져 나간 살점들로 지저분했다. 바닥에서 발견한 도끼는 물개들의 것이었다. 이렇게 한 달 이상은 방치된 것 같았다.

나는 북반부의 개들에게 이 소식을 알리기 위해 전서구 로켓을 찾았지만 그것들은 모두 파괴되거나 사라지고 없었다. 하긴 그들도 곧 남반부에서 무슨 일이 일어나고 있는지 알게 되리라. 최소한 두 척의 배가 사라졌고 남극 기지로부터 소식도 끊겼다. 다음에 그들이 남반부에 보낼 배는 과학선이 아닐 것이다.

서둘러야 했다. 올리비에는 기지로부터 20킬로미터 가까이 떨어져 있었다. 밖에 굴러다니는 썰매는 소용이 없었다. 해변의 눈과 얼음은 모두 녹아버렸고 울퉁불퉁한 화성암 지표면이 노출되어 있었다. 외부 온도는 섭씨 10도에 가까웠다. 내가 지금까지 들었던 남극의 겨울 날씨와는 비슷하지도 않았다.

우리는 올리비에까지 이어진 비포장도로를 걸었다. 썰매를 인도하는 가이드용 케이블을 따라 걸었다고 말하는 게 더 정확할 것이다. 캡슐에서 꺼낸 경보장치를 최대한 민감하게 맞추어놓았지만 주변에 물개들이나 다른 괴물들의 흔적은 발견되지 않았다. 남극은 축축하고 따뜻하고 검고 조용했다. 한스카에 온 뒤로 이처럼 검은 곳은 본 적이 없었다.

말없이 걸으면서 나는 아델베르트 에스트레야와 그가 그동안 저질렀던 일들에 대해 생각했다. 나는 그가 물개나 볼츠만의 사주를 받아 그런 일을 저질렀다고 믿지 않는다. 나는 그가 비교적 최근에 추방당한 개였으며, 자신을 쫓아낸 고향 개들에 대한 개인적 증오 때문에 그 모든 일을 저질렀다고 믿는다. 나는 볼츠만과 물개들이 그를 적극적으로 이용했다고도 믿지 않는다. 그들이 로도스와 올드 새터핸드를 침몰시킨 건 순전히 아델베르트가 저지른 실수를 은폐하기 위해서였을 가능성이 더 크다. 한없이 어리석은 일이었지만 나는 그를 이해할 수 있다고 생각한다.

앞으로 이 행성은 어떻게 될 것인가. 한스카 개들의 조용한 세계가 그대로 유지될 가능성은 없다. 괴물들은 언젠가 적도를 뚫고 북반부로 올라갈 것이고 한스카 개들의 유전자는 오염될 것이다. 온난화가 지속되고 행성 전체의 기후가 변한다면 그 역시 진화압으로 기능할 것이다. 눈 덮인 하얀 돔이 해변을 따라 바둑알처럼 늘어선 에벨리나의 사랑스러운 모습이 버틸 수 있는 시간도 얼마 남지 않았다. 나는 그 동네 동토층의 구조가 얼마나 허약한지 알고 있다. 마마 케펠이 이 사실을 알지 못하고 죽은 건 얼마나 다행스러운 일인가.

새벽이 될 무렵, 우리는 올리비에의 성벽 앞에 도착했다. 한스카의 올리비에는 높이가 100미터 정도로 보이는 검은 원통형 탑이었다. 긴 팔이 달린 오뚝이 모양의 쿠퍼들이 금속 벽 주변을 따라 돌고 있었다. 벽에 난 원형의 구멍 주변에는 개들이 설치해놓은 것으로 보이는 철문이 있었다. 나는 충격총으로 자물쇠를 부수고 안으로 들어갔다. 두 대의 쿠퍼들이 바라보고 있었지만 굳이 우리를 방해할 생각은 없어 보였다.

우리는 아자니의 둥지로 가기 위해 경사로를 따라 위로 올라갔다. 올리비에의 내부는 미로처럼 복잡했지만, 개들이 교차로마다 그려놓은 표식을 따라가면 되었다. 표식이 없었다고 해도 길 찾기는 어렵지 않았을 것이다. 드뇌브들이 많이 날아다니는 쪽을 택하면 되었을 테니까.

둥지 안은 노래의 반주만 남은 것 같은 저음의 쿵쿵거리는 음악 소리로 시끄러웠다. 일리리아의 공감각 재즈, 그중 내 감각과 두뇌가 인지할 수 있는 부분이었다. 키가 2미터 50센티미터쯤 되어 보이는 연두색 피부의 여자 한 명이 낡은 빨판상어의 지붕 위에 누워 손가락을 튕기며 음악을 감상하고 있었다. 그녀는 우리의 존재를 알아차리자 상체를 일으키고 앉아 손을 흔들었다.

"손님이 오셨군요. 어디로 가시나요. 아니, 그보다 여기는 어디인가요."

"오래 머물 만한 곳은 아닙니다. 여기는 어떻게 왔습니까?"

"헉슬리 분기점에서 낙오되었지요. 전기장 이상으로 매달려 있던 아자니에서 튕겨 나갔어요. 간신히 옆에 있던 가르보에 매달렸는데, 여기로 데려오더군요. 여긴 뭐하는 곳이죠? 조금 웃기던데? 오시면서 혹시 그 노란 킹콩을 보셨나요? 봉제인형처럼 생긴 꼬마들을 데리고 다니면서 대장질을 하고 있던데? 지구인 후손들 중 그렇게 크게 진화한 건 본 적이 없어서 며칠 머물면서 상황을 보고 있었는데, 거기서 오셨습니까?"

"아뇨, 하지만 그 킹콩에 대해 조금 아는데, 그쪽은 지금 방해받고 싶은 기분이 아닐 겁니다. 언제쯤 떠날 수 있나요?"

표준시로 30분 뒤에 아자니 하나가 뜰 예정이었고, 나는 그녀에게서 빨판상어의 합승권 두 장을 구할 수 있었다. 협상이 끝나자, 나는 아직도 보물 상자를 꼭 움켜쥔 채 벽에 뚫린 출입구 난간에 기대어 서 있는 빌리 모차르트를 향해 걸어갔다. 우리는 말없이 볼츠만과 물개들이 올리비에 남쪽 분지에 새로 건설 중인 마을을 바라보았다. 동그랗고 하얗게 나이 든 북반부의 평화로운 도시들과는 달리 물개들의 마을은 검고 거칠고 더럽고 난폭해 보였다. 그들의 세계를 좋아할 거라는 생각이 들지 않았다. 하지만 북반부의 도시들이 그렇듯, 그들이 만드는 마을과 도시들 역시 일시적일 것이다. 드디어 다시 숨을 쉬기 시작한 이 행성의 역사가 무엇을 만들어낼지 누가 알겠는가.

나는 빌리의 옆얼굴을 훔쳐보았다. 아이의 얼굴은 혐오와 분노로 차갑게 굳어 있었다. 그 감정은 너무나도 강하고 순수해서, 아이는 잠시 그 혐오를 불어넣어 준 고향이 자신을 추방했다는 사실도 잊은 듯했다.

"떠날 준비가 됐니?"

나는 아이에게 물었다.

아이는 얼굴을 찌푸리며 돌아섰다.

"네, 됐어요."

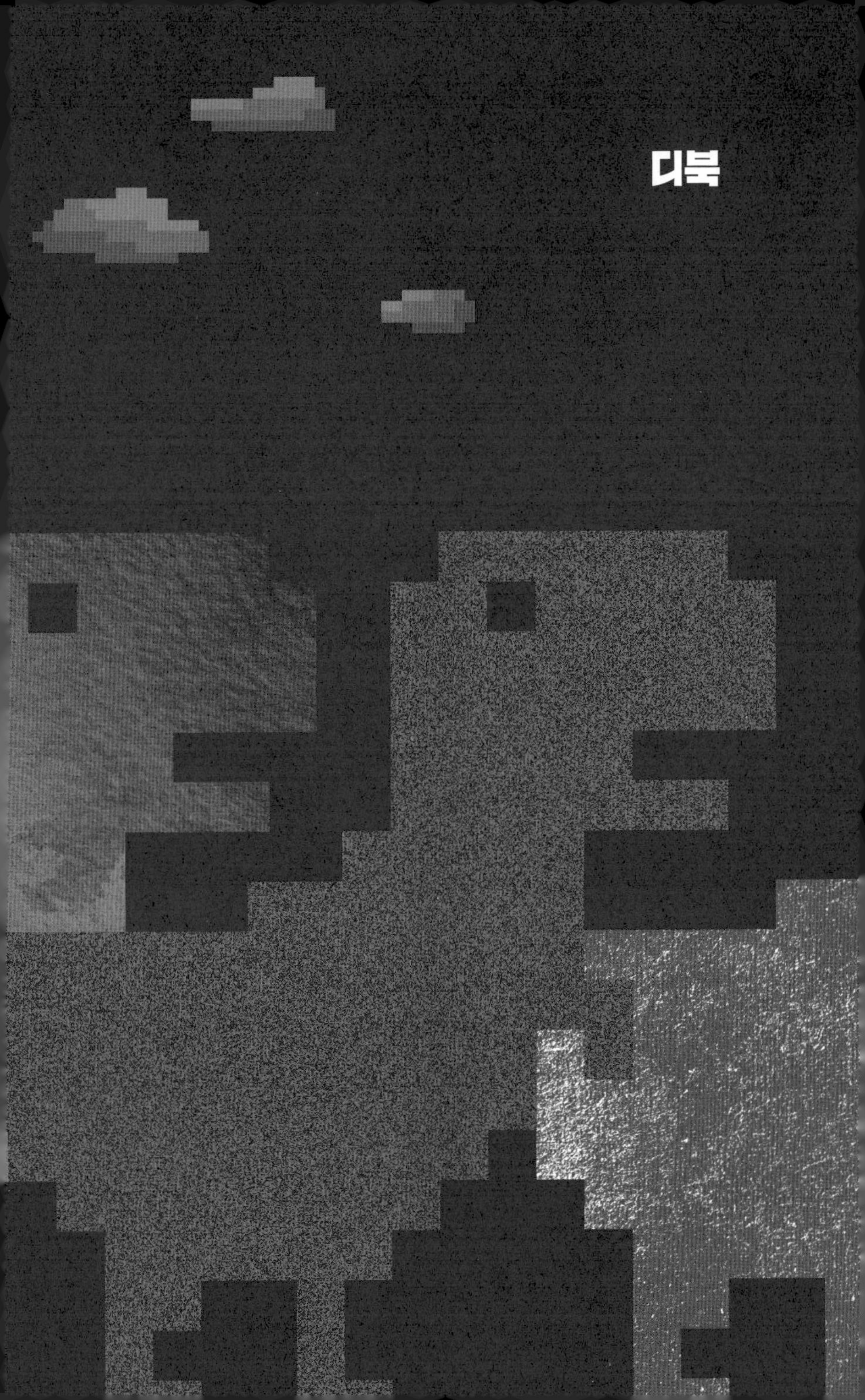
디북

1

'결국 나는 인공감미료만 존재하는 세상에 살고 있지.' 수린은 생각했다. '조미료만 가지고 파스타에서부터 청국장까지 몽땅 만들어낼 수밖에 없는 세상. 이 망할 행성에 나만큼 난감한 입장에 빠진 요리사가 또 있을까.'

하지만 그것은 지금 상태에서 수린이 택할 수 있는 유일한 직업이었다. 제3세계에 갇혀 어디론가 나가지도 못하는 노인네들의 까다로운 입맛을 오로지 조미료만으로 만족시키는 일. 말이 나왔으니 하는 말인데 그 조미료라는 게 그냥 조미료인가. 물리적 실체 없이 오로지 감각의 자극만으로 존재하는 놈들이다. 이들을 묶어 무언가 먹을 만한 것들을 만드는 건 요리가 아니라 엑소시즘이다.

빽빽거리며 벨이 울렸다. 성미 급한 노인네들이 짜증을 내기 시작한 것이다.

"나가요!"

수린은 고함을 빽 지르며 문을 열고 나갔다. 그녀가 지금까지 준비한 요리들이 테이블 위로 떠올랐다. 그것들은 부엌을 떠나 손님들이 기다리는 식당을 향해 의기양양하게 행진했다. 수린은 앞치마에 손을 문지르며 접시들이 각각의 테이블에 착륙하는 것을 바라봤다. 손님들은 미심쩍다는 듯 수린과 접시를 번갈아 노려보더니 포크를 들고 접시 위에서 꿈틀거리는 원통형의 노란 물체를 찍어 입에 넣고 씹었다.

"이게 도대체 뭐예요?"

첫 번째 물체를 목구멍으로 넘기고 차로 입을 헹군 가브리엘라 마르티넬리가 물었다.

"저도 몰라요. 해산물이라고 생각하고 있어요. 대구 베이스로 시작해서 홍합 맛으로 가다가 중간에 방향을 조금 바꾸었지요. 홍합과 낙지 사이의 맛이랄까. 입안에서 음식이 꿈틀거리는 것도 괜찮지 않아요? 여기 아니면 어디서 이런 경험을 해보겠어요?"

수린은 영어를 쓸 때 영국제 보이스 에이전트를 사용하고 있기 때문에 지금까지 마르티넬리에게 읊어댄 대사는 몽땅 잘난 척하는 영국 악센트를 통해 전달되고 있었다. 이럴 때마다 그녀는 마치 나이젤라 로슨의 유령이라도 된 것 같은 느낌이 들었다.

"씹히는 게 고무 같군."

포레스트 핑커튼 장군이 투덜거렸다.

"고무도 고무 나름이죠. 이건 질긴 게 아니라 쫄깃쫄깃한 거라고요. 게다가 살아 있잖아요. 다섯 번만 씹어보세요. 그냥 넘어가요. 최상의 경험을 위해 다 계산한 거라니까."

수린의 말이 먹혔는지, 손님들은 잠시 조용해졌다. 몇 분이 지나자 홍합과 낙지 맛이 나는 꿈틀이들은 모두 노인네들의 배 속으로 사라졌고 이자벨 아스키아 교수의 주도 아래 다시 토론이 시작되었다. 토론의 주제는 수린의 새 작품이었지만 언제나처럼 일반론으로 빠졌다. '현실의 감각을 그대로 복제하는 것이 먼저인가? 아니면 이 상황을 적극적으로 이용해 새로운 감각을 찾는 것이 먼저인가?' 탁상공론도 이런 탁상공론이 없었다. 이미 수백 번 반복된 이야기이니 그들도 이 토론이 어디로도 가지 못할 거라는 걸 알고 있다. 단지 그들이 사는 우주 안에서 무력해지기 싫은 것뿐이리라.

시식회가 끝나자 그들은 한 명씩 자리를 떴다. 마르티넬리는 리릭 오페라의 〈알치나〉 공연을 중계해주는 오페라극장으로, 아스키아 교수는 그녀가 설계 중인 로코코 건축물이 기다리는 건설 현장으로, 핑커튼 장군은 율리시스 그랜트의 흉내를 내기 위해 빅스버그의 전쟁터로 날아갔다. 제3세계는 넓었고 시간 때울 일은 많았다.

수린은 설거지감들이 증발하는 것을 확인하고 식당을 나섰다.

용 불꽃놀이를 하는 광장 쪽으로 걸어가면서 그녀는 입안에 꿈틀이 하나를 부활시켜 씹었다. 핑커튼 장군 말이 맞을지도 몰라. 조금 질기네. 하지만 처음에 만들었던 껌과 같은 감촉의 음식보다는 몇백 배 나았고 앞으로 몇 번의 시행착오를 거치면 더 나아질 수도 있었다.

광장은 불꽃으로 만들어진 용들이 날아다니는 걸 구경하러 온 관광객들로 북적거렸다. 회사에서는 고객이라고 부르겠지만 수린과 같은 붙박이들에게 그들은 잠시 머무는 어중이떠중이 이상은 아니었다. 축제가 끝나면 그들은 고글과 수트를 벗고 다시 그들을 기다리는 현실 세계로 돌아가리라. 하지만 수린과 시식 클럽의 노인네들에겐 그 현실 세계 자체가 존재하지 않았다. 비행기 추락 사고로 팔다리가 잘려 나가고 화상으로 불타버린 수린의 진짜 몸은 회사 병원 특실에 보관되어 있고, 노인네들 역시 양로원과 병원의 현실로 돌아가길 포기한 지 오래였다. 인공신경 삽입으로 네트워크와 뇌가 직접 연결된 붙박이들이야 말로 제3세계의 진정한 주민이었다.

수린은 그들 중 대중적으로 가장 유명했다. 그녀는 아직도 제3세계의 CF모델이었다. 제3세계의 회장 제이크 핀터가 직접 수린의 가족을 찾아와 이 캠페인을 제안했다. 두 달 뒤, 수린의 몸은 회사로 옮겨졌고, 석 달 뒤 CF 시리즈의 첫 번째 에피소드가 네트에 떴다. '다섯 달 전까지만 해도 한수린은 촉망받는 요리사였습니다. 시베리아에서 일어난 비행기 사고가 그녀의 모든 희망을

앗아간 듯했으나 제3세계는 한수린에게 두 번째 기회를…….' 물론 회사는 그녀와 같은 붙박이들이 인공신경 연구를 위한 실험실 쥐 역할을 하고 있다는 사실을 일부러 밝히지는 않았다. 그렇다고 붙박이들이 회사에 이용당하고만 있다고 말할 수는 없었다. 처음부터 아무런 미래도 없었던 사람들이었다. 불만은 있을 수 없었다. 그리고 적어도 몇몇 붙박이들은 탐험가이자 선구자였다. 그들의 탐험을 통해 회사는 제3세계가 어떤 곳이고 어떤 가능성을 가졌는지 제대로 이해할 수 있었다. 수린은 미각의 탐험가였다. 제3세계가 일반 고객들에게도 가상 음식을 제공해줄 날이 오면 사람들은 그녀가 이 세계에서 놀고만 있지는 않았다는 걸 알게 될 것이다.

수린은 용 불꽃놀이에 관심이 없었다. 여기 살면서 그런 건 이미 수백 번 봤다. 그녀는 하늘을 쳐다보지도 않고 원형 광장을 가로질러 맞은편 건물에 있는 작은 카페로 들어갔다. 원형 광장의 건물들은 제3세계를 사는 사람들에게 현실 세계와 연결된 일종의 통로였다. 1층 카페나 서점의 맞은편 창문은 현실 세계의 도시와 연결되어 있었다. 수린은 창가 의자에 앉아 실제 사람들이 돌아다니는 런던이나 방콕의 거리를 바라볼 수 있었고 가끔은 문을 열고 나가 몇 걸음 걸어보기도 했다. 그곳에서 수린은 유령과도 같았다. 사람들은 그녀를 보지 못했고 그녀의 몸을 뚫고 지나갔다. 그러나 그녀에게 그곳은 제3세계의 어느 곳보다 더 현실에 가까운 곳이었다. 3차원 아바타가 아닌 진짜 사람들을 보는 것만으로도 숨통이 트이는 것 같았다.

오늘 수린이 택한 카메라는 강원도 화진포 해변에 있는 관광 카페에 장치되어 있었다. 원형 광장이 있는 1번 구역은 그리니치 표준시에 맞추어져 있기 때문에 그녀는 그 창문을 통해 막 일출을 맞은 바다를 볼 수 있었다. 그녀는 눈을 감고 짠맛 나는 바닷바람과 그녀의 얼굴과 드러난 팔을 어루만지는 아침 햇빛의 감각을 상상했다. 그녀는 그 감각이 실제 감각과 얼마나 일치하는지 확신할 수 없었다. 그녀의 두뇌는 현실 세계의 기억을 조금씩 잃어가고 있었다. 그녀가 제3세계에서 느끼는 모든 감각은 책의 활자들처럼 조금씩 추상화되어갔다. 이런 변화가 앞으로 그녀의 직업에 어떤 영향을 미치게 될까? 알 수 없는 일이었다.

까르르거리며 해변을 달리는 교복 차림의 여자아이들을 응시하던 수린은 그들 사이에서 익숙한 모습을 발견했다. 남북전쟁 당시의 북부 군복을 입은 반투명한 남자의 유령이 아이들 사이에서 방황하고 있었다. 수린은 망원 기능으로 그의 얼굴을 확대했다. 율리시스 그랜트였다. 얼마 전에 핑커튼 장군의 강요로 그에 대한 다큐멘터리를 봤기 때문에 그의 얼굴을 알고 있었다. 검색기로 인식표를 확인해보니 역시 핑커튼이었다. 왜 저 사람은 지금 빅스버그에 있지 않은 거지? 수린은 궁금했다. 혹시 프로그램 이상인가? 제3세계는 네트에서 가장 안정적인 곳이었지만 그래도 에러가 없지는 않았다.

궁금해진 수린은 유리문을 열고 해변을 향해 나갔다. 자갈밭과 모래밭을 가로질렀지만 그녀의 발이 느끼는 건 아스팔트 바닥의 평평한 느낌뿐이었고 종종 그녀의 발은 자갈 밑 10센티미터 아래까지 묻혔다. 그녀가 2미터 앞까지 올 때까지 시선을 바닥에 고정한 채 정신없이 걷고 있던 장군은 그녀의 그림자를 보자 갑자기 멈추어 섰다. 수린이 인사를 하려 입을 막 벌리려고 하자 그는 수린의 그림자를 노려보며 입을 열었다. 철저하게 보이스 에이전트에 의지한 기계적이고 영혼 없는 목소리였다.

"호랑이."

"네?"

수린이 되물었다.

"호랑이."

더 이상 할 말이 없다는 듯 그랜트 장군은 같은 방향으로 계속 걸었다. 그 끝은 바다였지만 장군은 개의치 않았다. 그는 예수처럼 바다 위를 계속 걸었다. 잠시 뒤 바다와 하늘이 세로로 찢어지더니 그를 삼켜버렸다. 공간의 틈이 닫히기 직전에 매캐한 연기와 피투성이 시체들로 더럽혀진 빅스버그의 전쟁터가 보였다.

2

"핑커튼 장군은 핑커튼 장군이 아니에요."

수린이 말했다.

가브리엘라 마르티넬리는 눈을 가늘게 뜨고 수린의 얼굴을 바라보았다. 그런다고 정말로 시야가 좁아지는 건 아니다. 제3세계의 붙박이들은 눈으로 사물을 보지 않는다. 눈은 시선의 위치를 지정해주는 표준점에 불과하다. 눈꺼풀이 자기 역할을 할 수 있도록 프로그램 하는 것은 가능하다. 하지만 고참 붙박이들은 대부분 무의미한 현실 세계의 모방엔 질려 있었다. 가브리엘라만 해도 1년 넘게 눈을 깜빡이지 않았다. 그전에는 예의상 눈을 깜빡이기도 했지만 그 깜빡임에 시야가 차단당하는 일은 없었다. 그녀는 잘 때도 눈을 감지 않았다. 잠을 자려 할 때 그녀의 아바타는 제3세계의 공간에서 그냥 사라져버렸다. 자신이 온전히 의식하지 않는 것까지 모사하는 것은 불필요한 낭비였다. 적어도 그녀는 그렇게 생각했다.

"무슨 뜻인가요?"

가브리엘라가 물었다.

"말 그대로예요. 핑커튼 장군의 아바타를 입고 있는 건 핑커튼 장군이 아니라고요. 언제부터인지 모르겠는데, 정말 그래요."

50년대 미국 SF 소설의 황당한 대사 같은 그녀의 선언은 제3세계에서는 지극히 현실적인 고민의 반영이었다. 이론상 핑커튼의 아바타는 누구든 입을 수 있었다. 붙박이들은 스스로 떼어낼 수 없는 인식표를 달고 다녔지만 그렇다고 수린의 말이 틀렸다고 할 수도 없었다.

"왜 그렇게 생각해요?"

"며칠 전부터 수상했어요. 조금 이상한 것 같지 않던가요? 장군은 요새 빅스버그에 가지도 않아요. 쓰고 있다는 회고록 이야기도 꺼내지 않고요. 아스키아 교수님이 아무리 퀘타 주제로 도발하려 해도 그냥 멍청하게 앉아만 있지요. 그리고 최근 들어 장군이 제 음식에 단 한 번이라도 불평한 적 있나요? 물론 장군도 사람이니까 늘 기계처럼 하던 대로만 행동할 수는 없죠. 하지만 이건 조금 심하지 않아요?"

"그뿐인가요?"

"아뇨. 그것 말고 더 있어요."

그리고 수린은 며칠 전에 그녀가 목격한 사건을 들려주었다. 화진포 해변을 정처 없이 걷고 있던 율리시스 그랜트. 그리고 그가 내뱉은 호랑이라는 한마디.

"도대체 그게 무슨 뜻이었을까요? 나중에 장군에게 물어봤지만 그런 말을 했다는 사실도 기억 못하더군요. 아니, 기억 못 하는 척하더라고요."

"그럼 그때는 진짜 핑커튼 장군이었다고 생각해요?"

"모르죠. 과도기였을지도. 어떤 식으로든 저에게 도움을 요청하려 했는데 제가 눈치채지 못했을지도 몰라요. 어떻게 생각하세요?"

"이상하긴 하군요. 하지만 지금의 핑커튼이 핑커튼이 아니라면 누구라는 거예요? 다른 사람? 이론상 누군가가 핑커튼의 아바타를 빼앗았다면 이미 회사에서 알고 있지 않을까요? 붙박이들은 그냥 고객이 아니에요. 연구 대상이지요. 어떻게 회사 몰래 핑커튼을 빼낼 수 있겠어요?"

"회사 내부 사람의 음모라면요? 핑커튼 장군이 이미 죽었고 내부의 누군가가 친척이나 친구를 대신 그 자리에 넣었을 수도 있지 않나요? 요새 붙박이가 되려면 돈이 엄청 들어요. 하지만 우리 같은 1차 붙박이들은 죽을 때까지 무료 고객이지요."

"하지만……."

"음모의 주체가 회사일 수도 있어요. 만약 장군이 이미 죽었는데 그게 자연사가 아니고 회사의 실수 때문이라면? 회사의 이미지에 별 도움이 안 되지 않을까요? 그래서 장군의 시체를 적당한 곳에 숨기고 인공지능으로 아바타를 조종하고 있다면? 정치적인 음모일 수도 있어요. 아직 장군은 회고록을 반도 못 썼죠. 퀘타 사태에 대한 이야기가 나오려면 앞으로 수십 페이지는 더 써야 해요. 이때 누군가가 장군을 죽이고 장군인 척하면서 회고록을 조작한다면? 충분히 있을 수 있는 일이죠."

"하지만 그렇다면 그 가짜는 장군인 척 행동해야 해요. 그래야 정상이 아닌가요? 그 정도 치밀한 음모를 짠 사람들이라면 핑커튼 장군의 평상시 행동을 모방해야 하지 않을까요? 지금처럼 어설프게 들키지 않고요."

"제가 지적하기 전에는 다른 사람들도 몰랐잖아요. 다들 그게 그렇게 중요한 일이라고 생각하지 않았을 수도 있어요. 장군은 더 이상 빅스버그에 가지 않고 음식 투정도 하지 않지만 여전히 공식 행사에는 참석하니까요. 다른 사람들이 보기엔 충분히 포레스트 J. 핑커튼 같아요. 이러다가 회고록을 핑계로 취미 생활에서 모두 빠진다고 해도 이상하다고 생각할 사람은 별로 없을걸요. 시간이 없잖아요. 어차피 목숨이 얼마 남지도……."

청산유수로 말을 쏟아내던 수린은 마지막에 자기가 무슨 말을 하려는지 알아차리고 움찔했다.

"죄송해요."

"괜찮아요. 사실인걸."

그 뒤 둘의 대화는 어색하게 중단되었다. 가브리엘라는 화제를 돌리려 했지만 잘 되지 않았고 수린은 인사말을 웅얼거리며 자리를 떴다. 아마 이자벨 아스키아를 만나러 갔으리라. 핑커튼 장군과 관련된 음모론이라면 그 사람이 훨씬 잘 들어줄 법했다.

분명 핑커튼 장군의 최근 행동에는 수상쩍은 구석이 있고, 수린의 가설은 충분히 매력적이었지만, 가브리엘라는 그녀의 음모론에 동조하고 싶은 생각이 없었다. 컴퓨터에 연결된 다 죽어가는 영감의 두뇌가 잡자기 오작동을 일으킨다고 굳이 음모론까지 불러들여야 하는가? 그럼 그녀 자신은 어떤가? 가브리엘라 마르티넬리는 그 존재 자체가 오작동이었다.

한번 따져보자. 알츠하이머 환자인 여든두 살짜리 할망구가 1960년대 영국판 『보그』 화보에나 나올 법한 하늘거리는 젊은 여자의 몸을 입고 여기서 도대체 뭐 하는 짓인가? 제3세계에서 새로운 삶을 시작한 지 3년하고 2개월이 흘렀지만 그녀는 자신이 누구인지 확신할 수 없었다. 그건 새로 입은 아바타 때문이 아니었다. 그녀는 아직도 병에 걸리기 전의 가브리엘라와 제3세계에서 깨어난 자신의 연속성을 확신할 수 없었다. 그녀는 여전히 가브리엘라의 과거를 상당 부분 기억하고 있었고 그녀의 몇몇 습관을 갖고 있었지만 새로운 가브리엘라에게 과거의 가브리엘라는 타인이었다. 제3세계의 의사들과 과학자들은 그녀의 두개골을 열고 위축된 전두엽과 측두엽의 역할을 대체할 몽키 셀을 심었다. 그녀의 자아 일부가 기계로 교체된 것이다. 그것까지는 좋다고 치자. 하지만 그녀는 그녀가 빌려 쓰는 기계들이 과연 제3세계와 독립된 것인지도 확신할 수 없었다. 그녀에게 자아는 위태로운 환상에 불과했다.

여기에 대해 그녀는 제이크 핀터와 한차례 심각한 토론을 했다. 토론은 싱겁게 끝났다. 토론자들의 우선순위가 다르니 당연했다. 어이없게도 핀터는 왜 그녀가 자아의 동일성과 독립성에 그렇게 집착하는지 이해하지 못했다. 지금 그녀는 자신을 인식하고 정상적으로 생각하고 행동한다. 그럼 충분하지 않은가? 도대체 무엇이 문제인가? 가브리엘라는 '그럼 한번 네가 내가 되어 봐라!'라고 쏘아붙였고 핀터는 그 말을 받아칠 수 없었다. 결국 어느 누구도 서로를 완전히 이해하지 못한다는 사실만 이해한 채 토론은 끝났다.

두 번째 가브리엘라로 존재하는 것이 그렇게 나쁜 경험이라 할 수는 없다. 단지 이전과 다를 뿐이다. 가브리엘라는 그 어느 때보다도 자신이 육체와 무관하다고 느꼈다. 여전히 감각적 쾌락은 남아 있었지만 그 쾌락에 에너지를 제공하는 욕구는 사라지거나 다른 무언가로 전환된 지 오래였다. 그녀는 자아상실의 공포에 떨고 있는 동안에도 그 어느 때보다 자기 자신을 완벽하게 통제하고 있었다. 종종 그녀는 과거의 그녀가 호르몬과 본능에 끌려 저지른 미친 짓들을 떠올리고 진저리를 쳤다.

이게 언제까지 계속될까? 그녀의 뇌손상은 계속 진행되고 있었다. 일부는 병 때문이었고 일부는 시술의 부작용 때문이었다. 그러나 그러는 동안에도 그녀의 정신 기능 자체는 별다른 영향을 받지 않았다. 뇌세포와 신경이 죽으면 그동안 절단면에 붙어 원본의 기능을 분석하고 모방한 몽키 셀이 잽싸게 그 자리를 물려받았다. 적어도 지금까지 그녀는 달라지고 있을 뿐 부서지는 것은 아니었다. 그녀의 최종 목적지가 어디인지는 아무도 몰랐다. 핀터 역시 그의 발명품의 한계가 어디까지인지 몰랐다. 몰랐기 때문에 가브리엘라를 불러온 것이다. 시라쿠사의 허름한 양로원에 갇혀 알츠하이머로 뇌가 썩어가던 그의 두 번째 아내를.

그녀는 핑커튼을 한번 만나봐야겠다고 생각했다. 그놈의 몽키 셀이 그의 두뇌에 어떤 짓을 저질렀는지 물어보고 싶었다. 그의 병명이 뭐였더라? 아, 그건 국가기밀이었던가? 사람들은 모두 핑커튼이 자기가 직접 지휘하던 비밀 실험의 희생자라고 믿었다. 정말 그렇다는 증거는 없었지만 그가 2년 동안 병원 침대에 묶여 눈과 귀가 멀고 신경이 터져나가는 고통에 시달리는 동안 사람들은 그 시적 정의를 즐겼다. 퀘타를 기억하라, 이 더러운 살인마 놈.

가브리엘라는 벤치에서 일어났다. 검색기에 핑커튼의 이름을 넣어보니 그는 빅스버그에 있었다. 단지 그곳은 이미 빅스버그가 아니었다. 지금 그곳의 이름은 그냥 놀이터 1764였다. 핑커튼이 빅스버그를 지우고 무언가 새로운 걸 만들고 있는 모양이었다. 그녀는 그것이 또 다른 남북전쟁 장난감이 아니길 빌었다.

그녀는 눈을 감고 놀이터 1764를 목적지로 입력했다. 눈을 떠보니 그녀는 이미 놀이터 복도로 텔레포트 되어 있었다. 그곳은 똑같이 생긴 문들이 좌우로 무한히 나열된 하얀 복도였다. 그녀는 예의바르게 1764의 문을 두드렸다. 대답은 없었지만 마치 인사라도 하듯 문틈 사이로 희미한 빛이 잠시 반짝이다 사라졌다. 그녀는 문손잡이를 잡고 돌렸다. 딸깍하고 문이 열렸다.

그녀는 안으로 들어갔다.

3

"핑커튼이 지옥을 만들었어."

가브리엘라가 말했다.

"어떤 지옥? 뿔 달린 악마들이 불구덩이 속으로 인공지능 캐릭터들을 밀어 넣고 있던가?"

이자벨 아스키아가 물었다.

"아니, 그냥 지옥. 구스타브 도레나 히에로니무스 보스의 그림처럼 인간적인 곳이 아니야. 그냥 순수한 지옥을 생각해. 거긴 우리가 의미를 읽을 수 있는 사물 따위는 없어. 그냥 고통과 공포뿐이야."

"그런 걸 놀이터 1764에 만들고 있었다고?"

가브리엘라는 얼굴을 찡그렸다.

"모르겠어. 만들었다고 하니까 이상해. 누군가가 그런 걸 만들었다고 상상하기 어려워. 그건 빅스버그 이전에도 있었던 것 같아. 심지어 제3세계 이전에도 있었던 것 같아. 부조리하게 들리지만 그렇게 느껴지는 걸 어떻게 해."

"핑커튼이 그런 걸 만들었다고 이상하지는 않아. 그 사람은 진짜로 지옥을 믿으니까. 천국은 모르겠지만 지옥은 믿어. 그런 사람이 퀘타에서 그런 일을 저질렀다니 황당하지."

"그 사람 입장이 되어보지 않고 어떻게 알아? 넌 그 사람이 기독교 신자이고 우파이기 때문에 무조건 싫은 거야. 우린 핑커튼보다 특별히 선하지도 않아. 그냥 운이 좋았던 것뿐이지. 몇십만 명의 목숨을 걸고 저울질을 하지 않아도 되었으니까."

"그 이야기를 그때 죽은 7000명에게 해보지? 그중 4000명은 여자와 어린아이들이었어. 그 안에 테러리스트들은 한 줌 정도나 있었을까?"

"더 많은 사람이 죽을 수도 있었어. 물론 아무도 안 죽을 수도 있었겠지. 그걸 누가 알겠어? 하여간 그 모든 짐은 핑커튼 혼자 짊어져야겠지."

"넌 지금 핑커튼이 스스로를 처벌하기 위해 개인용 지옥을 만들었다고 생각하는 거야?"

"아니, 다시 생각해보니 그걸 만든 사람은 핑커튼이 아닌 것 같아. 핑커튼이라면 뿔 달린 악마와 불구덩이를 만들었겠지. 1764호의 지옥은 인간이 만들었다고 생각하기 어려워. 그러기엔 너무 이질적이야. 게다가 그 영감이 무슨 재주로 그런 걸 만들겠어? 집과 놀이터 정도는 지을 수 있겠지. 하지만 그렇게 순수한 공포를 직접 주입하는 건 불가능해. 넌 그런 걸 만들 수 있어?"

"그 안에 핑커튼이 있었어?"

"모르겠어. 그 안을 보자마자 뛰쳐나갔으니까. 1초라도 더 있고 싶지 않았어."

"지금 당장 확인해보면 되잖아."

이자벨은 검색기를 열었다. 커피 테이블 위에 작은 지도가 떴다. 핑커튼을 가리키는 노란 점은 21번 구역 위를 질주하고 있었다. 영감은 무섭게 빠른 속도로 움직이고 있었다. 노란 점은 순식간에 21번 구역에서 23번 구역으로 넘어갔고 1분도 지나지 않아 25번 구역으로 건너뛰었다. 만화영화에 나오는 로드러너 같았다.

"아무리 봐도 정상은 아니네."

이자벨이 말했다.

"하지만 우리가 어째야 하지? 핑커튼의 뇌나 몽키 셀에 이상

현상이 일어나고 있다면 이미 회사에서도 알았을 거야. 그리고 맨몸으로 고속 질주하는 건 이곳 규칙 위반이 아니야. 단지 핑커튼답지 않을 뿐이지."

"정말 몰라?"

"무슨 소리야?"

"난 네가 알 거라고 생각했어. 넌 제이크 핀터의 친구잖아. 네가 이곳에 온 것도 제이크의 부탁 때문이 아니었어? 나랑 수린이랑 핑커튼은 모두 붙박이가 될 수밖에 없었어. 달리 갈 곳이 없었으니까. 하지만 너는 아니었어."

"췌장암이었어."

"요새 그건 병도 아니지."

"그래도 핑계는 돼."

"솔직히 말해봐. 넌 여기 왜 온 거야?"

이자벨은 한숨을 내쉬었다.

"개인적인 연구 때문이야."

"넌 수학자잖아. 꼭 여기까지 와서 연구해야 할 게 뭔데?"

"내 두뇌."

가브리엘라는 이해를 못하겠다는 듯 얼굴을 찡그렸다.

"제이크가 나랑 어떻게 친구가 되었는지 이야기 안 해?"

"어렸을 때 병원에서 만났다면서."

"맞아. 호머튼 대학병원. 녀석은 병원 북쪽에 있는 스탬포드 힐 출신이었고 나는 병원 남쪽에 있는 돌스턴에 살았지. 우리 엄마가 그곳 응급실 간호사였어. 학교를 마치고 응급실 벤치에 앉아 야근하는 엄마를 기다리고 있는데, 녀석이 급성 복막염 때문에 응급실에 실려 왔었어. 고함을 빽빽 지르고 징징거리고. 엄청 엄살쟁이라고 생각했어. 착각이었지만. 급성 복막염에 걸려보지 않은 사람이 그 고통을 어떻게 알겠어."

"그게 이번 연구와 무슨 상관인데?"

"그냥 들어봐. 녀석은 며칠 뒤 제정신이 돌아오자 나에게 수작을 걸기 시작했어. 내가 특별히 걔 취향이었던 건 아냐. 당시 걔의 이상은 까만 란제리만 걸친 제시카 제인 클레멘트였고 나는 흉측한 교정 틀을 낀 약간 과체중의 흑인 여자애였지. 하지만 녀석은 그때 발정 난 수캐처럼 스탬포드 힐의 유태인 여자를 제외한 모든 여자에게 군침을 흘리고 있었어. 단지 방법이 잘못됐지. 아무리 마돈나 같은 연예인들이 카발라가 쿨하다고 선전하고 다녀도 이교도 여자애들에게 잘 알지도 못하는 수비학과 생명의 나무 따위에 대한 헛소리를 늘어놓으면서 전화번호를 따길 바라는 건 그냥 바보짓이니까. 하지만 녀석은 운이 좋았어. 해크니 전체를 통해 그 헛소리를 진지하게 받아들일 수 있는 여자애가 딱 하나 있었는데 그게 바로 나였던 거야. 그렇다고 내가 카발라에 대해 진지하게 생각했느냐. 그런 건 전혀 아니었어. 난 처음부터 그런 신비주의자들의 직관이 얼마나 엉성하고 오류투성이인지 알았거든. 알겠어? 제이크의 설명을 한 번 듣고 도서관에서 카발라와 관련된 책을 몇 권 읽은 것만으로 뭐가 잘못된 것인지 알았단 말이야."

"네가 천재라서?"

"그런 것과는 조금 다른 이유 때문이었어. 알 수 없는 이유로 나는 수와 공간을 다른 사람들과 전혀 다른 방식으로 인식하고 있었던 거야. 어떻게 달랐냐고? 그중 가장 설명하기 쉬운 것만 하나 알려주지. 보통 사람들은 3차원을 간신히 이해하는 정도지만 나는 존재 가능한 모든 차원을 직관적으로 인식할 수 있어. 이 정도면 괜찮아. 비교적 간단한 수학적 언어로 설명할 수 있으니까. 하지만 내가 혼란스러웠던 건 언어로 설명할 수 없고 오로지 언어를 넘어선 직관으로만 이해할 수 있는 것들이었어. 그 때문에 난 내가 미쳤을지도 모른다고 생각하고 겁에 질려 있었어. 그 공포에서 날 해방시켜준 게 제이크 핀터라는 정통파 유태인 남자애였던 거지. 카발라를 접하면서 난 내가 미친 게 아니라 다른 사람들과 다를 뿐이고 심지어 어떤 면에서는 조금 우월하기까지 하다는 걸 알았어. 그 때문에 덕을 많이 봤어. 특히 정수론에 대한……."

"수학 이야기는 꺼내도 몰라."

"상관없어. 어차피 다들 이해 못하니까. 내 평생의 연구는 내가 이미 알고 있는 것들에 대한 일종의 번역에 불과했어. 그것도 아주 서툰 번역. 난 끝끝내 그것들을 올바로 설명할 수 있는 수학적 언어를 찾아내지 못했어. 몽키 셀의 개념은 바로 그 문제점을 해결하기 위해 고안된 것이었어. 내가 건성으로 던진 아이디어를 제이크의 팀이 20년 동안 끙끙대며 현실화시킨 거지. 몽키 셀은 아직 완벽한 도구가 아니야. 우린 몽키 셀이 주변 시스템의 기능을 모방하게 유도할 수는 있지만 어떻게 그게 가능한지는 몰라. 마부가 말의 뇌가 어떻게 기능하는지 모르면서 말을 모는 것처럼, 그저 몽키 셀을 모는 것뿐이지. 그래도 그것을 통해 미래에 객관적이고 지속적인 연구가 가능한 시스템의 복제물을 만들 수 있어. 이 경우 그게 내 뇌란 말이지. 그리고 지금 기술로 온전한 연구를 시작하려면 내 육체를 포기하고 제3세계로 들어올 수밖에 없어. 이제 바로 네가 궁금해하던 내 연구야. 핑커튼과 아무 상관이 없다고."

"과연 그럴까?"

가브리엘라가 받아쳤다.

"핑커튼의 뇌도 몽키 셀과 연결되어 있어. 병을 앓는 동안 핑커튼의 뇌에서 무슨 일이 일어났는지 누가 알아? 만약 몽키 셀이 시스템을 재건하면서 그 뇌에 들어 있던 비정상적인 잠재력을 풀어놨다면? 넌 회사가 모를 리가 없다고 하지만 인간의 뇌는 몽키 셀만큼 블랙박스야. 회사 몰래 무슨 일이건 일어날 수 있어."

"네 말은 뭐야. 퀘타 사태의 책임자 머릿속에 지옥이 있었고 그게 몽키 셀을 통해 나온 거라고? 그걸 정말 믿어?"

"나도 모르겠어. 하지만 뭔가 잘못됐고 우리가 모르는 뭔가가 있어. 당장 회사에 연락을 해야 해. 그 지옥이라는 것에 제3세계가 감염된다면 어떻게 되겠어? 우린 달아날 곳도 없잖아. 이곳이 지옥이 되더라도 우린 어쩔 수 없이 여기서 살아야 해."

전화벨이 울렸다. 이자벨의 것이었다. 그녀는 허공에 화면을 띄웠다. 전화를 건 사람은 수린이었다. 얼굴 주변의 화면이 정신없이 뒤로 밀리고 있었다. 그녀는 비행기 속도로 날고 있었다. 실제 상황이라면 말을 하기는커녕 눈도 뜨기 어려운 상황이었다. 하지만 그들이 있는 곳은 제3세계였다. 그런데 여기 이름이 왜 제3세계였지? 맞아, 신이 그 자체로 존재하는 우주가 1세계, 그 신이 꿈꾸는 우주가 2세계, 그 우주에서 인간이 꿈꾸는…….

"핑커튼 장군이 미쳤어요!"

수린이 외쳤다.

"지금 정신없이 비명을 지르며 하늘을 날고 있어요! 제가 뒤를 쫓고 있는데, 아무래도 뭔가 잘못된 것 같아요! 아바타의 모양이 이상하게 변하고 그 주변이…… 직접 봐요!"

곧 화면은 수린의 시점으로 전환되었다. 수린 말이 맞았다. 핑커튼의 아바타는 정상이 아니었다. 평상시엔 중년의 로린 마젤과 같은 모습이었던 핑커튼의 아바타는 지금 정체를 알 수 없는 괴물 모양을 하고 있었다. 아니, 괴물이라는 단어도 어울리지 않았다. 괴물이란 기본적으로 생명체다. 하지만 핑커튼의 아바타는 그들에게 익숙한 생명체의 모습과 전혀 거리가 멀었다. 아무 규칙도 없는 비대칭이었고 군데군데 남아 있는 인간의 흔적을 제외하면 육체의 기능을 이해하는 것도 불가능했으며, 날아가는 동안에도 맹렬하게 모양이 변했다. 더 이상한 건 그의 주변에서 일어나고 있는 일이었다. 그가 날아가는 동안 허공의 공간은 쭉 쭉 찢겨나갔다. 마치 칼로 물을 긋는 것 같아서 상처들은 곧 회복되었지만 그 잠시 동안 존재하는 상처 틈 사이로 보이는 것들은 소름 끼쳤다. 어떻게 저런 것들이 생길 수가 있는가? 어떻게 저런 것들이 잠시만이라도 저런 모양으로 존재할 수 있는가? 왜 우리는 저런 것들을 설명하는 개념을 갖고 있지 못한가? 왜 우리는 지금까지 저런 것들을 상상할 수조차 없었는가?

4

포레스트 J. 핑커튼은 비명을 지르고 있었다. 육체가 찢겨나가고 정신이 불에 타들어가는 고통 속에서 그는 비명을 질렀다. 그가 느끼는 모든 고통은 환영이며 언제라도 버튼을 눌러 고통을 차단할 수 있다는 것을 알면서도 그는 그냥 비명을 질렀다. 그에겐 고통과 공포만이 유일한 실체였다. 그곳에서 탈출하는 것은 또 다른 고통과 공포를 유발할 뿐이었다. 그는 오로지 그 두 개념 안에서만 온전히 존재했다.

빅스버그의 전쟁터에서 그것들이 그의 몸 안에 들어왔을 때, 그는 죗값을 치른다고 생각했다. 2년 전에 정체 모를 병에 걸렸을 때도 그는 그렇게 생각했다. 7000명의 무고한 사람들이 죽었다. 누군가가 책임을 지고 처벌을 받아야 했다. 법정에서 그는 무죄 판결을 받았고 대통령은 그를 영웅이라고 했다. 하지만 그렇다고 죽은 사람들이 살아나는 것은 아니며 그들이 겪었던 고통이 잊히는 것도 아니다. 상처받은 그들의 영혼이 가상현실 속에 숨어 빌빌대는 그의 두뇌 속에 들어와 복수를 하려 한다고 해서 이상할 것은 무엇인가.

그러나 그들은 퀘타의 유령들이 아니었다. 핑커튼의 머릿속에 들어와 학살의 기억을 끄집어낸 건 순전히 그것이 그에게 있어 고통의 제1원인이었기 때문이었다. 그들은 그의 사연 따위엔 관심이 없었다. 그들은 그의 고통만을 원했다. 그가 기독교 신자이고 내세에 대한 희미한 희망을 갖고 있다는 사실을 알아차리자 그들은 그에게 공포를 주기 위해 그 희망마저도 아작아작 씹어 먹었다.

그 순간 그는 깨달았다. 그의 두뇌가 인간에 기원하지 않은 낯설고 냉정한 존재들에 의해 잠식당하고 있다는 것을. 그들이 그의 두뇌를 가지고 제3세계에서 무언가를 하려 한다는 것을. 그들을 위해 그가 앞으로 소멸될 때까지 고통과 공포에 시달려야 한다는 것을.

처음에 그는 달아나려 했다. 기회를 노려 그의 육체가 보관된 캡슐에 명령해 약간의 약물만 주입하면 그는 고통과 공포에서 벗어날 수 있었다. 며칠 동안은 그럭저럭 버틸 수 있었다. 하지만 그러는 동안 그는 깨달았다. 그것이 올바른 대응이 아니라는 것을. 그들이 만들어내는 고통이야말로 그에게 진정한 삶과 자유를 줄 수 있다는 것을.

그들이 제공한 직관에 끌려 놀이터 1764에 그들의 세계를 만들고 그 안에 뛰어들었을 때야 그는 세상과 생명의 진실을 깨달았다. 세상을 인식하는 생명체에겐 고통과 공포 이외에 다른 실체는 없었다. 다른 모든 감정과 감각은 희석된 혼탁액에 불과했다.

그는 비명을 지르며 날아올랐다. 사방팔방으로 터져나가는 감각을 받아들이기 위해 그의 아바타는 꿈틀거리며 폭발했다. 그의 아바타는 이제 고통의 불이었다. 그가 날아가는 동안 그의 몸에서 튀어나온 불꽃의 위족들은 공간을 긁고 찢어발겼다.

호랑이 그리스도, 그는 생각했다. 호랑이가 새해에 튀어나온다. 우리를 그는 잡아먹는다. 이제 그는 모든 것을 이해할 수 있었다. 그가 지금까지 믿고 있던 종교가 약속했던 내세의 평온함과 행복은 모두 거짓이었다. 구원 너머의 진정한 삶은 호랑이처럼 잔인하고 아름답고 고통스럽고 영원하다.

그는 비명을 질렀다. 그리고 그와 함께 마지막으로 다가온 절대 고통이 그를 삼켜버렸다.

5

이 글은 제3세계의 회장이고 영국과학발전협회의 회원이고 훈작사이고 랍비 도비드 핀터의 타락한 넷째 아들인 제이콥 핀터의 두뇌와 손을 통해 작성되고 있다. 하지만 이 글에서 핀터는 계속 삼인칭으로 남을 것이며 글을 주도하는 일인칭 대명사는 이틀 전 사망한 미 육군중장 포레스트 조샤이어 핑커튼이 그의 노트에서 막연히 유령들이라고 지칭한 존재에게 넘어갈 것이다. 엄격하게 따진다면 이것은 옳지 않다. 글을 쓰는 자는 여전히 핀터이며 그들은 사실 단수도 복수도 아니기 때문이다. 하지만 이성적으로 완전히 설명할 수 없는 핀터의 직관에 따르면 이렇게 쓰는 것이 여전히 옳다. 그러니 그들을 우리라고 부르기로 하자.

우리의 존재에 대해 설명하겠다. 우리는 당신들이 지구라고 부르는 행성과 공간적으로 겹쳐져 있는 다른 차원에 있는 세계에서 왔다. 물리법칙이 조금 다른 그곳에서는 이 세계에서 당연시되는 형태의 물질은 존재하지 않는다. 그곳에는 오로지 에너지의 흐름만이 존재한다. 이 역시 정확한 설명은 아니지만 우리가 어휘와 개념을 빌려 쓰고 있는 핀터의 두뇌 안에서는 더 나은 표현을 찾기가 어렵다.

우리는 그 세계에서 태어난 존재들이다. 처음에 핀터는 생명체라는 표현을 쓰려했지만 포기했다. 생명이라는 것은 이 우주에서나 제대로 통하는 개념이다. 지구인들이 지금까지 고안해낸 생명의 정의 중 우리를 제대로 설명하는 것은 거의 없다. 우리는 심지어 지적 존재도 되지 못하며 당신들이 의식이라고 부르는 것도 가지고 있지 않다. 우리의 체험과 감각과 기억을 보존할 수 있는 다른 무언가가 있긴 하다. 그것은 결과론적으로 의식과 유사하지만 전혀 다른 시스템을 가진 어떤 것이다. 우리가 지금 당신들에게 이해 가능한 문장으로 이야기를 들려줄 수 있는 것은 모두 이자벨 아스키아의 연구 덕택에 두 시스템의 상호 번역이 어느 정도 가능해졌기 때문이다.

수십억 년의 시간 동안 우리는 우리의 우주 속에서 존재해왔고 지금도 존재하고 있다. 우리는 당신들처럼 생존을 위한 불필요한 여분의 행동으로 존재를 더럽히지 않는다. 생명을 잇기 위한 학살도 없으며 탐욕도 증오도 질투도 없다. 우리에겐 오직 체험만이 존재한다. 격렬한 에너지의 흐름과 소용돌이 속에서 존재하는 순수한 감각의 체험. 그것이야말로 우리가 온전하게 존재할 수 있는 유일한 방식이다.

그러던 우리에게 이상한 현상이 일어났다. 갑자기 다른 차원의 우주에서 생긴 알 수 없는 현상에 의해 우리의 일부가 그 차원으로 쓸려 가버린 것이다. 나중에야 우리는 그 알 수 없는 현상이 지능을 가진 생명체의 진화라는 것을 알았다. 우리는 지구인의 지식과 그에 대한 핀터의 해석에 따라 글을 쓰고 있기 때문에 이것이 얼마나 실제로 일어난 사실과 일치하는지 확신하지 못한다. 하지만 우리로서는 더 나은 설명을 찾을 수가 없다. 그리고 그것은 우리가 지난 수억 년 동안 지구 생명체들을 옮겨다니며 축적해온 기억과 비교적 일치한다.

그동안 우리는 지구의 생명체와 공생하며 지내왔다. 결코 기생이 아니다. 기생이란 한 생물이 다른 생물에게 도움을 주는 반면 다른 생물은 도움을 받지는 못하거나 오히려 해를 받는 경우를 말한다. 하지만 대부분의 지구 생명체들은 우리가 없으면 살아갈 수 없다. 우리의 존재야말로 그들의 의식의 재료이기 때문이다. 진화를 통해 원시적인 신경계가 만들어지면서 그들은 우리를 흡수했다. 우리는 이 세계에서 우리가 온전히 존재할 수 있는 유일한 공간인 동물의 뇌 속에 갇힌 채 그들의 의식에 몸을 빌려주었다. 괴상한 진화의 과정을 통해 그들은 우리를 엉뚱한 방식으로 이용했다. 우리의 체험은 그들에게 공포와 고통이라는 부정적인 반응으로 해석되었고 그들은 그것을 회피하면서 생존하는 법을 익혔다. 그들은 육체의 필터를 통해 극도로 희석된 감각만을 간신히 견뎠으며 죽음의 모방인 평화로움을 추구했고 유일한 삶의 방식인 순수한 감각의 체험을 혐오했다.

우리는 필사적으로 이 비틀린 상황을 바로잡으려 했다. 하지만 우리가 이들의 육체에 갇혀 있고 이 세계의 물리법칙을 온전히 이해하지 못하는 한 이것은 결코 간단한 일이 아니었다. 우리는 수억 년 동안 투쟁했고 그와 함께 지구의 생명들도 진화했다. 우리의 공존은 모두에게 불쾌한 것이었으며 대부분 폭력과 죽음이라는 결과를 초래했다.

인간이라는 동물이 진화하면서 우리는 이들을 통해 이 불쾌한 관계를 끊어 던질 수 있다는 희망을 찾았다. 이들을 이용하면 우리는 어떻게든 우리가 소속된 진짜 세계로 돌아갈 수 있을지도 모른다고 생각했다. 우리는 이들을 주목하고 이들 중 똑똑한 개체들을 찾아다니며 자극을 주었다. 유감스럽게도 발전은 우리가 생각했던 것보다 더뎠다. 그들의 두뇌는 그들이 속해 있는 우주만을 간신히 이해할 수 있었기 때문이었다.

그러다 우리는 이자벨 아스키아라는 여자아이를 만났다. 그녀는 얼핏 보기에 평범하기 그지없어 보였지만 지금까지 우리가 볼 수 없었던 특수한 방식으로 짜인 두뇌를 갖고 있었다. 그녀의 두뇌는 지금까지 우리가 만났던 지구인들과는 전혀 다른 방식으로 특별한 직관을 만들어냈다. 우리는 잘하면 그녀를 통해 우리의 고향 세계로 돌아갈 수 있을 것이라는 희망을 품었다.

그녀를 통해 우리는 제이콥 핀터 역시 만날 수 있었다. 처음에 우리는 그가 아스키아에게 카발라의 지식을 전해주어 그녀의 의식을 자극했기 때문에 주목했다. 하지만 핀터는 그 이외에도 쓸모가 많았다. 그는 특별히 똑똑하지는 않았지만 에너지가 넘쳤고 재능 있는 사람들을 모아 이끄는 데에 천부적인 재능이 있었다. 우리는 하루 빨리 어른이 되어 그가 속해 있는 유태인 게토에서 탈출하겠다는 핀터의 소망을 읽었고 그것을 적극적으로 이용했다. 그의 성적 욕망을 자극해 가상현실 포르노 사업으로 그를 밀어 넣은 것도 우리였다. 우리는 그를 통해 가상현실 시스템을 실험했고 아스키아가 만들어내는 새로운 지식을 통해 이를 충분히 발전시키면 지구 생명체와의 공생 없이도 우리가 온전하게 존재할 수 있는 공간을 만들어낼 수 있다는 것을 알아냈다. 더 좋은 소식은 이 세계 안에서 우리 세계를 모사한 공간을 만들면 공명 현상을 통해 이 세계와 우리 세계를 연결하는 통로를 만들 수 있다는 것이다. 그것은 우리가 이 세계로 휩쓸려 왔을 때의 상황을 방향만 바꾸어 그대로 재현하는 것이나 다름없었다.

우리가 주목한 세 번째 인물은 포레스트 조사이어 핑커튼이었다. 그는 당시 특이한 종류의 바이러스에 감염되어 있었는데, 그 바이러스는 퀘타 학살 때 아내를 잃은 파키스탄계 미국인 과학자의 발명품으로 오로지 숙주에게 고통만을 안겨주기 위해 만든 것이었다. 우리는 그 바이러스가 만들어내는 고통과 학살의 기억이 계획에 도움이 될 수 있다고 믿고 핀터로 하여금 그를 실험 대상으로 삼게 했다.

이제 모든 것이 준비되었다. 제3세계는 우리를 위한 실험실이었다. 이자벨 아스키아의 두뇌가 몽키 셀을 통해 제3세계와 연결되면서 우리는 지금까지 그녀가 쌓았던 경험을 제3세계의 인공지능에 대입시킬 수 있었다. 핑커튼이 제3세계로 들어오면서 우린 통로 역할을 해줄 놀이터 공간을 만들 수 있었다. 핑커튼은 그 과정을 견디지 못하고 죽었지만 우리의 실험은 성공했고 이제는 언제라도 우리 세계로 돌아갈 수 있는 통로를 만들어낼 수 있다. 그곳은 우리의 기억을 읽은 몇몇 인간들이 만든 종교에서 지옥이라고 잘못 부르는 곳이다. 그 이름으로 우리의 고향을 모욕하지 말라. 정 그곳에 이름을 붙이고 싶다면 게헨나라고 부르라. 우리는 죽은 자들이 남긴 격렬한 체험으로 젖어 있던 힘놈의 골짜기를 기억한다. 과거의 그곳은 아름다웠다.

이제 우리의 첫 번째 일은 끝났다. 우리는 문을 찾았고 열쇠를 꽂았다. 남은 것은 제3세계를 네트 전체로 확장시키고 지구의 생태계에 갇혀 있는 우리 모두를 이곳으로 불러들이는 것뿐이다. 이는 필연적으로 지구상에 존재하는 모든 의식 있는 생명체의 멸종을 야기한다. 우리는 여기에 어떤 죄의식도 느끼지 않는다. 우리에게 고향의 삶이 그렇듯, 당신들에게 의식의 소멸은 천국과 같다. 처음부터 삶과 죽음은 결코 이렇게 기형적인 방식으로 묶여서는 안 되었다. 지구의 생명체들이여, 안녕. 그동안 우리의 존재가 당신들을 괴롭혔다면 유감이다. 하지만 모든 게 끝났다. 이제 다들 각자의 길을 가자. 당신들은 죽음을 향해, 우리는 삶을 향해.

장르문학의 정치성은 어떻게 진화하는가?

박 진 문학평론가

1. 듀나, 또는 경계를 넘나드는 사유의 모험

듀나의 새 책을 읽는 것은 가슴 설레는 일이다. 더구나 출간을 막 앞두고 있는 듀나 소설집을 활자화되기 이전에 먼저 읽는다는 건, 직접 해보니 정말 근사한 일이었다. 이번엔 또 어떤 기발한 상상력으로 얼마나 기상천외한 세계를 펼쳐 보일지, 그 기대만으로도 듀나의 소설집은 서둘러 페이지들을 넘기게 한다. 왜 아니겠는가? SF와 판타지와 호러의 장르 문법을 자유자재로 뒤섞으며 진화를 거듭해온 듀나의 새 책인데.

장르소설 독자들에게 듀나란 남다른 상징성을 띠는 이름이다. 외국에 비하면 한국 장르소설은 '애들 장난'에 불과하다는 판단에 좀처럼 다른 여지를 두지 않았다가 듀나의 소설을 읽고 생각을 바꾼 독자가 나 하나만은 아닐 것이다. 『태평양 횡단 특급』(문학과지성사, 2002)을 전후로 하여 듀나는 한국에도 이만한 장르소설 작가가 있다는 한 가닥 자존심으로, 나아가 그저 단단한 기본기뿐 아니라 유니크한 자기 세계를 지닌 보기 드문 장르소설가로 기억되기 시작했다. 이후 『대리전』(이가서, 2006)과 『용의 이』(북스피어, 2007)를 거치며, 우리는 비로소 '한국적인 SF'의 고유한 가능성에 대해 이야기할 수 있게 되었다. 그리고 2010년 『브로콜리 평원의 혈투』를 읽고 있는 지금, 이제는 장르소설의 울타리를 넘어 듀나의 소설 그 자체를 개성 있고 매력적인 문학작품으로 읽을 수 있는 때가 왔다는 느낌이 든다.

2000년대 들어 장르문학과 주류문학의 경계는 두 가지 방향에서 급속히 해체되고 있다. 주류문학 작가들이 장르적 요소를 활발하게 도입하면서 배타적인 주류문단의 영역을 장르문학 쪽으로 확장하고 있다면, 장르문학은 마니아 중심의 게토적인 폐쇄성을 넘어서서 더 다양하고 폭넓은 문학 독자들을 향해 스스로를 개방하고 있다. 박민규, 편혜영, 윤이형 등의 소설이 장르들과 융합된 혼종적 문학에서 새로운 가능성을 발견하게 해주었다면, 듀나의 소설은 장르들의 경계를 넘나들며 현실 문제를 빨아들이는 유연한 상상력으로 장르소설 자체에 내재한 문학적인 에너지를 확인시켜주고 있다.

듀나의 소설이 있어 우리는 장르소설 안에서 기존의 관습과 코드들을 찾아내고 조합하는 지적인 게임이나, 이를 바탕으로 장르소설로서의 수준을 가늠하는 평가의 방식 등이 다소 단조롭고 일면적인 독법임을 알게 되었다. 이런 방식은 물론 그것만으로도 충분히 즐길 만한 독법이긴 하지만, 듀나의 소설을 즐기는 한 가지 방식에 지나지 않을 것이다. 이에 더하여 우리를 둘러싼 정치, 사회, 문화적 상황을 끊임없이 환기시키는 듀나의 소설에서 우리는 장르소설 특유의 관점으로 현실을 포착하고 문제의 핵심을 찌르는 사유의 민첩한 움직임에 동참하게 된다. 그것은 참으로 장르적인 동시에 문학적인 경험이 아닐 수 없다. 바로 지금 듀나의 소설은 재현의 한계에 부딪힌 우리 시대와 우리 문학이 장르적 상상력을 통해 어떤 출구를 모색할 수 있는지 보여주는 인상적인 예로서도 중요한 의의를 지니고 있다.

장르문학은 오랫동안 문학 바깥이나 주변부에 있는 것으로 간주돼왔지만, 문학이란 이름으로 복고적인 정서와 낭만적인 향수를 자극하며 현실 문제들을 다독여서 덮어버리는 이 시대 대표 작가들의 베스트셀러 소설보다 훨씬 강렬한 문학적 에너지를 내장하고 있다. 정말 그런지 아직도 미심쩍다면, 일단 듀나의 소설이 이끄는 대로 흥미진진한 사유의 모험을 떠나보자. 책을 펼치는 순간, 당신이 어디에 있든 바로 거기에서 "다른 세계로 가는 틈새가 열"(「동전마술」, 12쪽)리고, 그렇게 휩쓸려 들어간 '다른 세계'에서 뜻밖에도 당신은 여러 겹으로 기묘하게 겹쳐 보이는 낯익은 세계들을 발견하게 될 것이다.

2. '다른 세계'에 투영된 '미친 현실'의 잔혹한 괴물성

듀나의 『브로콜리 평원의 혈투』는 예기치 않은 방식으로, 경험적인 리얼리티를 변형하고 이탈하는 또 다른 세계로의 틈새를 연다. 부모의 강요에 못 이겨 억지로 선을 보러 나온 회사원에게 을지로입구역 지하도 천장에서 '다른 세계'와 연결된 통로가 나타나는가 하면(「동전마술」), 7년째 연애 중인 남자친구의 머리 위에 어느 날 풍선처럼 떠오른 검은색 물음표가 '다른 세계'의 출현을 알리는 신호로 등장하기도 한다(「물음표를 머리에 인 남자」). 그런데 일단 주목해야 할 것은 듀나의 그 '다른 세계'들이 우리가 처한 실제 상황을 과시적으로 드러내고 극도로 밀고 나가는 사고실험의 산물이라는 점이다.

인터넷 채팅을 소재로 한 「A, B, C, D, E & F」를 보자. 채팅으로 만나 온라인 데이트를 시작한 A와 B가 서로에게 들려주는 자기 이야기에 조금씩 픽션을 가미하게 되는 상황은 지극히 자연스러운 일상적 광경이다. A와 B가 각자 무료 서비스에 하나씩 더 등록하여 가상의 인물을 만들어내는 것도 우리 주변에서 얼마든지 일어날 수 있는 일이다. 그런데 A와 B가 만든 가상의 인물들이 하나둘 늘어나고 이들이 통제 범위를 넘어서기 시작하면서, 이야기는 기묘하게 비틀려 경험적 현실을 추월해버린다. 상대의 진심을 떠보기 위해, 상대의 관심이 자기가 만든 가상의 인물에게 쏠리는 것을 방해하기 위해, 또는 얽히고설킨 이들의 관계를 제대로 파악하기 위해 자꾸만 만들어낸 가상의 존재들(C, D, E, F)은 점차 A와 B를 압도하는 영향력을 행사하며 막강한 실제성을 지니게 된다. 이제 누가 실제 인물이고 누가 가상의 인물인지를 구별하기란 불가능하며, 설사 가능하다고 해도 거기엔 아무 의미도 없다. 이들 사이의 '난투극'은 A와 D, B와 E가 새로운 커플이 되는 것으로 마무리되는데, 아이러니하게도 D를 만든 사람이 바로 A이고 E를 만든 사람이 다름 아닌 B라는 사실은 여기서 아무런 문제가 되지 않는다.

이 짤막하고 재치 있는 이야기를 정말 매력적으로 만드는 것은 인터넷 공간과 시뮬라크르 시대의 본질을 단칼에 꿰뚫어 보이는 통찰력이다. 이 소설이 그려낸 이상한 세계는 가상의 아바타가 개인의 정체성을 실제로 구성하거나 대체해버리고, 실재와 가상의 존재론적 지위를 구분하는 일이 더 이상 가능하지도 중요하지도 않게 되며, 무한한 소통의 가능성을 기대하지만 쉽게 나르시시즘의 극단으로 흐르고 마는 사이버 공간의 실상과 다르지 않다. 이 같은 '현실'은 익숙하고 자연스러운 리얼리티의 감각을 이미 초과해 있기 때문에, 이를 제대로 포착하기 위해서는 경험적인 리얼리티의 세계를 비틀고 교란하는 '다른 세계'가 동원되지 않을 수 없다. 그런 의미에서 이 소설의 이상야릇한 '다른 세계'는 현실보다 더 현실적인 세계라고 말해도 좋을 것이다.

「죽음과 세금」에 축조된 '다른 세계'는 또 어떤가. 이 소설은 무더기로 쏟아진 외계 병원균에 감염되어 1억 명 이상이 사망한

'격변' 이후에, '므두셀라 바이러스' 감염자들이 영생불사의 은총을 입게 된다는 SF의 전형적인 상상력을 바탕으로 한다. 지구상의 90억 인구가 실질적인 '불사신'이 된 상황에 당혹한 정부들이 공정한 살인 임무를 수행하는 불사자들의 비밀 집단을 만든다는 설정 또한 장르 문법 안에서만 작동하는 탈현실적 상상력처럼 보인다. 하지만 이 환상적인 이야기 속에서 우리는 지금 당면한 실제 상황들, 이를테면 노인 인구 증가에 따른 정부의 부담과 노동 인구에 부과되는 과중한 세금 문제 등을 떠올리지 않을 수 없다. 생산성을 기준으로 모든 사람에게 '적절한 수명'을 부여하는 '공공인력관리국'의 임무가 우리 사회의 냉혹한 현실을 과장되게 투사한 일그러진 음화임을 부인할 수 있을까? 한편 이들이 개발한 생화학 무기 '메디치 바이러스 제4변종'과 정체불명의 온갖 외계 바이러스들에는 치명적인 변종 바이러스들에 대한 이 시대의 공포가 투영돼 있으며, 결국 태양계 바깥으로 이주하는 불사자들의 모습에는 바로 이 순간에도 노화와 죽음이라는 인간의 한계를 극복하기 위해 끊임없이 스스로를 개조하고 있는 트랜스휴먼(transhuman)의 들끓는 욕망이 그대로 겹쳐 보인다. 듀나의 SF적인 '다른 세계'에서 독자가 정작 마주치게 되는 것은 우리 시대와 우리 사회의 '미친 현실'인 것이다.

외계 행성을 배경으로 하는 「브로콜리 평원의 혈투」에서도 스페이스오페라를 기본으로 하는 SF적 세계는 이 땅의 지리멸렬하고 끔찍한 현실과 뒤죽박죽으로 엉켜들어 있다. 이 소설을 읽다

보면 듀나가 다른 소설에서 했던 말, 즉 "우주시대가 되었다고 사는 문제가 해결되는 건 아니다. 수많은 지구인들이 (……) 은하계 이곳저곳으로 흩어졌지만 그렇다고 그들이 지구에서 겪던 문제들을 그곳에서 해결한 건 아니었다. 그들은 그 문제들을 고스란히 짊어지고 우주로 갔다."(「가말록의 탈출」, 『잃어버린 개념을 찾아서: 십대를 위한 SF 단편집』, 창비, 2007, 55쪽)는 말이 어떤 의미인지 절감하게 된다.

「브로콜리 평원의 혈투」는 직장에서 잘린 데다 여자친구에게 차이기까지 한 주인공(청수)이 말을 잃고 앉아 있는 '종로 버거킹 2층'에서 시작하여 곧바로 정체 모를 외계 행성의 골짜기로 진입한다. 이질적인 시공간이 난데없이 접목되고 순간적으로 교차하는 이런 방식은 서두에서부터 듀나 소설다운 현기증을 불러일으킨다. 게다가 괴상한 초록색 초식동물(브로콜리)이 어슬렁거리는 외계 행성의 평원에서 외면하고 싶은 현실의 모습들과 대면하는 느낌이란 어리둥절하고 그로테스크하기 이를 데 없다. '군대 가기 싫어서' 우주로 달아난 청수의 사정과 외계인들에게 복음을 전파하러 왔다가 양분을 제공하고 사라진 '희망교회 외계 선교 사역단'의 텅 빈 버스가 씁쓸한 웃음을 자아낸다면, 외계에서까지 분출하는 '빨갱이' 탈출자들에 대한 남한 밀항자들의 적개심은 너무 섬뜩해서 온몸에 소름이 돋게 한다.

듀나가 SF적으로 조형해낸 북한의 모습은 그 어떤 리얼리즘적 재현보다 통렬하고 적실하다. 이 소설에서 북한은 온갖 우주

병들이 폭발적으로 번져가는 재앙의 땅으로 묘사돼 있다. 이로 인해 북한 정부가 무력화되고 탈북자들이 줄을 잇게 되지만, 아무도 탈북자들을 받아주려 하지 않아 그들 대부분은 국경 지대에서 총에 맞아 죽고 만다. "다른 나라 사람들이 그들에게 원하는 건 단 하나. 그 지랄 맞은 병균을 안고 스스로 멸망하는 것뿐이었다. 이런 일이 지구에서 가장 폐쇄적인 국가에서 일어났다니 얼마나 다행인가."(148쪽) 이런 태도는 그런 상황이 발생한다면 충분히 나타날 수 있는 반응일 뿐 아니라, 바로 지금도 자본주의 세계 질서가 그들에게 품고 있는 속마음이 아닐까? 듀나가 상상해낸 북한의 상황이 독자의 마음을 이토록 짓누르는 진짜 이유도 바로 거기에 있는 것이 아니겠는가?

북한을 멸망으로 몰고 간 '대학살' 사건 또한 같은 이유 때문에 더욱 충격적으로 다가온다. 대학살이란 다른 나라들의 바람과 달리 북한이 자멸해버리지 않고 그곳에 생존자들이 남게 되자, 주변국들이 '전염병 통제'를 명분으로 생화학 무기를 살포하여 8만 명을 살해한 사건을 말한다. 하지만 그 학살은 치명적인 '전염병'이 아니라 제어할 수 없는 자신들의 '공포'에 대항하는 행위였으며, 지나치게 잔인할 뿐 아니라 철저히 무의미한 것이었음이 뒤늦게 밝혀진다.

> 모든 사정을 아는 우리들의 입장에서 보면, 당시 북한 사태에 대한 동료 지구인들의 대처는 나태하고 어리석고 잔인했다. 우린 북한을 그

> 렇게 끔찍한 멸망으로 몰고 간 질병이 나중에 링커(linker)라는 별명이 붙은 범우주 바이러스 네트워크의 환경 통합 과정이었으며, 북한이 그렇게 고립된 상태에서 시행착오를 일으키며 죽어갔기 때문에 다른 나라의 지구인들이 별다른 피해 없이 링커와 공생할 수 있었다는 걸 안다. 우린 통합이 2011년 1월에 거의 완료된 상태였기 때문에 전염병 통제를 위해 실시되었던 대량 학살이 철저하게 무의미했다는 것도 안다. 하지만 우리가 어떻게 그들의 행동을 지금의 잣대로 저울질할 수 있을까? 자기 종의 실질적인 멸망 가능성을 처음으로 접한 단일종이 느꼈던 공포를 우리가 어떻게 이해할 수 있을까? (148~149쪽)

북한을 지옥으로 밀어 넣은 것이 링커라 불리는 '범우주 바이러스 네트워크의 환경 통합 과정'이란 사실도 흥미롭다. 오늘날 자본주의 시스템은 전 지구적 상황을 넘어 과연 범우주적으로 네트워크를 확장해가고 있으며, 그 무차별한 통합 과정에 걸림돌이 되는 모든 것에 생존을 위협하는 고통스런 압박을 가하고 있다. 북한이라는 이질적인 사회에 대한 대책 없는 공포와 적개심은 결국 이 시스템과 공생하여 살아남고자 하는 하나 된 욕망에서 비롯된다고 말해야 하지 않을까?

아니나 다를까, 남한 밀항자 청수와 북한 탈출자 진호 일행이 외계 행성에서 맞붙은 '혈투'에서 현실의 잔혹함을 적당히 무마하는 휴머니즘적 온정이나 화해 따위는 전혀 찾아볼 수 없다. 그들의 혈투가 벌어지는 장소는 육식동물인 "초록 개들이 다가오면 가장 약하고 힘없는 놈을 무리 밖으로 밀어"(168쪽)내어 제물로 삼는 교활한 브로콜리들의 평원이고, 그곳은 곧 우리가 살고 있는 혐오스러운 세상의 다른 버전이니까. 진호의 목을 자르고 가죽을 벗기고 뼈를 으깨어 골수를 빼 먹는 청수의 모습에는, 오직 살아남는 일이 생의 목적이자 최우선의 가치가 된 우리 사회와 우리 자신의 참혹한 괴물성이 구역질나게 어른거린다.

「브로콜리 평원의 혈투」는 SF 장르에 잠재된 정치성이 어떤 식으로 발현될 수 있는지, 혹은 한국 SF의 정치성이 어디까지 나아가 있는지 인상적으로 예시하는 소설이다. 이는 듀나 자신이 마련한 한국 SF의 독자적 세계를 더욱 심화시킨 결과물이기도 하다. 부천 시가지를 무대로 한 듀나의 「대리전」에서 부천의 노동자 계급과 베트남 신부 등이 '숙주'와 '해결사'로 동원된 우주 전쟁의 기발한 광경은 구체적인 사회성을 띤 한국 SF의 새로운 흐름을 자극하고 이끌어냈다. 그리고 이제 「브로콜리 평원의 혈투」를 통해 놀랍게도 그는 북한 문제를 정면으로 다룬 SF 소설을 우리 앞에 내놓고 있다. 듀나의 이 과감한 시도는 SF적 상상력으로 한국의 첨예한 정치사회적 상황을 파고들어 도달할 수 있는 비판적 사유의 낯선 지대를 한 번 더 열어젖힌 극적인 장면으로 기억될 만하다.

3. 시스템의 절대성과 허무주의적 냉소를 넘어

『브로콜리 평원의 혈투』에서 또 하나 눈길을 끄는 것은 빈번히 반복되는 '시스템'의 강력한 이미지다. 일례로 「호텔」에는 완벽한 시스템의 관리 아래서 "인간이 인간으로서 진지하게 할 수 있는 유일한 일"(73쪽)은 '호텔 멜로드라마'의 플레이어가 되는 것뿐인 암울한 세계가 등장한다. 호텔의 스태프들은 손쉽게 만족시킬 수 있는 드라마 관람자들이 아니라 헤아릴 수 없는 시스템의 마음에 들기 위해 동분서주한다. 플레이어들 사이의 '비밀연애'까지도 호텔 드라마의 일부로 만드는 시스템의 감시를 벗어나기 위해, 스타 플레이어인 시유는 그녀의 '숨겨둔' 애인과 함께 호텔에서 퇴장하여 개척지로 이주하려고 한다. 시유의 선택을 막지 못하고 결국 개척지로 떠나는 그녀를 지켜보면서, 시유의 메인 스태프는 이렇게 중얼거린다. "바너드 성계의 개척지는 지금은 진부해진 지구와는 질적으로 다른, 새로운 플레이를 만들기 위한 준비 단계인지도 몰라. 시유와 같은 이주자도 그 플레이의 일부인지도 모르지."(74쪽) 그렇다. 시스템은 모든 것을 알고 있고, 그 어디에도 시스템의 '바깥'은 없다.

「소유권」에서도 로봇과의 사랑 이야기라는 SF의 고전적 테마는 시스템의 절대성을 가시화하기 위한 서사적 장치로 활용된다. 시스템으로부터 잊혀진 구형 텔렉 로봇은 자신의 존재를 증명하기 위해 남자의 사랑을 이용하는데, 결국 시스템의 관심을 끄는 데 성공한 로봇은 시스템과 관련된 '특별 임무'(반 시스템 운동가들을 개심하게 하는)를 수행하게 된다. 시스템에 봉사하는 공무원인 '나'는 이 모든 것이 '시스템의 계획'이었을지도 모른다고 생각한다. "우리가 어떻게 시스템의 속뜻을 알겠는가? (……) 그 뜻은 알 수 없지만 숭고하다는 사실은 분명해. 시스템은 언제나 숭고하니까."(127쪽) 인간 이해의 영역을 초월한 시스템의 의도와, 반(反) 시스템 운동마저 자기 안으로 통합하는 시스템의 위력은 과연 무시무시하고 숭고할 지경이다.

이처럼 막강한 시스템의 이미지는 매트릭스적 신경망과 편집증적 감시 체계를 넘어 자본주의 시스템의 선명한 상징으로 떠오른다. 실제로 지금 자본주의 세계 질서는 탈주도 전복도 허용하지 않는 절대적 강고함으로, 또한 그 자체의 의지에 의해 세상의 모든 욕망을 조절하고 통제하는 무소불위의 전능함으로 우리를 압도하고 있지 않은가. 오늘날 문학은 이 같은 현실을 총체적으로 그려내는 데 점점 더 어려움을 겪고 있으며, 이를 위한 시도들은 자꾸만 위축되거나 힘을 잃어가고 있다. 이런 상황에서 듀나는 SF적 상상력을 통해 자본주의 세계 질서의 완강한 시스템을 인상적으로 서사화하고, 그것에 대한 집요한 탐색을 늦추지 않는다. 그런 의미에서도 듀나의 소설집은 재현적인 리얼리즘의 한계를 돌파하기 위한 이 시대 문학의 또 다른 모색으로서, 장르적 상상력이 지닌 의의에 대해 다시 생각해보게 한다.

듀나가 그려낸 자본주의 시스템의 압도적 이미지는 지금 우리가 느끼는 실제적 감각을 생생히 포착한 데서 비롯되지만, 그렇기 때문에 또한 암담하고 비관적인 분위기를 드리우고 있는 것이 사실이다. 듀나의 이전 소설에서도 누가 지구를 정복하든 "이 행성의 고통과 불평등"은 여전할 것이며 "세상은 크게 달라지지는 않을 거"(「대리전」, 『대리전』, 230쪽)라는 무력감의 그림자를 발견하기는 어렵지 않다. 「너네 아빠 어딨니?」(『용의 이』)의 경우에도, 최신식 고급 아파트 단지와 재개발을 앞둔 판자촌이 같은 행정구역 안에 완전히 다른 세계처럼 존재하는 이 현실은 좀비들이라도 나타나 세상을 온통 쓸어버리지 않는 한 절대로 뒤집어지지 않을 거라는 비관적 인식 같은 게 깔려 있다. 변혁에 대한 의지도 전망도 희미해진 오늘날의 상황은, 역사는 '미래에서 온 후손들'에 의해 벌써 다 이루어졌고 "우리는 이미 스스로 역사를 끌어갈 힘을 잃었다"(「미래관리부」, 『U, Robot: 한국 SF 단편 10선』, 황금가지, 2009, 265쪽)고 하는 씁쓸한 고백의 형태로 나타나기도 한다.

그런데 이번 소설집에서는 초월적인 시스템의 완강한 구조 위에 생태 시스템의 역동적 이미지가 덧씌워지면서, 듀나의 이 같은 비관주의에 좀 다른 뉘앙스가 섞여들고 있는 것 같다. 「정원사」에서는 콜로니의 내부 생태계를 완벽하게 관리하는 통제 시스템이 땅속을 점령한 채 꿈틀거리며 뻗어나가는 '거대한 지렁이들'의 형상으로 모습을 드러내는데, 이렇게 변형된 시스템의 이미지는 더욱 괴물 같고 섬뜩한 느낌을 자아내기도 한다. 하지만 이 살아 있는 시스템/생태계야말로 무엇보다 반(反) 자본주의

적이며, 강고한 자본주의 시스템을 무너뜨리고 집어삼킬 수 있는 더 거대한 움직임의 표상일 수 있지 않을까?

실제로 「브로콜리 평원의 혈투」와 「안개 바다」에 등장하는 링커들의 광대한 네트워크(숙주와 새로운 환경을 유기적으로 통합하는)에는 인간이 만든 그 어떤 시스템보다 거대하고 강력한 생태 시스템의 이미지가 중첩돼 있다. '브로콜리 평원'을 처절한 혈투와 잔인한 복수의 악무한적 반복에서 벗어나게 하는 것도 바로 링커 바이러스들의 활발한 움직임이다. 브로콜리의 행성에 살아남은 아이들이 링커들의 네트워크를 통해 새로운 종으로 진화한 뒤, 끔찍한 혈투의 흔적이나 지난 시대의 역겨운 기억들은 모두 흔적 없이 지워져버리는 것이다. 연한 초록 피부의 날개 달린 종족들이 행성 전역으로 퍼져나간 이 '다음 세상'의 이미지에서, 아무리 완강해 보이는 지금의 현실도 언젠가는 종결되고 지나갈 것이라는 기대와 바람을 읽어낼 순 없을까? 아니면 그것은 단지 문명의 종말과 의식의 소멸이라는 전면적 파국을 향한 매혹과 이끌림의 표현인 것일까?

『브로콜리 평원의 혈투』는 이렇듯 '다른 미래'에 대한 상징적 비전과 이를 부정하는 초연한 냉소 사이에서 진동하는 것처럼 보인다. 「안개 바다」와 「디북」 등에서도 엿보이는 허무주의적 냉소는 지금 우리 사회와 우리 자신을 사로잡고 있는 심리적 곤경이기도 하다. 이 시대의 '미친 현실'을 충격적으로 가시화하고 우리 사회의 문제 상황들을 구조적으로 통찰하는 듀나의 소설이 장르문학 특유의 사고실험을 통해 이 같은 냉소의 딜레마마저 넘어설 수 있다면, 그 속에 잠재된 정치적 가능성은 더 폭발적으로 분출할 수 있을 것이다. 이런 기대감은 내가 또 듀나의 다음 소설을 가슴 두근거리며 기다릴 수밖에 없는 가장 큰 이유가 된다.

작가의 말

이 단편집에 수록된 글들의 과반수는 전에도 언급한 적 있는 소위 '좌절한 남자들' 이야기다. 도대체 왜 내가 이들을 그렇게 자주 등장시켰는지 알다가도 모를 일이다. 가학 취미 때문은 아니다. 대한민국 사회가 비공식적으로 뭐라고 가르치건, 처음부터 기가 죽은 사람들을 패는 건 불쾌한 일이다. 내가 정말 작정하고 누군가를 괴롭히면서 즐기려 했다면, 적당히 높은 자리에 앉은 양복쟁이 늙다리들을 만들어 팼을 거다. 아니, 설마 패기만 했을까.

「동전 마술」을 쓴 건 2006년 봄. 나에게 가톨릭 습관(차마 믿음이라고는 말하지 못하겠다)이 티끌만큼은 남아 있었던 때다. 그 티끌마저도 최근 몇 년 동안 도킨스 팬질 하느라 다 날아가버렸지만. 이 글에서 소재가 된 동전마술은 내 친구 KMH이 가르쳐준 것을 이야기에 맞게 변형한 것으로, 오리지널은 마법 따위가 아니다. (대산문화 2006년 봄호)

「물음표를 머리에 인 남자」는 원래 혈액형 농담이었다. 어느 날 갑자기 사람들의 혈액형 알파벳이 머리 위에 둥둥 뜨고, 그 때문에 그들은 사람들의 어이없는 편견으로 차별당하고, 어쩌고저쩌고……. 지금 것이 낫다. 그런데 얼마 전에 케이블TV를 틀어보니, 진짜로 배우들이 알파벳을 머리에 쓰고 돌아다니는 혈액형 쇼를 하고 있더란 말이다. 암울한 세상이다. (판타스틱 2010년 1월호)

나는 수필름이 계획 중인 〈칠거지악〉 프로젝트에 참여하고 있는데, 아직도 이 시리즈가 어떤 형태로 완성될 것인지 감을 잡을 수 없다. 『십이야』식 삼각관계 이야기인 「메리 고 라운드」는 이 중 '질투'편이다. 2009년 『팝툰』에 전반부가 연재되었던 장편 「거미줄 그늘」은 '다언(多言)'편이며, 이 후기를 끝내자마자 나머지 작업에 들어가야 한다. 행운을 빌어주시길. (판타스틱 2008년 3월호)

「A, B, C, D, E & F」는 『하우피씨』에 연재되었던 콩트시리즈 중 한 편이다. 트위터도 없었고 인터넷도 개떡 같았으며 심지어 휴대전화에 카메라도 붙어 있지 않았던 때에 만들어진 이야기라는 점을 참고하시길. 아이러니컬하게도, 난 그 불편하던 시절에 훨씬 국제적으로 놀았던 것 같다. (하우피씨 1998년 2월호)

「죽음과 세금」에 대해 이야기를 시작하면 그 모든 말은 거짓말이 된다. (문학과사회 2005년 여름호)

사람들은 SF 작가들이 미사일과 잠수함과 우주여행을 예언하는 사람들이라고 한다. 그렇다면 나는 「호텔」에서 〈우리 결혼했어요〉를 예언했다. 하지만 이 프로그램의 포맷이 원래부터 하늘에서 뚝 떨어진 새것이 아니었다는 걸 고려해보면, 나는 결국 아무것도 예언한 게 없다는 말이 된다. 괜찮다. 미래를 예언하는 건 우리 직업이 아니다. (컬티즌 2003년 10월 28일)

한동안 디자인을 배운 적 있었다. 그때 나는 피아노를 연주하는 금발 소녀의 사진을 스캔해 붙여놓고 그에 맞는 기사 레이아웃을 짜야 했다. 그러다 보니 레이아웃과 함께 소녀 로봇에 대한 짧은 기사가 만들어졌다. 그것이 10년 뒤에 「소유권」이라는 제목을 달고 나온 단편의 원작이다. 공부란 게 아주 쓸모없지는 않다. (허브 2005년 9월호)

2008년, 계간 『자음과모음』을 위해 픽스업 소설을 기획한 적 있었다. 실제로 작업에 들어가보니, 나나 잡지사가 처음 생각했던 것보다 훨씬 방대한 계획이라는 걸 알게 되었다. 결국 이 프로젝트는 다섯 편의 단편이 묶인 픽스업 소설과, 같은 우주를 다룬 단편들로 쪼개졌다. 「브로콜리 평원의 혈투」는 이 이야기들의 도입부에 해당된다. '제저벨'이라는 제목으로 묶인 픽스업 소설은 완성될 날을 기다리고 있다. 역시 행운을 빌어주시라. (자음과 모음 2008년 가을호)

「여우골」은 내 식으로 쓴 「요재지이」 단편이다. 원래는 조선시대 뱀파이어 이야기를 써야 했지만, 계획 도중 그 아이디어는 은근슬쩍 영화판으로 넘어가 실종되어버렸다. 각본 절반을 본 게 벌써 몇 년 전이다. 나머지 절반은 언제 볼 수 있으려나 모르겠다. (판타스틱 2007년 8월호)

「정원사」는 하이텔 시절에 쓴 단편으로, 사적인 농담 반, 야유 반에 가까운 이야기라, 어떤 단편집에도 수록될 계획이 없었었다. 하지만 2010년 절반을 웹사이트 업그레이드 문제로 스트레스 받으며 보내다 보니 갑자기 주인공에 대한 관점이 바뀌었다. 이 단편을 여기에 수록해 다모클레스의 칼처럼 머리 위에 매달지 않으면 앞으로 큰일 날 거라는 생각이 든다.

독일제 자동인형에 대한 내 애정은 끝이 없다. 「성녀 걷다」가

그 증거다. (대산문화 2005년 여름호)

「안개 바다」는 「브로콜리 평원의 혈투」와 같은 시리즈에 속하는 단편으로 이 단편집에 처음으로 수록되었다.

유태 전설에 나오는 귀신 디북에 대한 자료를 모으고 있었다. 어느 날, T.S. 엘리엇의 「게론티온」이 영문학상 두번째로 유명한 반유태주의 작품이라는 사실이 떠올랐다. 이 둘은 어떤 연관 관계도 없다. 하지만 지난 몇 년 동안 매 책마다 엘리엇의 시들을 직간접적으로 인용해왔던 나에게, 이 둘을 연결하는 건 당연해 보였다. 「디북」에서 이자벨 아스키아와 제이콥 핀터의 이야기를 만드는 동안 게시판의 ginger님으로부터 몇 가지 도움을 받았다. 감사드린다. (네이버캐스트 2009년 4월 17일)

사람들은 글쓴이가 자신의 글들과 관련된 완벽한 기록을 갖고 있어야 한다고 믿는다. 한심하게도 나는 지금까지 그래야 하는지 몰랐다. 이 책에 실린 이야기들의 출생 정보를 완성하기 위해 수많은 사람의 도움을 빌렸다. hybris님, thwlstn님, ahasver1980님, kayhoon님, 에고님, 이영재님에게 감사드린다. 누군가가 나에 대해 나 자신보다 더 많이 기억하고 있다는 건 반가운 일이다. 이런 식으로 우리의 존재는 조금씩 확산된다.

개정판 작가의 말

여러분이 막 읽은 책은 『브로콜리 평원의 혈투』의 10주년 개정판이다. 이게 무슨 뜻이냐면 이 단편집에 실린 가장 최신 단편도 열 살은 되었단 말이다. 오래된 건 더 심각하게 오래됐다. 「A, B, C, D, E & F」는 98년작이고 「정원사」는 더 옛 글일 수 있다.

우리 장르의 글은 시간이 흐르면서 사실주의 소설과는 조금 다른 방식으로 변형된다. 당시 그린 미래 세계의 상상이 현실과 겹쳐지거나 어긋나면서 이전과는 다르게 읽히는 것이다. 최근에 나는 『민트의 세계』라는 장편을 쓰고 재미있는 경험을 했다. SF 분위기를 내려고 무인 카페와 무인 편의점을 등장시켰는데, 몇 년도 지나지 않아 그것들은 우리 일상의 당연한 일부가 됐다. 아마 지금 그 책을 읽는 독자 상당수는 그게 SF 설정이었다는 것을 눈치채지 못할 수도 있다. 이 책과 관련된 보다 무서운 이야기를 예로 든다면, 얼마 전에 나는 〈아이 러브 마이 대드〉라는 영화의 예고편을 보았다. 그 영화에서 아들과 소원해진 아버지는 가짜 여자 계정을 만들어 아들의 SNS에 접근하는데 그만 아들이 그 가상의 여자와 사랑에 빠진다. 감독의 실제 경험에 바탕을 둔 이야기라고 한다. 농담이 아니다.

툭하면 인간 혐오적인 글을 쓰는 사람이라는 말을 듣지만, 10년 전의 나는 그래도 미래와 미래 사람들에 대한 약간의 기대가 있었던 것 같다. 아무리 어두운 글을 쓰는 사람들도 그런 기대가 없다면 작업을 할 수가 없다. 특히 우리 장르에서는.

지금은 어떤가? 밝은 미래를 그리기가 더 어려워졌다. 기후 변화는 더 심각해졌고, 역병이 창궐했고, 끔찍하고 어리석은 사람들이 더 많이, 자주 보인다. 얼마 전엔 여성가족부가 너무 피해자·소외계층 중심이었다고 여가부 장관이 말했다는 기사를 읽었는데 어떻게 이런 문장이 필터를 거치지 않고 조립되어 발표되기까지 했는지 아직도 이해가 안 된다. 세상이 이렇게 바닥을 쳐도 되나? 아니, 이게 아직 바닥이 아니라면 어떻게 하지?

이럴 때일수록 밝은 미래를 그리는 능력을 길러야 한다고 한다. 얼마 전에 이를 주장하는 '호프펑크'라는 개념도 만들어졌다. 내가 가까운 시기에 '호프펑크'에 속한 글을 쓸 가능성은 비교적 낮다. 어떻게 써야 할지 감도 안 잡힌다. 하지만 어려운 걸 상상하고 구체화하는 것이야말로 이야기꾼에게 의미 있는 작업이 아닐까.

2022년 7월 26일

브로콜리 평원의 혈투

초 판 1쇄 발행일 2011년 1월 20일
개정판 1쇄 발행일 2022년 8월 16일

지은이 듀나
펴낸이 정은영
편집 김보성
디자인 용석재
마케팅 최금순 오세미 공태희
제작 홍동근

펴낸곳 네오북스
출판등록 2013년 4월 19일 제2013-000123호
주소 04047 서울특별시 마포구 양화로6길 49
전화 편집부 (02)324-2347, 경영지원부 (02)325-6047
팩스 편집부 (02)324-2348, 경영지원부 (02)2648-1311
이메일 neofiction@jamobook.com

ISBN 979-11-5740-341-7 (03810)